故事会

文摘版

第18辑

合订本

上海故事会文化传媒有限公司
上海文化出版社

图书在版编目（CIP）数据

故事会文摘版合订本. 第18辑 /《故事会》编辑部编. -- 上海：上海文化出版社, 2020.10（2024.5重印）

ISBN 978-7-5535-2121-3

Ⅰ. ①故… Ⅱ. ①故… Ⅲ. ①故事－作品集－中国－当代 Ⅳ. ①I247.81

中国版本图书馆CIP数据核字(2020)第187472号

主　　编：夏一鸣
副 主 编：高　健
责任编辑：蔡美凤
发稿编辑：蔡美凤 胡　捷 吴　艳 高　健
装帧设计：孙　娌
责任督印：张　凯

故事会文摘版合订本. 第18辑

出　版：上海文化出版社
出　品：上海故事会文化传媒有限公司
（201101 上海市闵行区号景路159弄A座3楼 www.storychina.cn）
发　行：北京大地书苑图书发行有限公司
印　刷：三河市嵩川印刷有限公司
开　本：787×1092毫米 1/32
印　张：9
版　次：2020年11月第1版
印　次：2024年5月第2次印刷
ISBN：978-7-5535-2121-3/I·829
定　价：25.00元

故事会 大众文化出版基地 www.storychina.cn

上海故事会文化传媒有限公司 出品（01017）

如发现本书有质量问题，请与印刷厂质量科联系　Tel:0316-3654999

干了这碗鸡汤
您还想认识我这只母鸡吗

@ 蔡美凤

又是一年订阅季。打开朋友圈，依然是一片欣欣向荣，鸡汤飘香。

一位在外企工作的爸爸，因为觉得孩子夏天吃不到他小时候吃过的西瓜，特别可怜，毅然辞职，发誓要为孩子种出有他小时候味道的最甜的瓜。这样饱含浓浓父爱的瓜，您好意思不来一打？

秋天，某女生为了爱情远嫁到千里之外的大草原，决定自己创业，收购蘑菇干，那些蘑菇干由草原上的单亲妈妈们白天辛苦采摘，晚上熬夜烘干，承载了他们一家的全部希望！这样的蘑菇干，您不多买几包，简直是良心不安啊！

一位卖苹果的姑娘众筹承包了个苹果园，雇了当地果农来打理，苹果成熟时，参加过众筹的朋友可以亲自来采摘，赠送一斤苹果，其余的 29.9 元一斤。您还千万别嫌贵，要知道，这些苹果来自“外公的苹果园”！苹果姑娘还出了本书，买两箱以上的苹果免费送一本书哦……

不管是西瓜爸爸、蘑菇干女生，还是苹果姑娘，他们的鸡汤里都流淌着爱心与温情，飘溢着故事和情怀。

而以故事立本的《故事会》自 1963 年以来，已为超十亿读者带去故事与欢笑，“凡有井水处，皆有《故事会》”。2014 年方呱呱坠地的《故事会》蓝版即将五岁了，它能够茁壮成长，与正在读这篇文章的您的支持与关爱是分不开的。

岁末年初，《故事会》蓝版为千家万户端上这碗暖手暖心的故事鸡汤，推陈出新，寓教于乐。来，干了这碗鸡汤，您还想认识我这只母鸡吗？

故事会 Stories Digest 文摘版 2018.12 总第52期

社 长、主 编：夏一鸣
副社长：张 凯
副主编：高 健
本期责任编辑：蔡美凤
发稿编辑：高 健 胡 捷
詹明瑜 田 芳
美术编辑：孙 娌
电话：021-64668742
021-54561119
邮编：200020
地址：上海市绍兴路74号
主管：上海文艺出版总社
主办：上海文艺出版总社
出版单位：《故事会》编辑部
发行范围：公开

出版、发行电话：021-64313938

发行业务：021-64313938
发行经理：钮 颖
媒介合作：021-64338113
广告业务：021-64334376
新媒体广告：021-64450660
广告经营许可证：
沪工商广字3100320080016号

国外发行：中国图书贸易总公司
印刷：上海四维数字图文有限公司
发行：上海邮政报刊发行局
邮发代号：4-900
国外代号：MO9178
定价：5.00元

卷首

焦点

看点

视点

泪点

观点

笑点

故事会 文摘版欢迎投稿

稿件要求：来自最新的报刊、书籍或网络，故事性强，文字明快，主题健康，视野开放，纪实或虚构均可，体现“新、知、情、趣”的特点，同时欢迎第一手的翻译作品。推荐作品须注明原文出处、原作者姓名，确保转载不存在侵害版权的行为，并请留下推荐者真实姓名及通信地址。作品一经采用，即致推荐者50至200元推荐费，并向作品著作权人支付稿酬。

故事会文摘版 投稿信箱
wenzhaiban@126.com

故事中国网：www.storychina.cn

故事会文摘
gsh-wz

故事会微信
story63

本刊所付作者的稿酬，已包括以纸质形态出版的故事会文摘版、汇编出版、音像制品及相关内容数字化传播的费用。部分作者因各种原因未能联系到，请通过邮件或电话与我刊联系稿酬及相关事宜。

本刊未署名图片均由视觉中国提供
音频提供：一说FM

城市到底能不能饿死活人

@吴炎

一

毕业季的夏天，我拿着学士学位证书，在偌大的青岛，却找不到任何专业对口的工作。

家乡在辽宁锦州的农村，父母几乎每天都会来电话，问我有没有找到工作。我只能沉默以对。

直到山穷水尽，连一张回家的火车票都买不起时，我给老爸打电话："爹，我在城里找不着工作，兜里就剩下两块钱。"

老爸听完就说了一句："你明天就在家等着，我去找你。"

二

第二天傍晚，老爸来到我的蜗居。一见面，他把手里拎的一筐鸡蛋递给我，又从包里掏出一盒桶装方便面。这是老妈买给他路上吃的，他没舍得，说："你先把肚子填饱，我改天再来找你。"

两天后，他借同乡刘叔的手机给我打了个电话，说刘叔帮他找了一份在物业公司做保洁的工作，月薪1500元，供吃供住。

第二天，我循着地址，找到老爸所在的物业公司。他正在抹露台，一条腿跪在地上，用铲子清除露台上的顽渍，连角落里的油漆点子都不放过，专注的劲儿跟他在地里插秧时一模一样。

我拿起拖把帮他拖地，一边拖一边说："照你这么干下去，一上午，一个露台也弄不完。"

"那也比干一上午，一个露台也没弄干净好多了。"

就是爱历史（日本）1. 公元前660年，第一代天皇神武天皇建国，记载于何处？

老爸拿过拖把，将我已经拖好的地又拖了一遍，先用拖把，再用抹布。我忍无可忍："这是公共阳台，又不是家里的地板，你擦得跟狗舔似的有什么用？你这样子，下班前根本完成不了规定的任务！"我实在看不下去，告诉他我还要去应聘，便离开了。

三

我的工作依然无着落。几个月过去，我心灰意冷，把简历扔在角落，每日靠着打电脑游戏打发空虚。

这天，老爸带老妈一起来找我，说他们租了一间一室一厅的房子。老爸还说："我们决定再帮衬你一把。你找份工作，我们靠打工帮你买房子，等你成家了，我们再回老家享清福。"

真是好大的口气，他在物业公司工作，难道不知道这个城市的房子有多贵？生活成本有多高？

搬进新居，我才知道，这半个月，因为老爸干活精细，找他做家政的人都需要排号了，他一个月的收入将近4500元。

还有一件更重要的事，他打扫时，在小区垃圾袋发现了2.7万元现金，他把这些钱原封不动地还给人家，那人给他5000元作为酬谢，老爸拒绝了，说："捡着钱本就该还回去。要是收了钱，以后在这小区，我还咋见人？"

有人问他为何进城，他如实相告，是为了大学毕业找不到工作的儿子："我就想看看，城市到底能不能饿死活人？"

四

老爸想过带我一起工作。我说自己也在找工作。白天他们不在，我就坐在电脑前打游戏；晚上他们问起，我就说跑了一天，单位都让我等通知。

我们住在城市新区，到处在建房子，民工特别多。一天晚上，老妈在晾他们捡来的旧衣服，老爸就开始念叨："这些小区业主扔的衣服，大多都是好模好样的，要是拿工地上去卖，不也是一笔收入嘛。"

从此老妈每周上门去收购人家要扔的衣物，拿到工地上去卖。小区里一些人不收钱，老爸告诉老妈："不要钱就别收，否则，跟伸手向人家要钱有啥区别？"

摆地摊的同时，他又发现了新的商机。民工几乎每顿饭都吃白菜茄子，肉少得可怜；偶尔奢侈一把，几个人凑钱，到附近饭店买一个肉菜，量少，价格还高。老爸准备做拿手的坛肉，摆地摊的同时拿来卖。他去市场买最好的猪五花肉，切成丁，在锅里小火炖小半天，端出来，入口即化，绝对解馋。

每天凌晨三点半到四点，老爸和老妈去市场采购，白天做家政，晚上出摊，忙得脚打后脑勺，但每天都乐呵呵的。

我经常看见他和老妈在一起数钱，也常听他说："这么干下去，咱儿以后就不用当什么房奴了。"他的话，让我更懒得去找工作了。咱这不也是有老可依？

五

有天，老爸回来得早，开门我都没注意到。突然，一只拖鞋飞到我的电脑上，他说："我和你妈累得骨头都掉渣儿了，你一天到晚都在忙活啥？"我才得知那天老妈在给人家擦玻璃时，不小心从凳子上摔下来，左腿小腿骨折，住进了医院。

那些日子，他凌晨三点就把我赶起来，让我去菜场买菜。我白天负责做饭，给老妈送饭，晚上把坛肉做好，跟他一起去出摊。

有天，我一边做坛肉，一边打游戏，一大锅坛肉煳了大半。我灵机一动，在坛肉里加上粉条，这样，既掩盖了肉煳味，又可以加量不加价。

那天在工地上，老爸发现肉煳了，当着大家的面，把肉全倒进了垃圾筒。他扬起盛肉汤的热滚滚的勺子要打我，民工们拉住他，他却不依不饶："自己不能吃的东西，拿给别人吃，还大学毕业生呢，我看他的良心是被狗吃了。真丢人！"

打不到我，他就用勺子拍自己的头，眼泪流了满脸——这是我第二次见他哭。

第一次，是我大学录取通知书来的那天，他喝了酒，哭着说："咱老刘家出大学生了，刘家祖坟冒青烟了……"

1. 答案：《古事记》和《日本书纪》。

第二天，他让我多买了一倍的肉，依然我来做，拿到工地上给每个订菜的民工多加了一勺肉，让我挨个跟人家说对不起。有好几个民工拍拍我的肩膀说："小子，能屈能伸，将来肯定有出息。""小伙子，将来有能耐了，好好孝敬你爹娘。"

六

我终于找到了第一份工作，是小区里的送奶工。我每天三点半起床，骑半小时的自行车去拿奶，再挨家挨户地送过去。

2017 年 5 月，我们凌晨接到老家打来的电话，爷爷病危。一家三口赶紧起身，准备赶去见爷爷最后一面。雇好出租车时，我才想起当天没法送奶。这一走不知道要几天，我们只有订户的地址，没有电话，恰是凌晨，又不能一家家地去敲门。最后我们决定：给每个订户家贴条留言。

我拿出纸笔，我和老爸写留言条，老妈往上粘双面胶。整整 40 分钟，我们写了 121 个纸条："老家有急事，未来一周不能为您送奶。因此带来的不便，敬请谅解。送奶工小刘。"

贴完 121 张纸条，已经凌晨三点半，赶到老家，还是未能见上爷爷最后一面。爷爷下葬了，老爸安慰号啕的我："爷爷在天之灵会原谅咱们。"人群散去，他自己在坟前坐了三个小时。

一周后返程。第一天恢复送奶，一切如常，第二天去送奶时，大约有五十几个人等在小区门口，大家关切地问家里的情况，说许多感谢的话，我永远忘不了那天早晨——贴纸条不过是一个小小的诚信之举，却收获了如此隆重的回应。

去年年底，我居然被评为小区的感动人物，一位业主找到我，开门见山地问："小伙子，我是某某超市（知名跨国超市）管人力资源的，愿不愿意来我们单位，干回自己的专业，当个质检员？"

我受宠若惊，激动得话都说不出来。四年了，我终于在这个城市，找到了一份正式的工作。

那天，老爸喝醉了，他高兴，我知道。他上卫生间时，绊在桌脚上，差点摔倒，我扶住他，他轻轻地摆手："你爹还年轻，还不用你扶。"

摘自微信公众号真实故事计划

图：点点

【编者的话】城市那么大，哪里有我的家？不管是大学生小刘，还是婚姻失败的二丫，只要有把磨难走成风景的勇气，城市，始终是你我最美的舞台！

差点被拐卖是种怎样的体验

@张佳玮

以前有个江南女人，夏天周末，带着四岁的儿子进城里玩儿。

做娘的给孩子买了新衣服，吃了小笼包，遛了趟城中公园，打算挤公车回家。

见一辆车来，大家“轰隆隆”齐上，卷起半天尘烟。尘埃落定，车走了，当娘的眼前一黑：孩子没了。

当娘的号啕着追公车：“快停快停，孩子在上面！”追了一百多米，人腿完败于轮胎。东西掉一地，被其他阿姨阿婆沿途一条线捡回来，打听：“怎么啦？孩子丢啦？”

有个阿姨大叫：“那孩子是不是穿一身淡黄衣裳跟个黄金瓜似的？”当娘的：“对！对！”

那阿姨一拍大腿：“被个男人抱上车啦！”当娘的已经瘫痪：“怎么办？怎么办？”

几位阿姨阿婆组成了临时指挥部。她们分析：此车开往火车站；如果该男人是人贩子，后果不堪设想。那时人们还没有手机，有路边卖橘子汁的阿姨自告奋勇捐献公用电话：“打给我老公，他认识火车站的人。”

两个阿姨负责照顾丢了孩子的那位——已经进入说胡话状态了。

剩下的阿姨阿婆义务宣传，大嗓门传出七八里地：“有辆公共汽车上有个孩子被抱走了，火车站大

就是爱历史（日本）2. 弥生时代中期，日本一小国获汉朝哪个皇帝赐的金印？

家要小心啊！”

有阿姨从那位丢了孩子已经不省人事的妈妈嘴里，抠出了她先生的单位电话，打过去。

当爸爸的听说，赶紧蹿上出租车。

出租车司机：“不让走。我们交通大队的说了，现在有个抱孩子的，要拦住不让他乱走，市里的出租车都临时停了。”当爸爸的大吼：“我就是丢了孩子的！”

司机大叔：“你早说呀！坐稳了！”“轰”的一声，当时还在世的塞纳在地球另一边感受到了巨大压力。

当爹和当娘的在市中心附近会合了，指挥部已扩张到四十多号人。卖橘子汁的阿姨端来椅子，拿湿布给做娘的敷额，以免她又晕过去；大家一边安抚当爹娘的，一边分析：

火车站那边是绝对走不了了，剩下的就是大海捞针地查。同事亲友都发动起来，正在鼎沸之际，当爸爸的被一个同事过来揪住：“快走快走，孩子在公司里！”

那同事把当爸的连搂带抱拽到公司办公室里，孩子真在那，躺在几张沙发凑成的床上，盖着公司进口的绒毯，睡着了。旁边，四五位叔伯婶娘圈守着。

据叔伯婶娘和孩子醒来后的回忆，事情大概是：

当时有一人贩子，趁人多车乱，抱孩子上了车，想逃。

孩子一上车愣了会儿，就尖声哭：“这不是我爸爸，我妈妈还在车下面。”

一哭二闹，虽然孩子口齿不清，大家也明白了，车里的人都盯着那人贩子犯疑，逼问人贩子：“这孩子是你的吗，嗯？”

人贩子心慌意乱，满脸假笑，下一站就溜走了。

乘客凑出四位叔伯婶娘喂着孩子，给喝热茶，问家在哪儿。孩子哭傻了，说不清，只一味说爸爸的名字，说爸爸在哪个公司工作。

叔伯婶娘一商量：去，把孩子送到那儿去。还担心：万一不是呢？就守，守到孩子爸爸回来为止。于是回来了。

这故事发生在1987年。如题目所述，那孩子就是我。

李金锋摘自微信公众号张佳玮写字的地方

图：陈明贵

【小贴士】年关将至，人贩子也在蠢蠢欲动。请牢记，妇女儿童失踪，立即报警，绝不给犯罪分子可乘之机！庆幸的是，城市里还有这么多热心肠，这些善良的大多数才是城市的脊梁。

常二丫的泰坦尼克号

@子 鱼

柴静静拽住一个上菜的服务员："小妹，我问你，你们这里有没有一个叫常宝丽的员工，就是长这个样子。"她从包里拿出一张照片给服务员看，服务员端详了一会儿，说："没有这个人。"

柴静静把照片小心翼翼装回包里，先叹了一口气："我跟你讲讲我和二丫的故事吧。

"我上小学时，家里非常穷，中午连饭都带不起。每到中午，都是我最煎熬的时候，条件好的人家，饭盒里都是米饭炒菜，再不济，也是炒饼、馒头之类的。只有我，天天只吃一个鸡蛋。后来每到吃饭的时候，我就到学校大门口的大石墩上坐着，等同学们吃完再回来。

"有一次，我正在大石墩上剥鸡蛋，后面有人伸过来一个饭盒，饭盒里是芹菜炒肉，芹菜碧绿碧绿

少女二丫

为了寻找因家中生变，跑到省城来的闺密常二丫，柴静静把全城带"豆捞"的火锅店在大众点评上都搜了出来，一共十八家。

她开始一家一家去找，她大学闺密李代子——一家美容健身馆老板娘，问她："一般人很少这么惦记小学闺密的，你怎么这么在乎这个二丫？"

2. 答案：汉光武帝。

的，肉丝被火煎得‘滋滋’在响，底下汪着一层油，白胖胖的一坨米饭在饭盒里也热气腾腾。

“‘我带得多，咱俩一起吃吧。’

“我回头一看，是常二丫。她把我的鸡蛋拿过去，放到饭盒里，用勺子一切两半，‘这样，咱俩一人一半鸡蛋，一人一半饭菜……我最喜欢吃鸡蛋了。’

“我和二丫成了好朋友，形影不离。二丫除了学习，是个什么都精通的人。她跳高跟体育老师跳得一样高，游泳能横渡还乡河。她十二岁的时候就会骑摩托车，有一次她骑着摩托车带我绕着盘山公路上了一次山，回家差点没被她爸打死。她唱歌很好听，会模仿很多人的声音，那英、田震、刘欢、张学友，都可以。她还会口技，你记得九十年代那个洛桑吗？洛桑那一套本事，她都会……

“二丫非常善良，除了善良，还很勇敢。有一次我也试着横渡还乡河，结果到河中间腿抽筋，差点淹死。她游过去，一路扯着我到了岸边。严格意义上说，她是我的救命恩人。

“几年后，我上了县一中，她学习不好，只在镇上读了个普通高中。后来她爸肝癌，她就辍学了，帮她妈经营一家粮店。再后来，就被一个叫钱宝库的盯上了。我高三那年，他们结了婚。我后来出来上大学，他们在家生儿育女。我早知道钱宝库这个人，他不会安分的……现在，果不其然……”

“我一定帮你找到她。这二丫结婚后还那么‘有才’吗？”李代子问。

“有才，一身才华都给了生活。她不是经营那家粮店嘛，她学会了开拖拉机，用拖拉机自制了一个传送装置，只要启动拖拉机，货来的时候，就能从车上直接传送到她的仓库，还能自动码好。

“她一胎生了俩闺女，给俩孩子自制了一个跷跷板式摇篮，俩孩子在俩篮子里，篮子绑在跷跷板的两边，她计算好距离，俩孩子就能在摇篮里，一直摇来摆去。”

到了一家新店，李代子从柴静静包里掏出照片去问门口的服务员，这家店面生意奇好，门口排满了人。“你好，请问你们店里有个叫常宝丽的人吗？就是这个！”

“没有常宝丽，”服务员接过照片一看，惊呆，“这不是常二丫嘛！有有有，她就在我们店里。”

柴静静看见二丫穿着火锅店的红花制服，戴着白帽子，端着一大盆鸳鸯锅小心翼翼地穿梭在顾客之间。那份小心，再也不是童年记忆中那个活泼的少女了。

我心永恒

这天夜里，二丫下班已经是夜里十二点半了。她一个人往店后面的小区走。

忽然，一声惊叫，是个女人的声音："抓小偷啊，抓小偷啊，有人抢我东西——"

只见一个男人从后面"嗖"地路过二丫的身畔。二丫愣了一下，回头看了看，看见那个女人，她两脚一蹬地就蹿了出去。

没一会儿，路尽头的墙根下，一个男人被打倒在地，紧接着一个女人对这男人拳打脚踢。俩人的身影映在墙上，像皮影戏一样。

等到被抢的女人赶到的时候，那男人已经被打得爬不起来了。

"女侠女侠，别打了，打死了咱们吃官司，钱抢回来就行。"这个女人是李代子……李代子就这样"认识"了二丫。

但是二丫却拒绝了李代子"报恩"式地给她换一份工作的请求。

李代子的健身馆里，她男友的肩膀五天后还一片青紫。李代子一边给他上药，他一边咒骂："这是哪来的母夜叉？怎么这么能打，早知道她这么能打，我打死也不接这活儿。"

第二天晚上，李代子和柴静静去吃饭。她们找了个靠窗的位子，远远地看见二丫在忙碌，一会儿端出一个锅，一会儿端出几盘菜。

夜幕降临，门口排队的人越来越多。忽然一个经理走上台，敲敲话筒开始说话："又到了我们店里员工常二丫的表演时间，今天她给大家表演口技——《我心永恒》。"

只见二丫戴着服务员的白帽子，穿着一身红花的制服款款走到台上，她环视了一圈观众，清了清

就是爱历史（日本）3. 早期的"大和国"其首领最初称为什么，后来改称天皇？

嗓子，眨了两下眼睛，上嘴唇和下嘴唇一错位，嘴角一撇，店里传出了小号的声音……是《泰坦尼克号》的《我心永恒》。

没有小号，但是却出来了小号的声音。大厅一片静寂，有人开始东张西望：“是不是音箱配的音？”

二丫“吹”着“吹”着，忽然停下，来了一句：“掌声呢？我吹得不好，大家可以冲我扔肉丸子。”雷鸣般的掌声响起。

时光闪回，柴静静想起小时候，她们坐在学校门口的大石墩子上，吃完了饭，二丫拿个勺子和树枝当指挥棒，她的小嘴巴一撇，就能吹出各种歌曲。《泰坦尼克号》是她俩一起去看的。1998 年第一次放这电影，只有县城电影院有，二丫偷了她妈二十块钱，又偷骑了她家的摩托车，带着柴静静进了城。

电影院里，她俩哭成了泪人。当看到杰克的脸仰望着露丝沉入大西洋底的时候，一向生猛活泼的二丫哭得上气不接下气。还沉在回忆中，二丫的“吹奏”完成了，火锅店里，叫好的，鼓掌的，吹口哨的，一片热烈。

二丫深深一鞠躬，下台又去端盘子了。

“她还是从前的二丫……”

没一会儿，常二丫端着一盘西瓜，款款向她们走来：“别躲了，我认出你来了。你看看谁这么有病，吃火锅还戴着大墨镜，还戴个大帽子，这不是诚心引人注意吗？”

柴静静看了看周边，默默从头上抹下帽子，摘下墨镜。俩人对视，笑出了眼泪。

二丫看向李代子：“那天那个抢劫事件，也是你们设计的吧，谢谢你们，一定是为了帮我。”

“是。”李代子答。

“我挺喜欢这个工作的，我在这每天只要干点活，就能换来一次表演的机会。现在有好几个饭店在挖我，酒吧街的一个老板也想让我专门去‘驻唱’，工钱开到两万多……”

柴静静佩服地伸出大拇指：“二丫，你真牛！”

二丫一笑：“我也是才发现，其实我一直都很牛，只是以前自己没意识到。我已经和钱宝库离好了婚，孩子都给我了，柴静静，你要是想帮我，帮我给俩孩子找个学校吧，我要把她们挪到省城来上学，她们明年就上高中了。”

“好，包在我身上。”

常二丫终于找到了自己。

心香一瓣摘自微信公众号子鱼

图：点点

论沙雕，谁都比不过这本古代笑话集

@朕说

1

一武官在战场眼看要输时，天降神兵助他反败为胜。为感恩，武官求问神的名字。神说："我是箭靶子神，其实是来报恩的。"武官表示不解，神解释道："因为你在射箭场上，从未伤我分毫。"

《笑林广记——箭靶助阵》

3. 答案："大王"。

2

一武官夜巡，发现有人犯了宵禁，犯人自称沉迷学习才回晚了。武官表示不信要给犯人出题，两人站在寒风中，四目相对很久后，武官说：“哼，便宜你了，今天恰好没题。”

《笑林广记——武弁夜巡》

3

大堂之上，有人公然放屁。官员立刻喊道：“把这个屁给我押上来！”差役说：“屁就是一阵风，放完它就走。”官员大怒：“为什么徇私放走它？定要将其捉拿归案。”差役没办法，最终拿回了一坨屎。

《笑林广记——家属》

摘自微信公众号朕说

您好，我是小妖妈妈

@陈 语

我每天都会接到许多电话，在电话里，我有各种名字、各种身份。

“陈语小姐您好，我这儿是××培训机构，我们与全国各大院校都有深度合作，专升本只需两年，您不必来上课，包拿文凭……”

陈语是我的真实名字，在单位的档案里、派出所的户籍册里、社保局的社保名单里，都有我的详细资料：陈语，1980年出生，大专学历，联系电话133169……保险、金融、房地产，各路人马各取所需，培训机构看中的是我的大专学历。

“东吾小姐您好，我是××汽车的销售经理，最近我们推出了一款新车，您有兴趣吗？”

前年，我想买车的时候，参观过一个车展，给某品牌的销售商留下过我的电话号码，为保护隐私，我顺手把名字拆成了“东吾”。那以后不久，我就买车了。但东吾的名字，却永久留在形形色色的汽车销售经理的潜在客户名单里，不时客气地问候我。

“廖铁先生您好，请问您在福华新村的房子出售、出租吗？”

廖铁先生是福华新村的一位业主，十八年前，我租住过他的房子，有一次因为水管爆裂，我去管理处报修，留下了我的联系电话，为了简洁明快，我说我就是房东，所以，我就成了廖铁。据我所知，廖铁先生的房子十年前就卖掉了，但我十八年前留给管理处水电工的电话号码，依然是房地产中介商的资源。

以上所有电话，我只是说一声

“不需要，谢谢”，然后掐断，把对方加入黑名单。只有一种电话，我会很认真地接听。

“您好，请问您是罗小妖小朋友的妈妈吗？”

“您好，我是小妖妈妈，请问您哪位？”

“小妖妈妈，我这儿是花仙子芭蕾舞培训机构，主教练曾执教于中央芭蕾舞团，您愿意让小妖小朋友接受正规的芭蕾舞训练吗？”

“小妖今年八岁了，学芭蕾会不会晚了点？”

“不晚的，小妖妈妈，十岁以前学芭蕾都不晚。”

“小妖有点胖，我怕她穿上芭蕾服肉鼓鼓的，会自卑。”

“小妖妈妈，有点胖的小朋友更应该学芭蕾舞，跳芭蕾是训练形体的最佳方法，小妖现在胖点没关系，等她长大了还胖乎乎的，她会自卑一辈子的。”

“唔，可是，小妖走路有点外八，能跳芭蕾吗？”

“哎呀小妖妈妈，走路外八的孩子，必须跳芭蕾，世界上没有比跳芭蕾纠正外八更好的方式了，您千万不要错过机会啊。”

“好，谢谢您，我征求一下小妖的意见，看她是否受得了学芭蕾的苦。”

“小妖妈妈，您一定要让小妖知道，现在吃点小小的苦头，可以美丽一辈子。”

还有英语、绘画、钢琴、电脑编程等等培训机构，常常给“小妖妈妈”打电话，我都会很详细地和对方聊一聊。只是，对方不知道，我一边聊一边流眼泪，等我快要泣不成声时，我就挂断电话。

我在此向和我聊过小妖的培训机构业务员说一声“对不起”，请你们把从幼儿园得到的罗小妖小朋友的资料删除吧。小妖五岁的时候，得了白血病，去了天国。三年来，亲朋好友都不敢在我面前提起小妖，我和你们电话聊天，只是喜欢你们叫我“小妖妈妈”。谢谢你们还记得小妖，谢谢你们叫我“小妖妈妈”。

直到有一天，有一个电话问我：“小妖妈妈，我这儿是安息墓园，请问，您想给小妖小朋友买一块墓地吗？”

我不想任何人提醒我，小妖不在了。

我默默地掐掉电话，从此不再接听任何与小妖有关的电话。

丁强摘自《女报》

图：小柯

因为“尔虞”，所以“我诈”

@刘墉

有一天我跟个收藏界的大佬去逛北京的古玩市场，大概因为他是常客，市场里的摊贩纷纷向他问安。只见老人好像打开雷达，左瞄瞄、右瞄瞄，碰到有兴趣的，就弯身拿起来瞧瞧。

“全是假的！”老先生说，“骗外行人跟半吊子的内行。”正说呢，他好像看到个有意思的玩意，蹲下去拿起一个青瓷小瓶，上下看看，又掂了掂，放回原处，再拿起旁边几样小东西，也都看看掂掂。

“这个多少？”老先生居然开口了。“您要，五百元！”

老先生好像吓了一跳，抖了一下，把东西放回去：“太欺负人了吧？”

“哪敢欺负您啊！您是专家，看着给吧！”

“一百元！”

“不行！不行！太少了。”

老先生想都没想，一摇手：“不行就拉倒。”接着又拿起先前那个青瓷小瓶：“这个呢？”“三百元。”摊贩说。

“一百元。”老先生又把东西放了回去。

“成成成！连刚才那个，算您两百五十元，行不行？”摊贩好像有点央求，“您是大行家，何必跟我们这种小人物计较呢？”

老先生一笑：“我也是图好玩，这么两个破东西。”沉吟了一下，“好吧！”掏了三百元递过去。

才走出古玩市场，老先生就笑开了：“哈哈！捡了个蔫。”指指那青瓷小瓶，“少说也值三万元！”“您占了那么大便宜，刚才为什么还价呢？人家要三百元，已经是百分之一了，您才出一百元。”我说。

“我不这么说，会对不起他啊！”老先生居然说，“你信不信，他叫三百元，如果我立刻买了，他八成马上后悔，说他还得想想。就算他卖了，回去也会七上八下，认为被我捡了蔫。这是啊……心理战！”

“另一个呢？也值三万元？”我指指另一个小瓷碗。“三十元都不值！”“那您为什么还买？”

“这是声东击西，也是心理战，如果我一眼就看上那个小瓷瓶，就太明显了。”

摘自《人生百忌》接力出版社

4. 答案：百济。

一步之遥

@虎皮妈

舞舞舞

吴观十五岁开始就不上学了。当了三年全职混混，十八岁那年洗手不干了。从拘留所出来的时候，民警张叔用皮带抽他一下屁股："你小子学点好，别跟你那混账老子似的，给你爷爷省点心！"

张叔安排吴观到省城一家饭店学厨，每天切几十斤洋葱土豆。上工第二天，一不小心就切掉半个指甲，鲜血直流。二厨叼着烟骂他，他忍着泪，把手在水里冲冲，拿布包一包，继续切。

半年后，吴观下班没事逛文化广场，见到一群跟他差不多大的年轻人在跳舞。戴帽子那个上下翻腾，不光会用膝盖转，还用头顶转了一次。连去了两个礼拜，戴帽子的说："嗨，你，要不要加入？"吴观也装着很酷地点个头："好，来啊。"他看了半个月，稍微摸到些门道，有些动作也能做得有模有样。戴帽子的很满意，对他说："我喜欢你，你加入我们吧，我是大鹏。"

吴观开始练街舞，一下班就去，挥汗如雨到半夜。上厕所也琢磨动作，切土豆也跟着心里的节拍，日子从来没有这么快活过。大鹏和其他几人是附近学校的大学生，只有吴观是个初中也没上完的小厨子。

兄弟，干一杯

那一天天气又闷又热，广场上人特别少。吴观是人来疯，人越多跳得越卖力，人少了，就有气无力。正在这时，他瞄到对面商铺遮雨棚下站着一个人。

这是莫希第一次来看他们跳舞。

从此以后，周日成了吴观一周最大的盼望。他练舞练得更勤、更狠，腿抽筋了都不肯停，大鹏他们喊他“吴疯子”。下个礼拜一定要跟她说话，每次吴观都这么对自己说。但还没等他开口，莫希就没有再来了。那天，吴观仿佛掉了魂，荡在文化广场整整一夜，连厕所都不敢上，直到天色大亮必须回去上班了，依旧没见到那条长裙。

莫希回来那天，吴观、大鹏他们正好摊上事。舞跳到一半，音箱电源被人拔了。“早听说有几个猴子在我的场子演戏，跟头翻得不错啊！”一个健壮的红毛从三五个小弟背后慢慢腾挪而出。“你想干吗？”大鹏倒也不怵，依旧很酷地走上前去。红毛手下有个杀马特小弟，走上前推一把大鹏：“保护费听说过吗？你们在 Eason 哥的场子混不交保护费吗？”大鹏没憋住，哈哈大笑：“什么？现在地痞都有英文名字了？”

大家打起来的时候，吴观看到了一条长裙。远远的树下，站着莫希，正脸色惨白地拿着手机说话。那时大鹏正被红毛和杀马特围着打，吴观上前一把揪住杀马特的头发死命地踹。叫你打架还留长头发！叫你染头发！叫你当杀马特！打红眼的时候，忽然警笛声声，围上来一堆警察。

“我报的警！”莫希脆亮的声音从身后传出。她一点不慌乱，指着红毛几个说：“都是这几个在闹事，那些都是跳舞的大学生，是好

就是爱历史（日本）5. 公元645–649年，日本实行的国政改革，史称为什么？

孩子。"几个警察把两堆人分开，其中一个指着吴观迟疑地问："他哪边的？"大学生在左边，小流氓在右边，吴观站在中间，距离两边，都不过一步。"他是我的人！""他是学生！"大鹏和莫希异口同声说。

大鹏带着莫希和吴观一群人去吃宵夜。大鹏喝醉了，哈着酒气搂着吴观："疯子，以前你也不说自己干吗的，来路不明，我还真不敢跟你交心。但今天你帮我打架，你就是我兄弟！我们干一杯！"

儿子，还记得我吧

吴观下了班，刚走出饭店门口，就觉得胆战心惊。他往练舞的地方走，走两步，停一停，转头看，并没有人跟着；再走两步，还是不放心，转过头，依旧没人；到他第三次转头，忽然看到一张脸贴上来。记忆中的脸此刻更黑更糙，但眼神依旧阴沉锐利："儿子，还记得我吧？"

监狱有两个别名：一个是罪犯联谊会，为罪犯们打通人脉，配齐产业链上各环；一个是犯罪技能培训学院，进去的时候只会开锁偷东西，出来可以组装手枪地雷。吴观的爸爸吴辛，在两个学院都修满了学分。

吴观跟着吴辛，去吴辛住的招待所，一路走着，谁都没说话。吴观忽然想，原来他已经长得和老爸一样高了。

房间里有一股霉味，灯光昏暗，里面坐着一个矮小精瘦的男人。"我朋友老郑，牢友。"吴辛对吴观说。

吴观不大敢抬头看他爸，耳边响起小时候其他孩子为他编的童谣："龙生龙凤生凤，老鼠的儿子会打洞。杀人犯的儿子叫吴观，长大以后牢底坐穿。"其实我爸没杀人，吴观想，为什么大家要叫他杀人犯？胡思乱想时，听到吴辛开口说话了。

"过得怎么样？"吴辛问。"就那样呗。"吴观随口答。"我去你们饭店吃过饭，"吴辛说，"我还去看过你跳舞，跳得不错。"

吴辛又说，"你跟那群跳舞的处得不错啊。"吴观心里升起不祥的预感，随口搪塞："一般吧，就是一起练练舞。"吴辛面无表情地说："还有一个女的吧，住在福茂国际的。"吴观心跳得厉害："爸，你要干吗？"吴辛嘴角一抽，点根烟抽起来："我儿子跟什么人来往，我总要关心一下的。"

一个阴恻恻的声音忽然从角落里传来："你们一起跳舞的里面，

有个叫公子的，家里挺有钱吧。”一阵一阵呛人的烟钻进了吴观的鼻子，吴观突然说：“大鹏他爸是公安局长！大鹏和公子是死党，一直在一起的！”

吴辛笑一声：“我知道。我跟你们有些日子了。”

吴观勃然大怒：“你这辈子坐牢还没坐够啊！你害人还没害够啊！你就不能老老实实的么？你就不能为爷爷和我想想么？”

吴辛吞云吐雾，眯起眼沉浸在往事里，良久，才说：“儿子，你知道你妈为什么走么？以前我就一直想不明白，怎么我在牢里你妈不走，我出来倒走了呢？后来我明白了。一个人啊，就不能没了念想。以前我在牢里，你妈有念想。我出来了，她跟着一个穷鬼劳改犯，她就没念想了，你说对不对？”

疯子，快跑

吴观步履蹒跚地走向文化广场。他记得老郑说：“你尽量接近那个公子，摸清楚他的生活规律。”他记得他爸说：“到时候不需要你动手，你装作什么都不知道就好了。”

会有一笔给他在城里买房娶妻的钱，会有一笔给爷爷养老看病的钱。“别坏事，大侄子，”老郑似笑非笑地说，“福茂国际17号301。这个地址你熟悉吧？”

大鹏一群人正在练舞，满头大汗，看到他停下来。大鹏喊他：“你昨天干吗去了？怎么没来？”吴观勉强挤出一个笑容，他忽然想起来，大鹏是公安局长的儿子。

“龙生龙凤生凤，老鼠的儿子会打洞。杀人犯的儿子叫吴观，长大以后牢底坐穿。”

吴观忽然看见大鹏朝他伸出了手，要击掌：“疯子，我们初赛通过了，下个月去电视台录复赛！”他心里一痛——眼前好像出现了大鹏哈着酒气的嘴：“你就是我兄弟！”他忽然又记起了张叔，他临走拍着老板的肩：“我亲侄子！你能打，能骂，但你得给我管好咯！”

一步之遥。

吴观停在那里，脸色一会儿阴，一会儿阳，额头上出了密密一层汗。最后，像破釜沉舟一样深呼一口气，向着大鹏、公子他们诧异的脸，走了过去。

摘自《人间故事》湖南文艺出版社

图：豆薇

【请您续写】向前一步是自由，向后一步是束缚。吴观该何去何从？请您为他续写人生的选择。投稿邮箱：836361585@qq.com。

5. 答案：大化改新。

甘草片拯救美利坚

@ 张寒寺

一

朋友们都劝说我不要去。这种危险的时刻就应该乖乖待在家里，喝喝清茶，打打电动，实在无聊，出门抓捕暴露狂也行。总之是——

不要去美国，尤其是现在。

但我还是出发了，瞒着父母，瞒着公司，我可能回不来，父母以后养老怎么办，永不满足的甲方怎么办，我全无头绪。我只是跳上飞机，带上那一盒东西，为了一个五年前的约定。

空乘好心提醒我说：“先生，你知道你带的东西在美国是违禁品吗？”

我说我知道。

是的，五年前我就知道了。

二

五年前，纽约，肯尼迪机场。

我在入境海关处被拦了下来，瞬间被好几个金发碧眼的外国人围住，虽然他们的语气还客气，一口一个“Please”，但我还是能感受到其中蕴含的不可抗拒。

我打开背包，一大包复方甘草片赫然呈现在他们眼前。

他们告诉我这是违禁品，必须没收，而且我也不得再入境，要立即搭乘下一班飞机离开美国。

我愕然，我跟他们解释我来贵国是为看望一位朋友，这些药当然不是什么毒品，是治疗咳嗽的速效药，是神奇的东方医术。

但是没有用。

海关人员盖了好几个章在文件上，深陷在眼窝的双眸最后看了我一眼，大声说道：“五年内都不许来美国。”

我万没想到会遭到如此不公正的对待，不就是带了甘草片吗？你们不喜欢扔掉好了，为什么要把我当成是罪大恶极的人？

就在我准备转身离开，怀着满心怨恨和疲惫踏上归国之路时——

一名海关人员拽了拽我的袖子，小声补充道：“五年之后，请一定要来美国，带着甘草片。”

那时，我还不明白他的用意。

三

五年后。

迪都·贝金星人的星际舰队只用了半个小时就穿透了纽约上空的大气层。

“我们是饱受雾霾困扰咳嗽不止的迪都·贝金星人，如果不在48小时内交出贵星球最好的止咳药，我们就轰平这个国家！”这段公告被大声传播的时候，纽约全市的玻璃外墙都碎了。

太平洋上星海浩瀚，跨越日期变更线的我却无心睡眠。

我拍拍抱在胸前的甘草片盒子，心里喊道：我来了，坚持住啊，美利坚！

四

“毛厂长，您看广告这么拍您还满意吗？”

靠制售甘草片发家的毛厂长没答话，他看着眼前这个下巴上没毛的广告导演，琢磨着艺术这玩意儿果然操蛋。

“算啦，还是改简单点吧，就一句话。甘草片，甘草片，止咳祛痰效果好！”

“可是，厂长，这不押韵啊。”

“连喊三遍就押韵了嘛，年轻人。”

摘自《猫饭奇妙物语》测绘出版社

图：小黑孩

就是爱历史（日本）6. 公元710年，元明天皇迁都至何处，飞鸟时代结束？

古代游戏的正确打开方式

（文中有十处差错，你能找出来吗？答案在文末）

@佚　名

我们的老祖宗们在暗无“电”日的时代里生活了几千年，他们平常都玩些什么呢？如果你觉得古代能玩的不过是骑马、射箭、斗蛐蛐……快醒醒！那都是电视剧里不学无术的富二代、公子哥们干的。古代游戏的正确打开方式应该是这样子的！

茶艺拉花——茶百戏

茶百戏又称分茶、水丹青、汤戏，仅用茶和水而使茶汤文脉形成物像——就像在精妙的茶具里写字作画一样！成品颇像现代的花式咖啡。当然花式咖啡跟它一比简直是小巫见大巫——毕竟活的咖啡树1616年才从非洲运到荷兰去供人研究，而茶百戏，唐代就有了！

低配高尔夫——捶丸

说到古代的体育运动，大家都知道的就是蹴鞠了，蹴鞠后来又发展成了马球，不过那个时候的马实在是太贵了，加之马球需要很大的场地，所以平民百姓是玩不起的。于是，机智的老祖宗在自己院子里剖上坑，插上小旗子，规矩改成将球打进洞。就这样，捶丸应运而生，可以说这就是高尔夫的前身了。

“公务员大富翁”——彩选

这是一种类似于“大富翁”的桌游，相传唐代就有人开始玩啦！游戏规则简单粗暴：开始的时候，每个人都是没什么文化的“白丁”，而后丢骰子升官，最先升到最高位的人为赢家。嗯，这么一看忽然又有点像飞行棋！到了清代，彩选发展成为一种叫作“升官图”的游戏，是守岁时必玩项目。因为那时候的家长深信：这样可以让孩子们迅速了解当时朝廷的组织架构，也算是从小进行公务员的职业生涯规划吧。

你画我猜——射负

射负最大的乐趣在于“看破不说破”。这个游戏的规则第一步是出谜语，给个谜面让你猜，谜底范围一般都是眼前的事物，不会无根无据脑洞干里；第二步是猜谜，根据谜面给出的线索，猜出谜底所在，基本上考验的不是猜谜者的博学多才，而是猜谜者与出题者之间的默契度；第三步是答题，猜谜者用另一个谜面来回答出题者的谜底。围观群众可能还云里雾里懵懵懂懂，两位高手已经过招无数汇合。

高空表演——绳技

绳技俗称走索，是现代走钢丝的前身。中国的绳技，由西域传入。天兰国人舍利，不但是魔术徂师，而且还是绳技的徂师爷。每年的藏历正月初三，在布达拉宫还会进行“飞绳之法”的表演，表演的方法是用皮绳四条，一端系于布达拉宫宫殿顶端，另一端佺在山下的柱桩上，一人身着短衣，胸束生牛皮，两手拿着旗帜，倒悬身体，直溜而下，迅捷如飞。这种绳技表演后来改为在地面立数丈高竿，以降低表演的危险性。

卧龙摘自《课堂内外（初中版）》

图：小栗子

参考答案

1. 暗无“电”日——暗无“电”日
2. 文脉——纹脉
3. 物像——物象
4. 剖上坑——刨上坑
5. 射负——射覆
6. 干里——千里
7. 汇合——回合
8. 天兰——天竺
9. 徂师——祖师
10. 佺在山下——拴在山下

 6. 答案：平城京。

谢谢你!!出现在我的生命里

@ 林特特

多年前，我大学毕业，在合肥一所中学做历史老师。

历史老师，上午总是很清闲，而下午，则奔波在两栋楼——办公楼与教学楼间，奔波在不同班级的教室里。

我最喜欢上课前，站在教室门口做短暂停歇的瞬间，如果这时正赶上眼保健操，我就能得到更大的心理缓冲——即便一堂课上八遍，每上新的一遍，我还是会紧张，这紧张倒不是怯场，是亢奋，是逐渐进入状态，我总像面对一场演出似的，先凝视台下的观众，不，学生，在脑海中把即将要说的话全部过一遍，再走进去，喊“起立”“坐下”，开始一堂新的课。

我的学生可爱至极，六百多个孩子，我都能叫出名字；但我还是在课堂上，被他们气哭过一次。

那是一年的12月13日——南京大屠杀纪念日。

我先上了十五分钟课，介绍背景、做铺垫、渲染气氛，再播放纪录片影碟。

黑白电影的画外音严肃、悲怆。

可是课堂上还是有人把这当儿戏，笑了起来。

我走过去，制止他，而笑声并未立刻停止，大家被笑的人吸引，视线从纪录片上转移，“叽叽喳喳”，我忍无可忍，竟当场哭了起来。

这半是因为场面失控导致的情绪失控，半是因为对自己授课水平的怀疑：难道我对大屠杀的介绍不足？气氛渲染的火候不当？

总之，课是没法上下去了，纪录片继续放，我离开教室，由课代表代为监督。

但两天后，轮到下一堂课，我再走进这间教室，却惊呆了。

黑板中央挂着一大朵手工制作的白花，像清明节参观烈士陵园时做的那种，但比那还大；黑板上写着：“纪念南京大屠杀死难者，杨老师，对不起。”

学生们表情肃穆，真的像在烈士陵园，上一堂课笑的人站在墙角，脸冲着白花，做道歉状。

据说，我哭着离开课堂后，他被全班同学围攻，也哭了。

俱往矣，这些都成为笑谈。几乎每个后来和我联系的学生，都会提到这件事儿。

“哈哈哈，杨老师，你被我们气哭过呢！”

“哈哈哈，杨老师，听说，你在八班被气哭过？”

所谓“后来”，分不同时段。

2003年，我考上北京一所大学的研究生，离开合肥。

此后，一些学生和我保持联系，我们分别用QQ、MSN、微信聊着，分享彼此的成长。

另一些学生，我们不断在微博、豆瓣、人人网，发现彼此。

前几天，我来上海出差，和几个学生聚餐。

我比他们大十岁，如今，他们也成为职场的中坚力量，大多数已有自己的家。

一个学生，叫卫青，他说：“杨老师，你还记得吗？初中时，你上到汉代将军卫青那一课时，让我上台去讲，那一刻，我第一次知道什么叫‘自豪’。前不久，我真的去了卫青墓，在他的坟前，我流泪了，想起当年上讲台的自豪，觉得不能辜负父母给我起名的初衷。”

谢谢你们出现在我的生命里。

谢谢我说过的话、教过的书，在某个时刻，还会让你们想起。

那真是温存的记忆。

田龙华摘自《祝想吃的都梦到》

江苏凤凰文艺出版社

图：宋书成

我不是路人甲，请叫我键盘侠

@ 瓜子跑得快

是夜，我一袭黑衣，脸也蒙着，无人知晓我真实面容。我手持道德刀，腰悬正义剑飞身纵起，一击而中，对方一震，向后便倒；我手起刀落，他顿时气绝。

我是这世界里的侠，身怀绝技，飞檐走壁，谈吐之间，灰飞烟灭。

我罔顾生死，只因庸医横行，人心不古。而这麻木，需要我来唤醒，这世道，还得我来改变。我要让所有跌倒的老人都有人扶起，每个富豪商贾都慷慨解囊；要让男人们都正义担当,女人们都安分守己。于是我总是在最深的夜，抽最劲的烟，激扬文字，指点江山。

一阵猛烈地敲击键盘之后，困意袭来。我燃起一支烟，臆想着红袖添香，渐入佳境时，回想起白天发生的事。

还好我没举报那个正在掏乘客包的小偷，或许他的裤兜里正藏着一把匕首；还有马路上那位摔倒的老人家，我躲在树后边看了十分钟，居然没有一个人去扶他，都还是人吗？

白日里，我中规中矩地朝九晚五，是个跑着生活龙套的路人甲。只是时不时还得忍受父母的逼婚催促，应对新同事的竞争和老同事的排挤，更多的则是因为一些工作小失误被经理指着鼻子骂。

可是一旦夜幕降临，我便化身侠客，驰骋在网络世界里，舌战群儒。关上电脑那一刻，所有的愤懑烟消云散。

此刻，我的键盘，是贝多芬命运里的钢琴键，更是金庸笔锋下的穿心针。我熟练地点开浏览器，打开微博，看看娱乐圈里有没有新鲜事，需要我指点江山……

忙到这里，已经晚上十一点了。伸张正义，需要体力，于是我决定，吃桶泡面，接着掌控大局。

右下角突然弹出一则新闻，一个叫艾米的小童星自杀了，她的父亲宣称，女儿之死是因为网络暴力。我搜了下她的简介，长相还算甜美，可心理承受能力这么差，被人说几句就自杀，还怎么当明星？

于是我在艾米父亲的微博下留言：孩子这么小，就被你们当成摇钱树，你们才是真正杀了她的刽子手！

我的留言很快带来了不少赞与回复，烟雾缭绕里，蓦地看到了鲁迅先生，那位以笔为剑、讨伐国民劣根性的勇士，仿佛正冲我肯定地点点头。

我的眼神更坚毅了，匆忙地打开朋友圈，一旦发现年轻女孩晒车，马上回复她：这车干爹送的吧？一旦发现宝爸宝妈晒娃，当即提醒他：美颜相机可还好用？娃P成这样，你还能认得不？

可平心而论，我最看不惯的，是秀恩爱的。但凡看到有任何秀恩爱的端倪，我定会第一时间扼杀：你尽管秀，明年还是这个人算我输。

毕竟我连只猫都没有。

泡面吃完了，汤也喝得干净，只剩下碗底的调料渣和葱末子赤裸着，丑陋着。刚刚又被一个微信好友拉黑了，起因是她竟在“9 · 18”这天发日本代购的消息，出于民族使命感，我委婉地提醒她：“今天‘9 · 18’，作为中国人，请你把朋友圈那条状态删了吧。”可是吃三盒泡面的工夫都过去了，她还没有回复我，等我再发消息给她的时候，消息已被拒收。这已经是拉黑我的第108个人了。

于是我吹吹键盘上的灰，又点起一根烟，打开新的网页，眯着眼睛，伸长脖子，开始寻找下一个猎物。

朱权利摘自简书

图：小黑孩

【讨论区】刀是什么样的刀？岁月杀猪刀！剑是什么样的剑？唇枪与舌剑！键盘侠者，方寸之间，杀人于无形。你在网络上遭遇过键盘侠吗？你曾在无意间扮演过键盘侠吗？有事说事，读者圈见！

7. 答案：奈良时代。

青春片里的“麻辣教师”

@ 杨二芋

满口金句型

代表人物：《青春派》里的撒老师

“火箭班”的班主任，短发及肩、目光凌厉，在她的注视下背课文堪比蹦极，学生考不好就开骂，天天强调分数排名模拟考，用未来的出路警示学生，让人印象最深刻的就是她脱口秀一般的鞭策口号——“扛得住给我扛，扛不住给我死扛！”“不苦不累，高三无味；不拼不搏，等于白活！”

对学生说一不二，对家长也是金句不断——“高考不仅是考学生，也是考家长。我要给各位家长提一个要求：没有什么比你孩子高考更重要的事了！所以你们有要破产的，请坚持坚持，熬过这158天；有要离婚的，也请先凑合凑合，等过了半年再说。现在你们最高的使命，就是高考。”

这样的老师令学生闻风丧胆，但各种细节却透露出她对学生浓浓的爱。“你说你拼爹拼不过，你还不拼你自己？”

蜜汁口音型

代表人物：《谁的青春不迷茫》里的数学老师

俗话说，真正的勇士，总能直面各种口音的摧残。每个学生都曾被某个老师的地方口音或英文发音深深雷到过，像苏有朋扮演的这位数学老师已经很不错了，毕竟还是人人都会讲两句的东北话。东北老师教出来的学生玩成语接龙都不按牌理出牌：心心相印，印贼作父，父相桑害，害想咋地！记得以前数学老师经常说："胡萝卜鸡！"数学不好就没多想，后来才知道是"忽略不计"……

突然靠谱型

代表人物：《夏洛特烦恼》里的王老师

电影里的王老师会挖苦差生、给学生起外号，老想拍校长马屁却总是弄巧成拙，多年后只记得那些给自己送过礼的学生，可以说是一身的臭毛病。

但突然有一天，大家发现这个老师了不得，在学生遇到流氓时出手就是一套漂亮功夫，事后深藏功与名。明明有这么好的身手，被学生"暴打"时却不还手，问他为什么，他还一脸油腻地抖开"为人师表"的折扇，飙一句英文："I am a teacher!"

从不含糊型

代表人物：《最好的我们》《你好旧时光》里的潘主任

潘主任对学生和年轻教师很凶，动不动就是万字检讨，还为了杀鸡儆猴开除过犯错学生；全身心抵制早恋，放言："振华哪对情侣不是被我拆散的？"

但关键时刻也绝不掉链子。他重视学生的安全，在小混混来学校找事时尽职尽责地把学生护在身后，眼镜没了，睁着小小的近视眼把小混混骂走。

骂小混混的这段对话很经典——"你是哪个班的？班主任是谁？""我是……我不是你们振华的！""你连振华都考不上你还敢打架？"

在《青春派》的结尾，复读班的学生对严厉了一整年的老师深情告白——

老师，您陪我们度过了艰难、漫长而又短暂的一年，在这个即将要离别的时候，我们想对您说，我们忘不了您，因为我们真的恨您，但是我们也爱您。

而老师，他们又何尝不知道学生的辛苦和不忿呢？只不过作为过来人，他们能给到的最优质的建议也就是"虽然很累，但还是请拼命学习吧"。

李金锋摘自《Vista 看天下》

图：小柯

就是爱历史（日本）8．平安时代即以哪个城市为都城的历史时代？

水果与班级

@［新加坡］尤　今

教学多年，我发现了一个有趣的现象：每一个班级，都有自己独特的个性。

且让我以“水果”来比喻吧！

最怕“胡桃班”，密实而坚硬。

上课时，鸦雀无声，老师起初由于秩序良好而暗自高兴，慢慢地，却觉得不是滋味了，因为学生个个宛若千年化石，一问不答，百问不应。有时，站在教室里，觉得好像是独自一人在空旷的大漠中喃喃自语，那是一种孤独得近乎窒息的感受。

不爱“榴莲班”，刺多而扎手。

坐在教室内的，全是高度敏感的“愤怒青年”。他们看不到自身多如牛毛的缺点，偏偏又有着超强的自尊心。当你如履薄冰地对他们提出善意的批评时，他们立马化身为榴莲，每一根尖尖的刺都闪着阴阴的寒光，每一道光都无情地刺激着你的神经；当你抱着关怀的心尝试接近他们时，他们却以直直竖立着的刺当作自我捍卫的“武器”，你根本近身不得。愣愣地看着那根根又尖又利的刺，你真想把自己变为一把撬子啊！

“柠檬班”，顾名思义，让人一想便双眉打结。

全班上下都是“分数主义者”，他们锱铢必较，分数是他们精神之库的金银珠宝，是他们的天和地。平时读书，只专注于考试范畴内的，其他的一概缺乏兴趣。测验卷子分发回去，由头到尾，审查了一遍又一遍，不是想纠正自己的错误，而是要看看老师到底有没有少给了一两分。他们没温情，没人情；一旦毕业，便把老师视为陌路人。

“龙眼班”，甜入心坎，也让人爱入心坎。

他们极有分寸，该闹时闹、该静时静；动若脱兔，静如处子。上课时，气氛融洽、活泼，教与学，相辅相成。下课后，他们常常敞开心扉和老师谈天说地；倘若老师生病，他们还会嘘寒问暖哪！教师节来临，他们也不会忘记给老师送上一张暖心暖肺的卡片。师生关系温馨和谐，可他们坚守底线，绝对不会爬到老师头上来撒野。“龙眼班”是老师心中的瑰宝，他们让老师觉得教学生涯就是一桶甜甜的龙眼蜜。

“哈密瓜班”，有着千回百转的香气和深邃的甜味，是果中上品。

他们非常聪明，也非常活泼。说起话来，风趣幽默；读起书来，废寝忘食；办起事来，干劲冲天。课内常识与课外书籍，他们一视同仁，德智体这三者，他们兼而重之。最重要的是：他们勤读英文之余，也绝不忽视母语，身上常有书香袭人。

遗憾的是，教书多年，“哈密瓜班”始终无缘一见。

卧龙摘自作者新浪博客

图：恒兰

邀你脑洞接力 “人猿泰山故事续写”

比小说有情节，比电影更有味。由故事会公司编辑出品的“人猿泰山全译精编插画系列（全25种）”，将会给您最精彩好看的泰山故事，原始森林的野外生存，现代武器的激烈战争，惊险刺激的生死搏斗，缠绵悱恻的爱情传奇，将一一在书中呈现。

那么，你想象的泰山是什么样子，有哪些令人惊心动魄的故事呢？“人猿泰山故事续写”，邀你脑洞接力，续写泰山新传奇！

续写稿件将择优刊发在“故事会文摘”公众号和《故事会》文摘版杂志，刊用即付稿酬。

稿件请发邮箱wenzhaiban@126.com，并标注“人猿泰山故事续写”字样。

扫描二维码
购买“人猿泰山”
系列图书

8. 答案：平安京（京都）。

牙齿保卫战

@泠音

我妈认为，我的牙很大程度上遗传了我爸的那口坏牙。她在我四五岁时看着我歪歪扭扭的乳牙，就开始想象我三四十岁的时候因牙齿坏掉而被迫拔牙的场景。

所以她在心里默默立下了一个志向：保住我的一口牙。

窝沟封闭：我不是在补牙洞

基本上每拔完一颗乳牙，过个一年我就去做窝沟封闭。

窝沟封闭的原理很简单，就是把牙上面容易生牙洞的、深凹进去的窝沟用药剂填补上，防止细菌聚集在沟沟里腐蚀牙齿。

我做这项治疗的时候大概是七至十岁，正好是频繁换牙的年龄。在我多次去那家口腔医院拔滞留的乳牙时，有一次医生对我妈说："你家孩子要长蛀牙了，我建议给她做个窝沟封闭。"

我妈毫不犹豫地同意了。于是刚拔完牙的我又一次躺在了治疗椅上。

接下来的流程大概是这样的：首先医生用电动牙刷把我的牙洗干净；然后我的牙面上被滴上有酸蚀效果的处理剂，这是为了让封闭剂效果更好；之后是最重要的一步——涂封闭剂，填满窝沟；最后医生将发紫光的探头对准我的牙，使封闭剂在光照下固化。

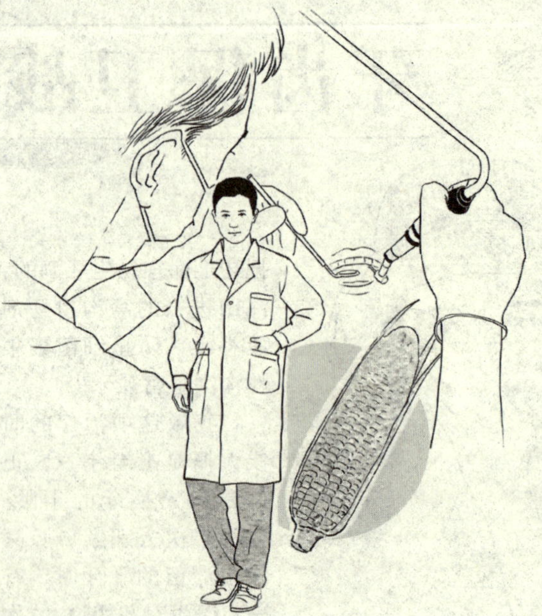

我是在那一年的冬天磕碎那颗门牙的。我的门牙情况很不乐观，因为它很不幸地漏了牙髓，所以那一年我几乎每隔两周就要去口腔医院治疗。

在那个男生嘲笑我的时候，我刚刚从三四个月的频繁的治疗中解脱出来，正戴着透明牙套等待门牙恢复。然而当我正因暂时不用见牙医而高兴时，却迎来了同学们诧异的目光，因为班里只有我缺了一块门牙。

我印象最深的是那个发紫光的探头。当医生打开它，探进我嘴里的时候，我感觉那紫色的光是我的嘴巴发出来的。在等待封闭剂固化的时候，我会盯着我张大的嘴巴的轮廓，努力观察能稍微透光的皮肤里的组织。

磕碎的门牙：原来我不是一个人

“缺牙怪！”在我五年级的时候，班里的一个男生这样嘲笑我。

于是我毫不犹豫地抄起手边的拖把往他身上扔。

就在我向同学解释完我的门牙的问题后，一位小个子的男同学突然开始龇牙，他那一排下牙很明显地缺了两块。

“你看我也磕过牙！”他笑嘻嘻地龇牙说。

一会儿又有一位女同学向我展示了她那颗缺了一个角的牙齿。原来我不是一个人！我顿时感觉心里舒坦了许多，因为那位男生的情况比我糟糕多了！后来我在初中的学校和医院又见到了很多和我伤在了一个地方的人，我才明白我不是个例外，同时我感觉很不可思议：牙齿真的很脆弱啊！

钢牙套：它们在我的嘴里跳舞

那天下午，我来到口腔医院，躺在治疗椅上准备成为一名钢牙妹。

我的主治医生崔大夫极其利落地清洗我的牙面，在牙面上涂胶，然后用镊子将一颗颗托槽装在我的牙上，用光使胶固化，最后将钢丝扣进去，发出“啪、啪”几声。不到一个小时，我的矫正器就稳妥地安好了。

但钢托槽却不如我想象中那么安稳。第一颗托槽，是我左边二号牙的，在我刚离开医院还不到两个小时就脱落了，而我甚至还没吃过东西。

所以我认为是我那颗牙长得太歪了，矫正器兄弟们努力想把它拽到正确的位置，然而用力过猛，自己倒从那颗牙上掉了下来。真是难为它们了！

第二天，崔大夫见到我的第一句话是：“你怎么这么不注意？”我心虚地朝他“嘿嘿”一笑，重新粘好了托槽。

第三天吃午饭的时候，我接过我妈递过来的玉米棒子，狠狠地在上面啃了一口。只听“咔嚓”一声，我右边一上一下两颗牙的钢托槽都掉了下来。

一开始，掉的这两颗托槽安分地待在它们自己的位置一步也不动。然而没过多久，两颗脱落的托槽中位于下牙的那颗开始以钢丝为支柱跳起了钢管舞。另一位见此状况也开始跳了起来。

于是这两位仁兄开始在我的嘴里抖动，甚至翻起了跟头。我很担心它们撞掉别的托槽，甚至开始害怕托槽从钢丝上掉下来。

在那段时间，我做了个梦，先是梦到我使劲漱口，吐出了一颗托槽，它顺着水流流进了下水道。然后我又“目睹”了我使劲咕嘟水的时候，将另一颗托槽咽下去的场景。虽然我听说，咽下去的托槽不会被消化，而是会通过肛门排泄到体外，但我不会为了找一颗托槽而去翻我的排泄物啊。

最后我还是屈服了。崔大夫见到我，叹了一口气，一言不发地粘上了那两颗托槽。

大浪淘沙摘自微信公众号三明治

图：豆薇

【小贴士】保护牙齿成本最低、效益最高的方式就是早晚刷牙、使用牙线、定期洗牙。祝大家都能打赢这场牙齿保卫战！

有图未必有真相 那些教科书“犯”的错

@ 杨津涛

玄奘标准像不标准

初中《中国历史》,《唐朝的中外文化交流》的配图“玄奘像”,是一幅日本绢画。在日本学者论证画上行脚僧为玄奘后,此画就广为流传,2005 年还曾在中国国家博物馆展出,成为玄奘的“标准像”。

但这幅画在细节上疑点颇多,比如画上行脚僧耳朵上戴的大耳环,是佛教“成就派”苦行僧的习惯,行脚僧脖子上挂的骷髅串饰,是佛教“密宗学派”的配饰,而玄奘是“法相宗”的创立者,身上不应有成就派或密宗学派的饰物。此外,画上行脚僧衣着华丽,和敦煌石窟等处壁画所见僧人“身穿窄袖裙衫,脚蹬木屐”的简朴形象不符。

“好奇”的少年溥仪

高中《历史》,《辛亥革命》的配图“宣统帝溥仪”,是一张来历不明的照片。

经过学者比对,照片上的男孩穿的是清朝官员制服——补服,头上是一至七品等官员戴的顶镂金花座“朝冠”。按照礼制,溥仪作为皇帝,无论退位前后,都没有机会穿此衣服。唯一可能的解释是,溥仪出于好奇,试穿过这件补服。如研究者所言,“对比溥仪在位、复辟时期的照片,这张出处不清的照片代表性不强”,“无论图片中人物是否为溥仪,此服饰都缺乏历史感,甚至存在伪造史料的嫌疑”。

9. 答案:平清盛。

中国官员没穿官服签《南京条约》

高中《历史》,《鸦片战争》配有一张签约图片,图注为“中英《南京条约》在南京下关江面英国军舰皋华丽号上签订时的场景”。

最新的初中历史教科书八年级(上册)《鸦片战争》,也使用了这张油画。

从图上看,几名中国人穿的都是普通长袍,而没有穿官服。按理说,签署《南京条约》这样重要的外交场合,中方代表肯定是要穿官服出席的。这幅油画所反映的,究竟是不是《南京条约》签署时的场景,相当可疑。

被错认的裕仁天皇宣读投降诏书图

高中《历史》,《抗日战争》开篇配有一张标注为“日本天皇宣读投降诏书”的照片,图片旁为课文导语:“1945 年 8 月 15 日 12 时,从日本广播电台传出一个低沉的声音:‘帝国政府已受旨……’这是日本裕仁天皇在宣读日本无条件投降的诏书。”

如课文所说,《终战诏书》(即教科书中所说“投降诏书”)是裕仁通过广播发出的,此前由日本放送协会派出的八名工作人员帮助裕仁录音,录音地点在皇宫里的天皇办公室,时间为 1945 年 8 月 14 日 23 时 20 分。再看教科书上的这张照片,裕仁身着和服,站立面对众人宣读什么,显然不是录制《终战诏书》时的情景。

孙中山就任照片系“伪造”

高中《历史》,《资产阶级民主革命的酝酿和爆发》中,配有一张图注为“孙中山等在中华民国临时政府前合影”的照片。在一些书中,这张照片还被标为“1912 年 1 月 1 日,孙中山在南京宣誓就任临时大总统”。

临时大总统就职典礼于 1912 年 1 月 1 日晚上 10 时,在南京总统府举行。据曾作为江苏省代表参加典礼的袁希洛回忆,“这庄严的典礼因在夜间的缘故,当时摄影记者未有镁光设备,不能摄一张照片,殊为可惜”。另外,照片上出现的于右任、蔡元培,在就职典礼举行时,也都还没到南京。

李金锋摘自《人生十六七》

图:黄煜博

扫码看那些年教科书都“犯”过哪些错?

见血封喉

@薛冰

元宵节刚过，父亲一位同事家里新生的小兔宝宝满月了，带到单位里分送，父亲也兴致勃勃地抱回来一对。

那个春天，是全家人最欢乐的季节。我们放了学，头一件事就是去逗兔子。小白兔静静地蹲着，用红宝石般的圆眼望人，一眨也不眨，突然跃起，就从人缝间穿了过去，引得姊妹们一片欢叫，七手八脚地追逐。晚饭后，父亲问过我们的作业，也会背着手去看看兔子，听我们说说兔子的轶闻趣事。两只兔子俨然成了新的家庭成员。

喂兔子成了我的专职，每天趁早凉割草，最远能跑到清凉山下。

说不清哪一天，两只兔子开始在厨房的泥土地面上打洞，没几天就挖到地下一尺多深，然后水平推进，又有二尺左右，我们有些怀疑它们是想打洞逃跑。母亲担心洞里潮湿，从草垫上抽了几把稻草给它们，果然大受欢迎，一根根都衔到洞里去了。母亲还发现它们相互梳毛，梳下的毛铺在稻草上，真是个温馨的小窝呢！

转眼到了初冬，院子里有人家养的鸡，被黄鼠狼叼了。老人们说黄鼠狼打不到野食，就会来偷家禽，鸡笼都得盖严实些。

万没料到，黄鼠狼会打兔子的主意。夜深人静，两只兔子忽然尖

就是爱历史（日本）10. 随着武士阶级的成长壮大，促进了哪种文学题材的兴起？

叫起来。我们都吓呆了，父亲赶过去，打开厨房门，拉亮电灯。兔子不叫了，也不见黄鼠狼的踪影。看看洞里，一只兔子横躺在洞口，另一只呆呆地伏在它身后。

早晨起床，我们都挤到厨房里看凶案现场。死兔子被从洞里提出来，直僵僵的，可浑身上下皮毛依然洁白，连伤口都看不到。父亲拂开兔毛，在颈边找到了一个米粒大的出血点。“见血封喉！”父亲说，“兔子只要一出血，就活不成。”

当天中午，死去的兔子变成了一碗香喷喷的红烧肉，可是我一点食欲都没有。母亲劝我说：“兔子养大了，不就是杀来吃的吗？这兔子你喂得最多，该多吃几块肉才是！”我相信母亲说的有道理，可就是不想吃；看着弟妹吃得开心，还有点奇怪，他们难道不晓得，这就是给我们带来无数欢乐的白兔啊！

母亲在院子里与邻居说起，都讲幸存的那只兔子也活不长，还不如趁早杀了吃。母亲被说动了心，可是不晓得该怎么杀。一个邻居经过，笑道：“这还不简单！”从母亲手中抓过兔子，握住两条后腿，抡起来，朝院墙上掼去，只一下，都没有来得及挣扎的兔子就死透了。

把死兔子提回厨房，肚子破开，母亲“咦”了一声，不禁泪流满面，原来那是只怀孕的母兔。八九只小兔子已经成形，就要生产了。

放学回家，房间里弥漫着兔肉的香气，我就知道不好。父亲在一边劝解，说：“算了算了，等同事家生了小兔子，我再讨一对回来。”

那天晚上的兔肉，母亲也没有吃。

厨房里的那个洞，久久没有填起，有一天，我从洞边走过，突然想到，相比临产的母兔，公兔行动敏捷得多，先被咬死的该是母兔才对。一定是公兔为了救护母兔，奋不顾身地冲上前去与黄鼠狼搏斗，就是死了，也还要堵在洞口。然而，它牺牲自己，从黄鼠狼口中救下的孩子，却断送在了喂养它的人手中。

就是在这一天，我以为我长大了。我第一次对死亡、对杀戮、对生命的意义有所思考。我怀疑人们屠杀其他动物的权利——因为你喂养了它，你就可以随意杀了它吗？

半个世纪之后，兔肉成了颇受青睐的健康食品，内子常把兔腿和鸭腿切块，混在一起红烧，我总是拣鸭腿吃。

人们的种种饮食禁忌，或许，就是这样形成的。

清荷夕梦摘自《饥不择食》中国青年出版社

图：陈明贵

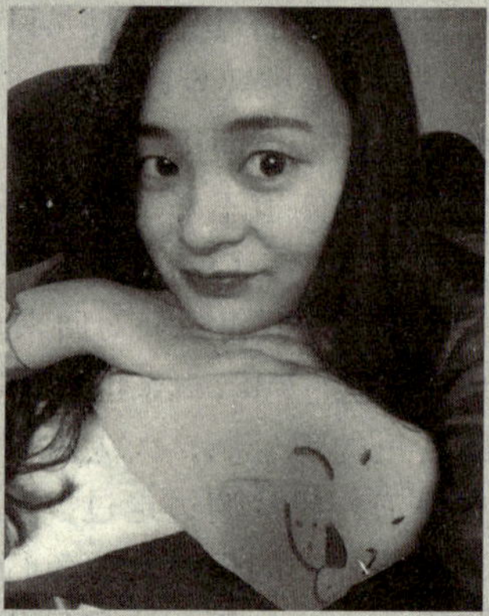

你爱过世间哪一座桥

@陈若鱼

既是良师，又是益友
题赠《故事会》文摘版
陈若鱼

一

我是上个月途经一家很老的照相馆，在橱窗上发现夏岚的照片的，然后每周学校公休的时候，我就乘一个小时的环城公交来到这家照相馆的橱窗外。我有想过半夜来打碎玻璃偷走这张照片，也想过跟老板买下这张照片，但我没有这样做。

因为，我明白我并没有私藏夏岚照片的资格，以至于连用手机拍下照片的勇气都没有，我觉得最恰当的方式，就是每周来这里看一次。

二

2009 年秋天，夏岚还留着马尾辫，笑起来干净可爱，纤瘦的身板，像日本青春电影里的女主角。但奇怪的是，除了老师并没有人喜欢她，她从来不跟人交流，也没有一个朋友，当别人成双结对的时候，她总是形单影只。

那时候，我刚从国外回来，为了适应国内生活以及语言障碍，不得不办理一年的休学，但平时我喜欢去中学附近溜达。第一次遇见夏岚，是在学校门外的水果店，我对老板说来一斤橘子，但是我一时忘了橘子的中文怎么说，明明指给老板看就好，可是我有些执拗，望着老板的秃头想了半天也没想起来。

突然一只纤细光洁的手，指向一堆黄澄澄的橘子，我顺着手臂望

10. 答案：军记物语，以武士为主题的小说。

上去，只见一个穿校服的少女。老板白了我一眼拣了几个橘子过秤后递给我。

我用蹩脚的中文对她说了谢谢，然后又问她："同学，这个怎么读？"

我以为她会像看傻瓜一样看我，然后笑着念拼音给我听，但结果是她上下打量了我一眼，一个字也没说，摇摇头就走了。我看着她高高扎起的马尾，在我眼前晃啊晃，一会儿就走进了雨花中学。

三

那天，在水果店里买水果时，我又看见了从校门里出来的夏岚，依旧是她一个人。我见她去了快餐店就跟了过去，装作偶遇一般在她面前坐下。

"姑娘，你是一个人吗？"我问道。夏岚看我的眼神像在看一个傻子，然后掏出纸笔写道："不是人，是什么？"我"嘿嘿"挠挠后脑勺，但心里却疑惑：这么美好的姑娘，怎么是哑巴呢？

时日久了，我们渐渐成了朋友。通常情况都是我说蹩脚的普通话，她听着，有时候摇头，有时候点头。

深秋的时候，偶然听见夏岚给父母打电话，我才知道她并不是哑巴，只是她跟我一样不会说普通话。我一口西洋腔中文，而她一口海南腔，两个人讲起话来，搞笑又可爱。

夏岚是海口人，因为父母做生意而来到内陆。她不是不想跟同学做朋友，只是她觉得她的普通话太差劲，一定会成为同学们的笑柄，因此她从进入这所高中开始就没跟任何人讲过话，同学们也以为她是个哑巴。直到那天，她在水果店遇见我，一个普通话比她还差的人。

后来，我们几乎每天都会在水果店碰面，然后找一个没人的地方练习普通话发音。第一次去永安桥，也是夏岚带我去的，她站在永安桥上，跟我说她毕业的时候要在这座桥上拍张照。

"为什么？"我好奇地问。

"这是秘密，不告诉你。"夏岚眨眨眼，一脸神秘。

四

寒假的时候，夏岚乘火车回海南，我作为唯一的朋友去送行。

可是到了火车站才发现，来送她的还有一个男生。夏岚趁他不注意时塞给我一张纸条，上面写着：高歌以为我不会说话，帮我保密。

后来，我很少再去水果店了，而是每天在家里练习普通话，因为到秋天我就要去雨花中学上课了。那时候，我可以每天都看见夏岚。

初夏的时候，我突然接到水果店老板的电话，说夏岚要见我，我从家里风风火火地跑去雨花中学。

“你不是想知道为什么我要在永安桥拍照吗？”这时，夏岚的普通话已经很标准了。

夏岚说两年前她刚刚来到这座城市，父母以家里没钱为由不让她念书了，她跟父母吵完架跑了出去，不知不觉就走到了永安桥。因为刚下过雨，桥面湿滑，她一不小心从桥上掉了下去，一个男孩救了她。

我想，救她的人一定是高歌。

夏岚接着说，因为父母以为她跳桥自杀，所以不得不答应她继续上学。她进学校不久就见到了救她的男生，但是她不会说普通话，只能用笔跟他交流。今年寒假，她在家里练习了整整一个月，只为了开学的时候跟高歌表白，没想到高歌拒绝了她。

五

我准备入学的时候，夏岚突然来找我，她说：“宋锐，去年寒假我上火车之后，你跟高歌说了什么？”

去年冬天夏岚走之后，我跟高歌说，夏岚并不喜欢他，她装哑巴不过是为了获得他的同情。

“我永远都不会原谅你。”

那天夏岚说完最后一句话，没看我一眼就走了。

九月，我以新生的身份进入雨花中学，无论是在食堂还是周一升旗的时候，我都会看见她，但是我们再也没说过话。

一年后，夏岚在高考前临阵脱逃，原因是她家没钱给她念大学。我想，那张在永安桥上的照片，就是高考那天夏岚请了照相馆的师傅照的吧。

又是周末，我乘坐环城公交途经雨花中学的时候，远远地看见水果店门口站着一个女生。短短的齐耳短发，尖尖的下巴，跟水果店的老板交谈着什么，整个人都散发出熠熠光辉。我知道那一定是夏岚，想要下车可公交车已经载着我离开了，就像时光已经载我离开与她有关的岁月。

我只能去那家老旧的照相馆，看一看十七岁的夏岚。

摘自微信公众号陈若鱼

【作者简介】陈若鱼，90后独立撰稿人，作品发表于市面各大杂志，已出版恋爱故事《世界有你便是甜》，长篇小说《眉眼如酥》即将上市。个人公众号：陈若鱼。

那一年他温暖了全世界

@华伟552

一

在《射雕英雄传》《神雕侠侣》中，丘处机被描述为一位豪迈非常、武艺高强的道士，团结群众保家卫国，很正能量。

其实那是金庸老师的一厢情愿。

因为，就连丘处机也说不清楚自己的国籍。

当他在山东栖霞出生时（公元1148年），那儿早已是金国领土。

对南宋皇帝，他始终没有表示出特殊好感，倒有点像一个无政府主义者。

二

丘处机自幼便失去双亲，是一个苦命人。公元1167年，丘老师已经长成了一个玉树临风的小伙子。无论晴雨，他总爱戴一顶蓑笠，人称“蓑笠先生”。

也就是那一年，他正式出家，拜著名的全真教王重阳为师。刚刚学了一年，王老师就带着四名弟子游历西域，再也没有回来。丘处机追逐潮流，开始在饶州龙门山（今陕西宝鸡）隐居，时间长达七年。

为了锻炼心志，他生活的基本原则是：怎么苦就怎么来。他家里是不开伙的，连个碗都没有。冬天来了，就穿上上一年的破单衣。惩罚肉体，净化心灵，他慢慢成了一个著名的苦行主义者。

丘道长是个养生狂人，江湖盛传，他已经参破红尘，可以呼风唤雨，腾云驾雾。最神奇的是，他从没去过医院（一千年前还谈不上什么医疗条件，得了病只能等死）。

很多人据此预测，丘道长至少能活到三百岁。

三

金国和南宋的几个皇帝都对他感兴趣，用各种方法拉拢。但他似乎有点政治洁癖，只是给了金世宗完颜雍几分面子，帮其招抚难民，度过社会危机，还为其“剖析天人之理，演明道德之宗”。

接班的金宣宗就没有那么好的运气——1216 年，金宣宗召丘处机去汴梁见面，但丘处机认为金朝皇帝有“不仁之恶”，婉言谢绝。

三年后，宋宁宗（宋朝的第十三任皇帝）专门派人请他到临安（杭州）唠一唠，他认为南宋皇帝有“失政之罪”，再次拒绝。俨然已经是一个不食人间烟火的半仙。

丘处机心里很清楚，不管是金还是宋，都不会最终拥有天下。

但孛儿只斤铁木真（成吉思汗）征战四方，杀伐无度。有资料统计，公元 1222 年中原人口达 7920 万，成吉思汗南下征战后，仅剩下 900 多万。

一个消息引起了丘处机的兴趣——成吉思汗表示，想跟丘道长一起去吹吹风，聊聊天。

成吉思汗感兴趣的，当然不是那些艰涩的道家理论，不是丘道长诗词中的人生感怀，更不是因为道长的模样帅。他真正感兴趣的，是道家的养生。

丘处机觉得，也许可以通过自己的努力，让成吉思汗放下屠刀。是的，一定可以。他确信。

四

公元 1219 年，丘处机终于等来了成吉思汗的正式邀请。

这是改变历史的一次旅行。

11. 答案：战国时代。

旅途中的丘处机，克服了水土、气候、饮食、病痛等种种困难，还遭遇了五次土匪。但他的精神状态，一路上都很高昂。

几个月后，丘处机的团队抵达燕京，入驻玉虚观。但是，蒙古方面通知说：很抱歉，大汗正在中亚与花剌子模沙朝干架，暂时回不来。谁让你们在路上耽误那么长时间呢？想见大汗，等着吧！

徒弟们纷纷劝掌教：别等了，咱们回山东吧！栖霞的苹果和大梨已经熟了，该回去吃了。

丘处机略一思索，决定不等了。但是不往回走，继续往西。他很清楚，等下去，很可能丧失这次宝贵机会。而自己剩下的时间，像风中飘摇的蜡烛，已经不多了。

又是一年多更困难的旅程，沿途只见民生凋敝，白骨累累。他希望能安慰那些可怜百姓，于是让部分徒弟留下来传教，参加当地的基础设施建设。

公元1222年4月，丘处机一行终于抵达兴都库什山（今阿富汗），见到了传说中的成吉思汗，两人一见如故。

“丘老师，长生不老药的事，能给个面子吗？”

“欲长生，少杀生！”面对一脸渴望的成吉思汗，丘处机喝了口奶子酒，一字一顿地说，“还要敬天爱民、清心寡欲。”

到了蒙古大营，他才知道，成吉思汗杀的人，比他想象的多得多。

成吉思汗很少听别人的规劝，但丘处机的话，他却听如天籁。为了表达自己的诚意，他令耶律楚材将丘处机的言论结集成书，并制定“止杀令”。根据各地上报数据，“止杀令”颁布当月，蒙古军队就少杀了400多万人。

离开蒙古西征大营，丘处机再也无力回到山东老家，只能到北京度过他最后的时光。他在日记中写道：这趟旅程很艰苦，但我可以问心无愧地说——生命的最后几年，我温暖了全世界。

两年后（公元1227年），丘处机在北京与世长辞，临终时面带微笑。又一个月后，成吉思汗病重不治，追随丘老师而去。

丘处机成了历史上唯一改变成吉思汗的人。

心香一瓣摘自微信公众号历史的囚徒

图：小栗子

【纪念】2018年10月30日，金庸逝世，享年94岁。丘处机改变了成吉思汗，而金庸武侠温暖了亿万华人的青春记忆。先生，走好！江湖再见！

丸子的朋友圈

郭美眉

想起学生时代，有一天，班上两个男生不知为何口角上升至拳脚相加，怎么也劝不开，同学们连连虚报："老师来了！""校长来了！""你爸来了！"但都不管用。这时，我只好上前一声娇喝："别打了，发型乱了！"两男生骤然分开，一人取出镜子用手理头发，另一个则拿出梳子……

一场战争就此结束。

大老板张富贵、金融小王子刘思聪、哲学系二师兄、快递员小马纷纷点赞。

快递员小马

我恋爱经验少，你们说，当我第一次一只脚踏进女朋友家门后，我应该做什么？

哲学系二师兄：擦桌抹凳进厨房？
金融小王子刘思聪：和未来老丈人谈谈比特币和区块链？
王大脸真的不是女汉子：真笨，当然是踏上另一只脚。

丸子

寻狗启事

我家小花狗在解放小区丢失，我和家人非常着急，小狗养了好多年有很深的感情，希望看到或者有线索的好心人联系我，电话：021-64668742，必有重谢！

王大脸真的不是女汉子：这有什么用？狗又不认识字。

大老板张富贵

昨天我儿子小明竟然说谎，我教育他："时间是戳穿谎言的刀，但人生最大的敌人不是谎言，恰恰是时间。"

结果小明居然问我："恰恰不是瓜子吗？"

我只好无奈地继续说："没文化，明明是一种舞蹈！"

小明却说："明明不是我么？"

金融小王子刘思聪：这孩子，有乃父之风啊！
王大脸真的不是女汉子：想嗑瓜子了……

哲学系二师兄

我平时总是丢三拉四，特别是雨伞，几乎每个月都得新买一把。为此我暗暗地下定决心，以后要多加小心。今天，我上午出去，下午回来，得意扬扬地对室友说："嗨，今天我可没丢东西，我把伞给带回来啦！"

你们猜他怎么说？

金融小王子刘思聪：你今天没有带伞出去呀！

王大脸真的不是女汉子

最近相亲认识了一个小伙子，福建人，上周末我带他回家，一开门就说："爸，妈，你看我给你们带什么好吃的回来了！"

丸子：你广东人啊！
王大脸真的不是女汉子：吃饭的时候，我跟他撒娇，你看别人家的男朋友，都吃女朋友剩下的饭……
郭美眉：你倒是给他剩啊！

金融小王子刘思聪

昨天我在餐馆点了一份牛腩汤，服务员问我感觉怎么样，我只好说："感觉良好。"

服务员又问："具体什么感觉？"

我微微一笑："我感觉这块牛腩的人品在闪闪发光，充盈着高尚的道德观，有着良好的教养和情操。"

服务员傻了："什么意思？"

我："意思就是，牛腩不够烂。"

哲学系二师兄点了个赞。

出租车总在**绝望**时开来

@王小山

2006年世界杯，我在德国逛了一个月，基本交通工具是火车和乌班（相当于城铁）。玩得正开心，忽然接到阿根廷球迷路金波的短信，他看完阿根廷队比赛，准备回国，渴望机场一见，喝喝咖啡。

时间紧，任务急，不得不动用出租车了，我住的地方离机场不近，打车要干掉30欧元，遇到红灯，看着计价器在跳，心惊胆战的感觉有木有？赶到机场，见到了路金波——隔着玻璃——你知道的，路金波智商之低令人发指，他居然无意中过了海关，我们只好抚着玻璃墙，相看泪眼，无语凝噎。

既然去机场坐出租车豪华了一把，回去没有任何理由坐乌班了。一来一往，人民币600+，差可安慰自己的是，德国出租车都是奔驰。

你想想，我们穷人家孩子，一辈子能坐几次奔驰？开心一点。

2011年4月去日本，飞机落地前东京地震，地铁停运，来接我的翻译只好中途下来打车，花了2000人民币。

拜老龄化所赐，日本出租车司机大多超过60岁，西装衬衫、领带、白手套、皮鞋，一样都不能少，规规矩矩、干干净净，车速不缓不急，该回望盲区时回望盲区，其余时间目视前方，把看上去很普通的工作，做得让人十分尊敬。

12. 答案：丰臣秀吉。

我是篮球迷，到了洛杉矶，至少要去看看科比吧，刚好赶上湖人队季前赛。从球场出来，天色已晚，不得已，我又要打车回去。美帝的出租车费真的太不亲民了，从球场回到我住的地区，有点堵车，花掉了120美元，而湖人队季前赛门票，只要179美元／张。

2015年8月9月，跟着纪录片《奇域》团队，一路向西，最后到了土耳其的伊斯坦布尔。那天，电视台领导来探班，大家很开心，跟着领导去吃日本料理。

去时走路不到十分钟，酒至半酣，只好打车往回走，到了地点，计价器居然显示52里拉——明明起步价5里拉的事。我知道，又遇到黑车了，跟司机说："要么5里拉，要么NO MONEY。"

司机嘟嘟囔囔到大声叫骂，不依不饶。

我们车上三个人，除了我，还有两个导演，一胖一瘦，都不是打架的料，而那个司机，足足有100公斤，大汉。不管了，下车，一分钱没有。

100公斤的出租车司机嘴里不停地骂着土耳其语，我只好用汉语指着他，说："王八蛋，下来，你下来。"

司机最终没有下车，气愤地向我们身边两米外扔了一个空矿泉水瓶子，开车走了。

那天我喝了不少酒，如果没喝酒，说不定乖乖给钱了。另一辆出租车上坐着我们的制片人老彭等几个人，可惜，他们没喝多，照表付钱。

番外

2000年6月，那是我人生中第一次坐飞机，那个激动……终于降落了。

出了机场我有点懵，完全没找到出租车排队的地方，只好走几百米到马路边。后来才知道，那里根本不是能停车的地方，车流很猛，完全没有可能叫到车的样子。

很久很久，绝望中，终于有一辆出租车停了下来。上出租车，说了去处，开了好一会儿才发现司机没打表，当时急了。

司机说："你要去的地方离这里一公里，我把你放到过街桥下，你直接过去就行了，要是开到门口，需要到前边很远的地方掉头。"我说："一公里也要打表啊。"司机看我一眼，说："一公里，我顺便捎你过去就行了，不用给钱。"

那一瞬间，爱上了广州。

彼岸花开摘自微信公众号骚客文艺

图：小柯

你会像一粒扣子一样示弱吗

@纤手破新橙

我妈生活的全部意义都在麻将桌上，只要有麻将打，她的脸就能笑成一朵花。而我爸喜欢喝酒，他经常跟我说的一句话就是："你爸没啥爱好，这辈子就爱喝两口酒，将来你若是想要孝敬我，就给我多买几瓶酒吧！"

我简直烦透了这样的生活。

那天，我爸喝醉酒去工地上工，结果从脚手架上摔了下来。刚开始听到这个消息时我真想恶狠狠地说一句："我早知道会这样！"但是，当我跑到医院，看见他闭着眼睛脸色苍白地躺在病床上时，我什么都说不出口了……

我妈在一旁一个劲地哭。于是，我开始去找医生给我爸做检查，又跑去工地找包工头。包工头见我是个黄毛丫头，一脸不屑地说："责任不在我，是他自己喝醉了酒。"

"我知道，我没想赖你，但是请你把拖欠他的工资都给我，因为要给他治病。"我斩钉截铁地说。

包工头可能没想到我爸那样的酒鬼会有我这样的女儿。他叫会计把钱给我，说："你是一个好姑娘，有什么困难可以来找我。"

回到医院时，看见我爸在喝粥，精神略有好转，我心里大安。我看见他的睡衣上有一粒扣子松了，就让我妈去护士站借针线给缝上。我说："就算是生病，也不能不像样子。"我妈弯腰缝扣子时，我看到她头顶的头发有些花白了。

那天晚上，我跟我妈坐公交车回家，我问她："妈，你真的觉得玩麻将有意思吗？”我妈的目光盯着车窗外的某一处好一会儿，才说：“能有什么意思？简直没意思透了。但是，如果不这样，日子要怎么才能过下去呢？”我突然有些心酸。她下岗了，心里应该是难过的。我爸做着很累的工作，从不曾认真听她说过什么，而我只知道伸手要钱。

那天晚上，我抱着枕头主动睡在了我妈的床上。我说：“妈，你白天缝扣子时，我在想，其实我们可以像那粒扣子一样示弱。因为那粒扣子肯定是在衣服上被绑得累了，才松懈下来，就是想告诉别人它累了，想休息一下，而不是假装坚强，直到崩落下来。”

> 我常常对身边的朋友说：“别总撑着装坚强，你会像一粒扣子一样示弱吗？”

我妈瞪着眼睛，一脸震惊地看着我。我又耐心地解释道，“我说的意思是，我们是亲人，我们可以把自己内心最软弱的地方展示给对方看，因为所有的困难我们要一起面对，然后一起想办法解决。”

出院后，我跟爸妈约法三章，我妈不再去打麻将，我爸也不再去喝酒，不然我就离家出走。

他们欣然答应了。

当我妈再次偷偷去打麻将时，被我抓个现行，我说：“马兰花，如果你想在你女儿心中做个言而无信的人，那你就继续！”

我爸跟我商量可不可以少喝点酒，哪怕只喝一小杯。我板着脸训斥：“能喝一杯就能喝一瓶，你看着办！”

有时候，我也会像一粒扣子一样示弱。我跟我爸妈说别人家的父母是怎么疼孩子的，我也想去公园跟他们野餐，想要条漂亮的裙子，想跟他们去必胜客吃比萨……

他们是爱我的，所以，他们会为了我的愿望而努力，这样就够了。后来，我妈去做了保洁员。因为她的工作得到认可，还成了小组长，手下管了两个人。我爸本来技术就很好，不喝酒时，几乎无人能超过他，他的奖金成了工程队里最高的。我生日那天，他们带我去吃了比萨。我爸说：“姑娘，我们头儿一直夸你，说你将来一定会很有出息。”

我笑了：“那当然，我连父母都能领导好，将来没准是企业家的料。”

珠珠摘自《学生天地·初中》

图：陈明贵

【作者寄语】微型小说，一千多字，虽局促，我却不敢在文字、叙述、人物、对话、细节、意境、情感、寓意等方面做减法。文字少了，稍有粗疏，很容易被读者识破；稍有瑕疵，很容易被读者捉到。人物、情节，都得反复琢磨，如在一千字内还出不了彩，读者会很失望。

万芊

雾魇

@万 芊

异乡画人在码头徘徊，雾误了他的归程。忽有三两孩儿惊呼“救命”，他搜寻湖面望去，浓雾中，似有物体在水间翻动。他顾不得脱衣，跃入湖中，消失在浓雾中。

半晌，三两个孩儿唱着儿歌，老街中隐约传来他们远去的欢声。

下午时，雾竟然退了，有人突然望见了湖面上的异样，摇着小木船靠近水上漂浮的物体，一一打捞出水。码头石台阶上多了异乡画人和一个稻草人，稻草人上拴着一根细细的长绳。异乡画人，镇上人大多见过，而稻草人，则是湖边粮库里经典、经纬的杰作。县公安局的民警，开着小快艇带走了粮库里的经典、经纬。

第二日，客船像往日一样启航，谁也没有看到鼻涕虫阿邱和斜眼阿令登上了这唯一驶往县城的航班。

一转眼，十年过去。又一个雾气浓浓的早晨，镇上人看见经典、经纬走在古镇的小街上，脸容憔悴，满头华发，眼睛躲躲闪闪的。

有一位异乡来的老教授买下了轮船码头旁的老房子。老教授夫妇常相伴着在镇上湖边写生画画，默默地来去。

一转眼，四十多年过去。昔日码头房子改建的“异乡画人画廊”吸引了好多慕名而来的异乡人。画廊里展示着九旬老教授毕生的画作，尤其后期画作中，多的是雾和稻草人，先期是诡异、冷漠、狂愤的，中期是迷茫、飘忽、压抑的，晚期则是柔美、飘逸、平静的。当然，

13. 答案：武士、农民、手工业者和商人。

还有几百幅异乡画人溺水前的获奖遗作、各地写生，甚至小时候的绘画作业，足以领略一位年轻画家的艺术天赋。画家的英年夭折，让每一位参观者，心郁如堵。

四十多年前，那天，教授唯一的儿子在码头上徘徊，雾误了他的归程，忽有“救命”的惊呼声，他跃入湖中救人……而此时，两个少年阿邱和阿令正牵着稻草人的绳子，假装溺水……

那一场大雾以后，不仅教授的儿子死了，两个恶作剧少年也消失了，他们的父母在漫长的寻找中早已身无分文，靠乞讨为生，老教授夫妇俩却愿把自己画廊里最好的收藏作为酬资，帮他们找孩子。

只是据说，阿邱和阿令的两位老爹，大年三十的晚上，没有回家，还在异乡苦苦地寻找。

图：宋书成

红彤彤的校徽

@万芊

李甽（音同圳）初中毕业那年，父亲退休。李甽顶替父亲进入陈墩镇中学做校工。到学校报到的那一天，学校人事竟然给他发了一枚红校徽，这让李甽惊诧不已。

上班的第一天，他非常虔诚地戴上了红校徽。当李甽佩戴着红校徽在年幼的新生前走动时，学弟学妹们天真的问好让他特别享受。

每天天不亮，李甽就得赶到食堂，点火烧水做了面点上大笼。每天几百号师生等着，稍一拖拉，就会误了早餐，那可是不得了的事。

做了校工，李甽才知道陈墩镇中学之所以高考录取的学生多，拼的是时间和毅力。绝大多数学生一日三餐就靠大食堂。一大碗饭两个大包子，取了就走。饭吃了，大包子藏着，饿了掏出来啃啃。因此，偌大的食堂，面点一直是供不应求。于是，李畊除了每天跟着师傅蒸大笼大笼的大包子，还得包饺子、裹馄饨、汆粢饭糕、汆油条、蒸糕、下面条。每天下来，李畊总是累得几乎要趴下。然而稍稍打个盹，李畊便又去高中美术班画素描。

李畊喜欢画画。佩着红校徽进素描室，学生们自然都把最好的位置让给他。进了素描室，李畊常常画到夜深人静，实在累得两眼皮直打架，稍稍打了一个盹，又得进大食堂，给师生们蒸大包子了。三年下来，李畊画艺日精，平日里的一些绘画作品足以和那些冲刺高考的学生们媲美。以至于带美术班的几个老师调侃李畊，说："在陈墩镇中学所有画画的人中间，李畊面点是做得最好的；在陈墩镇中学所有做面点的人中间，李畊的画是画得最好的。"

三年后的一天，李畊突然辞职，去了省城非常有名的美院大食堂应聘点心师。点心师李畊每天端正地佩戴着美院红彤彤的校徽，出入校内人多的场所，一些新来的学生总是恭敬地向他问好。李畊非常享受红校徽给他带来的尊重。

每天下班或换班休假，李畊便佩着红校徽去一些画室蹭课。看着佩戴红校徽的李畊，学生们总是把最好的位置让给他。导师们开始时有些疑惑，打听了，知道是学院食堂的大面点师，自然也就眼开眼闭。当然，李畊也有自己跟导师热乎的手法，带些精致的小面点，撩导师们脆弱的味觉。以至于后来导师们都调侃李畊，说："在美院所有画画的人中间，李畊面点是做得最好的；在美院所有做面点的人中间，李畊的画是画得最好的。"

几十年过去了，开发了古镇旅游的陈墩镇上，常常见佩戴着美院红彤彤校徽的李畊和一批批写生的美院学生忙碌着。知情人都说，镇上李畊的同龄人都已退休在家无所事事，而李畊的画画事业如日中天，连续多届在全国美展上获大奖。

后来，有个游人端详了半晌李畊胸前的红校徽，喃喃地说："现在还有人佩戴校徽，真是难得。在我们那儿，除非校工，没人会戴。"李畊听了，眼睛里掠过一阵淡淡的欣喜，说："你怎么知道的，我就是校工。"游人瞧了一眼李畊跟前画架上大气的写生画作，一脸疑惑。

图：黄煜博

【作者简介】万芊，中国作家协会会员，昆山市作家协会主席，小说散见《小说选刊》《小说界》《上海文学》《天津文学》等，出版小说集《最后的航班》《乡音》《铁哥们》《上海亲眷》等多部。

【微点评】微型小说，让万芊摘取了紫金山文学奖桂冠。

《雾魇》是一篇具有悬疑元素的佳作。青年画家不幸溺水身亡，让水乡古镇蒙上了一层神秘色彩。社会秩序之混乱，人性、伦理之迷蒙，让作品揭示善恶、美丑、真假有了更宽阔和更深远的时空。异乡画人码头徘徊，经典、经纬被抓，真凶阿邱、阿令的父母在漫长的寻找中乞讨，这些看似不关联的元素却浑然一体。教授夫妇用善良战胜了自己内心深处的苦难，大约是作者的一个美好期望。作品揭示了人性，提出了诸多社会问题，无论是情节设置，还是叙事、语言等，都堪称是一部中篇的架构。

《红彤彤的校徽》则是一篇简约而内蕴、质朴而秀丽的佳构。作品从李畊顶替父亲进了镇中学做校工、戴上红校徽述起，平铺直叙地阐述李畊上班做工、业余学画的生活常态，然这种常态里有一种被剥夺了的上学情结始终伴随着李畊。这个情结没着笔墨，这正是作者的高明之处，读者从李畊一下工就进画室、熬到深夜等叙述中可以感受得到。红校徽作为一种精神支撑，激励着李畊向着自己的目标前行。故事中两次打破常态：李畊辞职进美院做工、蹭课；红校徽从被人羡慕到被游人耻笑。两次情节反转，都因红校徽这个道具而突显主题。

万芊的作品能让读者感受到洗练、自然、雅淡的文字之美，感受到平实叙事里包蕴异常的情节之奇，让读者产生灵魂颤动的主题之深。

点评者：《淮海工学院学报》副主编

徐习军

奇葩战争

@蒋柳

糕点战争

1838年，有一天，几个墨西哥的军官跑到镇上一家面包房吃糕点。结果去了之后，老板很不客气，嘲笑墨西哥军队。墨西哥军官一怒之下把这个小店给砸了。这一下，摊上大事——此店老板是法国人。

法国随即对墨西哥宣战，理由是本国的侨民没受到应有的保护，最终这一场战争打了一年多，逼着墨西哥政府赔了六十万比索。是谓糕点战争。

猪战争

1859年，一个美国农民跑到了太平洋上的圣胡安岛。有一天，他发现自己的地盘出现了一头猪，这家伙，肥肥的，油水相当多，马上拿着猎枪给干了。

干掉之后，才知道这猪不是野生猪，是有主人的，而主人是一个爱尔兰人，当时爱尔兰还是英国下面的。

听说自己的猪被杀了，爱尔兰人索赔一百美元，当时一百美元可值钱啦，整个阿拉斯加当时卖给美国也不过数百万。

美国人不给，还向政府求救，美国还真派了军队来保护美国人，而英国人也不服，也派了三条军舰，双方上千人对上了，要是开打，那不是血流成河？好在最后

14. 答案：驱赶外商及传教士，只容许与荷兰、朝鲜、中国等国在长崎进行贸易。

关头大家冷静了下来，还是吃块猪头肉压压惊，终于停战，所以，整个战争只有一个伤亡：二师兄。

现在这个岛上还有猪战纪念馆，纪念这场没有打成的伟大战争。

狗战争

1925年，一名希腊士兵的狗跑了，主人赶紧去追，可是没想到，竟然跑过了边境线，就此被保加利亚边境巡逻队射杀。

这一下，惹火了希腊人，希腊表示要举全国之力，发动一场战争，要占领对方的佩特里奇市，作为他们不归还狗的惩罚。

进攻前，还给保加利亚发出通知，马上赔六百万并且道歉还要交出事件相关军官，不然就要开火。

保加利亚当然不理，希腊就此攻入了对方的佩特里奇市。这时候，国际仲裁来了，对希腊的军事行动提出了严厉的批评，最终，希腊反倒赔了四万多美金。

而那条狗，最终还是没有找到。

除了上面这些，还有1932年发生在玻利维亚和巴拉圭之间的查科战争。这是为了争夺一个叫北查科的地区。因为根据美孚石油的勘察，这里有大量的石油。

于是，两国之间打了三年，死伤无数，最终发现，北查科地区根本没有石油，当时是勘探失误……

李金锋摘自微信公众号脑洞历史观

图：小栗子

饭局攻略

——@别人的佩佩——

休闲局

如果你是组局的“局头儿”，记住五个重点。

No.1 我说哪天就哪天

那些永远组不起来的局，都是因为在“等人”。今儿张三要去修自行车，明儿李四要去偷电动车，任何局，都会有人选择在那天不方便。

不要再等了！饭局又不是联合国开会，缺了你中美俄就开不起来了。局头儿要做的，就是选能集齐最多人的一天，霸王硬上弓地定下来。你会发现，大家默默开始调自己的时间。

No.2 什么地方好呢？

地点要考虑周全。张三有小孩儿，不能回家太晚，最好离他近点儿。王五很抠从不打车，最好离地铁站近点。李四爱抽烟，赵六刚怀孕，包间最好有个阳台。实在找不到的话……你只能祈祷李四偷电动车的时候被抓，来不了了。

No.3 前戏要充分

每次组局，我都会提前定一个口号——“今儿我们吃的是京城最好吃的烤腰子！”“什么网红餐厅，让我们去揭穿它的真面目！”“今晚是集体安慰李四的局，主要听他哭诉如何度过被绿后的七天。”

参局者会自动开始倒计时。

No.4 不知道点什么菜？点烤鸭

有人黄瓜过敏，有人麸质过敏，有人在减肥，有人要增肌。怎么办？

实在不知道要点啥，来一道烤鸭，百搭。黄瓜过敏的可以帮麸质过敏的吃饼，减肥的帮黄瓜过敏的吃黄瓜，麸质过敏的直接鸭皮蘸白糖，增肌的光吃不带皮的瘦肉。完美。

No.5 今晚，我是你爸爸

最后，隆重推荐一款最受欢迎的饭局游戏——角色扮演。

我举杯站起来，对张三说："腾儿啊，这次《飞驰人生》合作很愉快，咱们万事俱备只差片头曲了，可惜曾经给我写片头曲的人今年好像挺忙的……"李四腾地站起身："韩导，别说了，我朴树喝就是了！"

商务局

商务局上，我有五个准则。

No.1 找准位置

商务局有个优点，你可以清楚判断，坐哪儿能吃得好。圆桌上，正对门的是主座，转盘会逆时针旋转。因此，你要努力往领导的右侧坐。

No.2 别抢服务员的工作

你不用刻意放低自己，端茶倒水。毕竟服务员也是要拿工资的。Hold 住饭局不是靠服务好，是靠让别人对你感兴趣。所以，讲你最会讲的笑话，大口吃红烧肉。

至于点臭豆腐的姑娘，至少会让人印象深刻。

No.3 就是干！

初入职场的时候，我最怕"打圈儿"，就是要把领导们一个个敬一圈。后来，我跟一个姐姐学了一招儿。她会站起来，直接拎起分酒器（里面大概有五个白酒盅的量）说："各位领导，我酒量有限，打不了圈儿，这样，这壶我干了！"

我试了几次。明明喝得少了，但大家见了我都说："手下留情！"

No.4 带上小本本

饭局上，最没用的话是领导对你说："小伙子无可限量。"最有用的是：最近哪只股票可以买，哪天开始征单身税。这时候，偷偷拿出小本本记下知识点是必要的。

No.5 早溜和早饭，只能选一个

酒足饭饱，知识点 get，什么时候溜最好？当领导举着酒杯开始聊人生与人性、梦想与光荣的时候。

放心溜吧，他们记不住的。

如果你不能早溜，那就打点包走，起码明天的早饭有了。

摘自微信公众号 ONE 文艺生活

图：小黑孩

让饭局变得更好，
是每个参局者的责任，
扫码看还有什么招？

谁偷了曹操同学的手机

@ 魏金树

几天前的一个早晨，班长曹操同学的手机在宿舍里被盗了。曹操与刘备、孙权住在一个宿舍，当时只有刘备因病在宿舍里睡觉。

开始刘备不肯承认，后来班主任刘老师发了怒，说："你们若全不承认，就统统停课反思，查不出来谁也别想上课。"不到两天，刘备就挺不住了，向刘老师承认自己偷了手机。可追究赃物时，刘备却说弄丢了。

刘老师强抑怒火，心平气和地对刘备说："念你平时表现还不错，你只要将手机交出来就没事了。如若继续顽固不化，哼！——你先回去想想吧。"

刘备刚走，刘备的朋友诸葛亮敲门进来。"刘老师，我看这事可疑。"诸葛亮摇着一把扇子，不紧不慢地说，"据我分析，案发现场只他一个人，按说最易成为怀疑对象，刘备若行窃岂不是太蠢了吗？何况刘备同学平时仗义疏财，上次给希望工程捐款，他连生活费都捐了，怎会做这种鸡鸣狗盗之事呢？"

"可是，他已经承认了啊。"

"不错，但我想他可能另有苦衷。现在高考临近，寸阴足惜，为追查手机，你给大伙停了课，刘备同学定是为了让大伙尽快复课，才被迫选择了牺牲自己的下策。"

"可是，那是谁偷了曹操同学的手机呢？"

"我怀疑孙权。我清楚地记得，

15. 答案：冲绳县。

那天他请假去了一趟厕所。”

“啊，我想起来了。”刘老师一副恍然大悟的样子，“他说拉稀去厕所，而且时间还很长。对，肯定是孙权偷的。”

“不，不可能是孙权偷的！”门一响，孙权的朋友周瑜推门进来，“孙权家中非常有钱，为人也很豪爽，他不可能去偷别人的东西。倒是刘备虽不爱财，但可能由于打牌、谈恋爱等原因急需用钱，而他家中很穷，便只有去偷。”

“不！”诸葛亮打断周瑜的话，“谁不知道刘备胆小怕事，而曹操同学身强体壮，性情暴戾，咱班上哪个同学不畏他三分。不怕他的人只有一个，那就是副班长孙权。”

“好了，你们别争了。”刘老师站起来说，“这样吧，周瑜同学去调查刘备，诸葛亮同学去调查孙权。就这样吧！”

二人走后，刘老师将曹操叫来，说了刚才的事情，然后问：“你说谁有可能偷了你的手机呢？”

曹操很大度地摆摆手，说：“无论是谁偷的，都应以大局为重，我看这事就算了吧。同学之间，别伤了和气。”

“不行！难得你如此宽宏大量，别人要都像你这样就好了。此事虽小，但关系到咱们三国中学的声誉，曹操同学你就别管了。”

曹操还想分辩，刘老师挥挥手，曹操只好退了出去。

周瑜和诸葛亮受命后，分别对刘备和孙权展开调查，虽无进展，却搞得刘、孙二人声名狼藉。

后来学校推选唯一一名重点大学保送生时，刘老师理所当然地提名曹操了。曹操一再推辞，并力荐与他同样成绩优秀的孙权和刘备。此举再次获得同学们的由衷赞叹，唯曹操的朋友杨修在一边冷笑。

毕业了，大家收拾东西各奔前程时，性情不羁的杨修忽然站了出来，大声说：“你们想知道到底谁偷了曹操同学的手机吗？”

嗯，是谁呢？人群一阵骚动。

杨修掏出自己的手机，只摁了一遍曹操手机的号码，就听曹操身上“嘀嘀嘀”地响了起来——大家都怔住了。

随后有人问杨修：“你怎么知道曹操自己藏了手机呢？”

杨修哈哈大笑，说：“诸葛亮，是刘备的朋友；周瑜，是孙权的朋友；我，是曹操的朋友啊！”言罢，扬长而去。

摘自《看谁踩上西瓜皮》吉林出版集团

图：小栗子

我在美国女子监狱上大学

@ 李大岩口述 爱哲采访 刘逗文

第一次“进监狱”

我叫李大岩，今年二十四岁，之前在纽约莎拉劳伦斯学院读社会学和经济学专业。

当时学校正好有这样一个项目，与纽约州唯一最高安全级别女子监狱合作——我们学校出八个学生，监狱里选了八名囚犯，我们十六个人一起在监狱的课堂里，听我们学校的老师讲一门课，课程结束后学生和犯人都会拿到相应的学分。

正式开课大概是一周之后。课上我们会一起读一些作品，比如《女子监狱》的小说以及《杀死一只知更鸟》。那门课跟新闻写作有关，读本大多是调查报道，相当于是一个非虚构写作的课程。比较神奇的一件事是：我们每周上一堂课，没有一次是全勤的，因为总有犯人因为各种原因被关了禁闭。

T 女士，天生脾气爆不好惹

我在监狱里遇见了一位非常有意思的 T 女士，她长得瘦瘦高高的，红色卷发，有点朋克，是非洲裔特别喜欢的那种发型。实际年龄好像是五十多岁，但看起来有六七十岁了。我第一次见到她的时候，她坐在我面前，样子非常跩，跟我说："你说吧！你想知道什么？"

我就说："我想知道你给自己打官司的经历。"

她说："你想问哪一个？我现在一共被判了快二百年，你想问哪件事？"

当时我就蒙了，我最初调查知道的是她因为跟男朋友一起抢了一辆宝马并且把司机杀了，所以被判了八十几年，但是这八十几年到二百年，还是有一定距离的。于是我去翻阅了法庭的逐字稿，看到她跟法官吵架的记录：

T女士："所以我一共多少年？"

法官："我现在没有计算器，我怎么知道你有多少年？"

T女士："你是法官，你不知道我有多少年吗？你再这样讲的话，我应该把你杀了。"

法官："好，那先再给你加十二个月，藐视法庭。"

这位T女士最初被关押在皇后区附近的"恶魔之岛"上，脾气非常爆。她说进监狱的第一天就把别人给打了，后来还因为其他犯人告密而用刀片划了那个人的脖子，血溅了一地。

她讲这些事的时候，特别淡定地坐在我对面，就是伸手能碰到我的距离。

在监狱里读完硕士的NGO雇员

到了四月底的时候，课程快结束了。监狱组织了一场规模很大的会议，来了两三百个人。参会者大多来自合作的学校以及NGO组织（非政府组织），也有监狱的志愿者。会议上有各种与监狱有关的报告和讲座，比如从社会学的角度研究监狱中的食物对犯人心情的影响等。

那天我在安检处遇见一个参会者，他穿着西装，梳个油头，跟所有人都打招呼，大家都认识他。我刚开始以为他是市议员或者纽约州众议院的工作人员，后来经人介绍才知道他之前是在另一间监狱坐牢的犯人，被关了二十多年才出来。

他小时候有一个女同学被她爸爸性侵了，他为了帮同学报仇，把她爸给杀了。他进了监狱以后，在监狱里面把大学和硕士全部都念完了。他出来的时候快三十岁了，后来又去纽约大学念了社工系。他现在在一个NGO组织工作，专门帮助犯人找工作、重返社会。

田宇轩摘自微信公众号故事FM（story-fm）

图：豆薇

神秘的大黑猫

@ 张爱国

那是一年中最热的一天。

接近中午，我和母亲赶着九只鹅到一个小村时，鹅们热得一只只瘫伏在地上，再也走不动了。我抱怨母亲刚才在集市上不该因为一斤少了两分钱而不愿把鹅卖掉，又问她村子里有没有熟人，歇一会儿再走。母亲说：“听说你莲姨家就在这村，但快到吃饭时间了，去了不好。”我说：“再走下去，鹅会热死的。”

> 猫！猫！
> 大黑猫叼走了肉……
> 猫！猫！
> 大黑猫咬死了鹅……

母亲叹口气，向一个挑水的人打听莲姨家在哪儿。母亲刚说出莲姨的名字，一旁院子里就有人惊喜地叫道：“是我翠姐吗？我翠姐找我吗？”说话的人已经从院子里跑出来，一把抓住我母亲的手，“真是我翠姐啊，哪阵风把我翠姐给吹来了……”

走进莲姨家，我第一眼看到的是桌子上一段筷子长的腊肉，颜色蜡黄，油糊糊的。我的眼光被紧紧地吸引了，舌头也不由得舔起嘴唇——自从父亲生病，我几乎就忘了肉的味道。母亲一把拽过我，又狠瞪我一眼。莲姨看了看那段肉，拿起走向厨房。母亲急忙拦上：“他莲姨，我又不是外人，别浪费了，留着待客。”

“翠姐你就是客，翠姐还从来没来过我家。”莲姨推开我母亲，看着手里的肉，“这是家里现成的，又不是特意为你买的……”

母亲最终拗不过莲姨，叹口气没再说什么。

莲姨又从厨房里出来，对我母亲说：“翠姐你坐会儿，我去抱点柴草。”

莲姨出去后，我到后院上厕所，却见隔壁后院里，莲姨和一位高个子妇人在低声说着什么。我有点疑惑，莲姨家的柴草怎么在别人家院子里？

不一会儿，莲姨抱回柴草，就和我母亲在屋里说笑着择韭菜。

“莲子，你家那只死鸡，这两天又到我家下蛋了。”说话的是隔壁那位高个子妇人，她一进门就将两个鸡蛋递给莲姨，看到我母亲，似乎很吃惊，“哟，来客人啦。”

“我翠姐，娘家好姐妹。”莲姨攥着两只鸡蛋，热情介绍道。

高个子妇人和我母亲寒暄了几句，出了门，刚到院门口，突然大叫：“猫！猫！莲子，大黑猫叼走了肉……”

“啊……”莲姨惊叫着往外跑。我和母亲也跟着往外跑。

“跑……跑这里了。”高个子妇人指着一小片矮树丛，“二孬子家这只大黑猫，真是太坏了，前几天也叼了我家的肉。”

我们在矮树丛里找了一会儿，既没找到大黑猫，也没找到肉。母亲说：“他莲姨，不找了，猫这东西是精怪，你知道它把肉叼哪了？”

“是我太大意了，不该放在灶边的窗台上。”莲姨十分懊恼地说，“翠姐，你在家歇会儿，我到集市上，去去就来……”

“你把我当姐妹吗？”母亲一把拉住莲姨，突然生气起来，“又不是你不给我吃，是被猫叼走了。这热死人的天，还去买什么呀……”

莲姨不听，坚持要去集市上买肉，直到高个子妇人也劝，她才不再坚持。

这顿饭，莲姨共烧了三个菜：一个炖鸡蛋，一个炒韭菜，一个炒白菜。其中炖鸡蛋被莲姨几乎全倒进了我的碗里，但我母亲又从我碗里分出一半给莲姨的儿子弓子。莲

姨骂弓子不懂事，又对我母亲说："翠姐，俗话说'脸上无笑不迎客，桌上无荤不待客'，我却……"

"别说了他莲姨，我们是姐妹。"母亲笑了笑，"就当我们省给了大黑猫……"

"大黑猫？什么大黑猫……"弓子吃惊地问我母亲——他刚从他姑姑家背回几斤米，不知道大黑猫叼肉的事。莲姨瞪他一眼："多嘴！没礼貌！门口吃去！"弓子端着碗出去了，我也端着碗跟出去。

到了门外，弓子低声问我大黑猫的事。我将大黑猫叼肉的事说了，弓子惊呆了，好一会儿才说："那个肉还是过年时买的，我妈只在三十晚上烧了一小碗。"弓子的眼泪下来了，"后天要把我爹葬进老坟里，我妈留着那块肉，给葬我爹的人吃……"

"该死的大黑猫！"我愤愤地说，心里想的是要不然我现在就能吃上肉了。

"怪了怪了！哪来的大黑猫？我们村就九户人家，没哪家有大黑猫啊，我也从来没听过有大黑猫啊……"弓子正说着，莲姨大声地喊他进屋去。

饭后，母亲在后院上厕所时，突然大叫："猫！猫！大黑猫……"我们跑出去时，看见母亲倒提着一只嘴里流着血、身子还微微颤动的鹅。我很吃惊，什么样的大黑猫，竟然把我家最大最厉害的大公鹅都咬死了？

我们回家时，母亲坚决要把那只被大黑猫咬死的鹅留给莲姨，莲姨再三推辞不掉后，扑到我母亲肩上，号啕大哭。

珠珠摘自《小小说月刊·上》

图：点点

【名师有话说】这篇小说以神秘的大黑猫推动了整个故事。

肉是大黑猫叼走的，大公鹅也是大黑猫咬死的，但大黑猫却是子虚乌有的。这是莲姨迫于生活的穷困而没有办法招待客人吃肉想出的一个借口。母亲知道了真相以后，也巧妙地以大黑猫作为借口故意杀死了家里的一只大鹅，从而名正言顺地把鹅留给了莲姨。

故事的背后是生活穷困窘迫的悲哀，更有人与人之间相互理解体谅、互帮互助的温暖。故事的表面借用了一只大黑猫，含蓄克制地遮盖住了这一切的峰回路转、难言之痛。静水流深，平静的文字叙述，却让读者不由得去思考，深深体会可怜小人物的生存困境，不得已的悲伤，对其中母亲和莲姨之间的深深亲情和温情，更是多了几分动容。

点评者：上海市进才实验中学语文骨干教师

唐敏

就是爱历史（日本）17．二战后期，由于空袭，日本有多少个城市被严重炸毁？

韩信分油

@ **汤金城**演播 **刘英男**记录

有两个卖油的买卖不大好，不愿意做了。两个人在半道找麻烦：“你看看这买卖不能做了，老不卖钱，不能做了。”

这个说：“你不愿意做了，我也不愿意做了，既是都不愿意做了，咱俩分了得啦。”

这两个人哪，分十斤油。可是那个提呀，一个三斤的，一个七斤的。这个桶是空的，那个桶里是十斤油，这位拿起三斤一个提来，提出三斤油来往空桶里一倒：“得咧，这是你的咧，这是我的咧。”

“啊，你那里是七斤，我这里是三斤，哪儿行啊？”

“那行，我再给你来一提，这是六斤啦，行了不？”

“行了。”

“你行了，我也不行了！”

这两个人怎么也分不开，韩信走到这儿说：“你们两个干吗哪？”

“俺俩分油呢。你看一个三斤提，一个七斤提，我们俩一人五斤，这怎么分哪？”

韩信说：“不要紧，好分，我给你们分，把油都倒一桶里头，把这桶腾空喽。”

腾空了，韩信拿着这个三斤的提来呀，打这十斤油里头，提了一提：“你看多少？”

“三斤。”

“再来一提，俩三斤六斤，再来一提，仨三斤是九斤哪，瞧准了没有，这是九斤，这里头还有一斤。”

又拿七斤提在这九斤里头一提：“你看这是七斤提，你看这里是多少？”

“这里是九斤哪！”

“提出七斤来，往这一倒，这里头有一斤，这是八斤对不对？”“那是二斤。”

再拿起三斤提来，打这八斤油里再提出三斤来往那二斤里一倒：“你算算这是多少？”

“五斤。”“这里头也是五斤。”

“对了，完了，你们俩走人。”他这儿给分开了。

摘自中华相声网

熊式冬天

@ 黑皮漫画

 17. 答案：119 个。

黑色领带

@ 黑皮漫画

摘自黑皮官方网站

绝活

@孙成凤

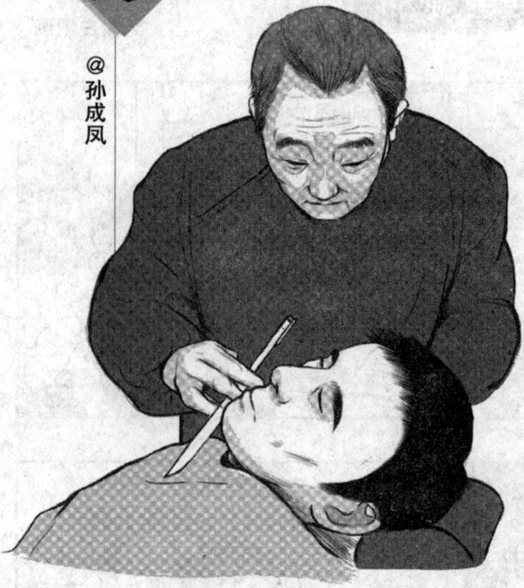

金三自幼练得一手刮脸修面的绝活，不管客人长一副什么样的脸，生一脸五花八门的窜脸胡、连鬓胡、络腮胡，只需往金三那把摇摇欲坠的枣木椅子上四仰八叉地一躺，金三用那条不知用了多少年、多少人，连自己都忘了真颜色是啥的热毛巾往脸上轻轻地捂了，片刻，毛巾揭去，客人便立感一缕凉丝丝的细风迅速掠过下巴、双腮、脸颊、耳廓，然后，那股小旋风一卷，扫过上唇……这时，金三习惯性地左手往客人肩上一拍，整个刮脸修面的活儿就收工了。客人不经意地往镶在洗脸架上的镜子一瞥：天啊，那张刚才还被横七竖八的胡须遮挡得不堪重负的脸，竟如洗净了污垢的官窑青花瓷，纤毫不染，普通中透出雍容，凡俗中蕴藏超脱，竟凭空对自己生出一种力量和信心。

有一年镇上来了一位商人，随身携带了不少细软，被一伙强盗跟踪。商人是看中了镇上的一块地盘，准备在这里投资的。傍晚，在清风楼用过了酒水，商人便在街上溜达。这时，强盗一拥而上，把商人给绑架了。尽管街上的人不少，但没有一个人敢管。恰巧，金三从此处路过。他一个白鹤展翅，只见金光一闪，商人满脸的络腮胡瞬间飘落，如万千钢针，射向绑架他的那些强人。围观的人们还没有弄清怎么回事，强人们便个个捂着扎入胡茬的双眼落荒而逃，隐入茫茫的夜色。事后，商人拿出百两黄金酬谢，金三仅取两钱，说：“我只收刮脸的钱。”

民国二十七年初春的一天，距离小镇不足百里的台儿庄，枪炮声已经整整响了三天三夜。据说是李宗仁指挥的国民党主力部队与日本侵略军展开了肉搏战。这天夜里，金三被一阵强烈的敲门声惊醒。他惊慌失措地把门拉开一条缝，只见被他救过的那位商人领着几位头上缠着绷带、满身血迹的军人站在理发铺门前。商人哀求道：“金老板，国家兴亡、匹夫有责。街上躺了上千名从前线撤下来的弟兄。麻烦你给死的清清脸上路，给活的理理发提神吧。”

金三二话没说，拿起剃头刀在一块粗布上荡了几下，就冲出了屋门。金三到底给多少军人修了面、理了发，他根本记不起来了。当给躺在街上的最后一名已经死去的军人刮完脸时，金三才发现万籁俱寂，前线的枪炮声已经不知停了多久。这时，一直给金三当下手的商人告诉他，金三已经两天一夜没有进一滴水了，凡经他清过脸的伤员，立马精神百倍，伤势大为好转，纷纷又投入了战斗。现在，台儿庄战斗已经以国军胜利、日军惨败而结束。

金三从地上捧起一把带着血迹的胡须、头发，痛哭流涕：“我金三凭一把剃头刀，能为国做一点事，终于没有白做一回人哪。”然后，号啕大哭。金三“神刀”的外号从此不胫而走。

金三被人们称为“神刀”后，名声大振，许多名人显贵纷纷找上门来请金三理发、修面。一天上午，金三刚把那条辨不清颜色的热毛巾捂在躺在枣木椅子上的客人脸上，突然来了两个穿着东洋服、留着仁丹胡的人，说有一位要人恭请金先生修面，奖赏大大的有，请跟他们走一趟。此时，地处鲁南地区的滕县战役正打得火热。金三立即就猜到这两个日本人请他的目的。他慢条斯理地给椅子上的客人刮过脸后，从柜子上拿起酒瓶，连喝了几口辣酒，然后，把剃头刀往怀里一揣，理发铺的门也不关，便头也不回地大踏步走出了镇子。当天下午，人们在一片树林里看到两具被剃头刀割断喉咙的日本人尸体，几十步外，躺着被子弹穿透胸膛的金三，手里还捏着那把带血的剃头刀……

摘自《金山》

图：小柯

牛大姐家乐事多

主要人物：牛大姐（妈妈） 牛大哥（爸爸） 牛小美（女儿） 牛小宝（儿子）

钱多多（牛小美的男朋友） 刘姥姥（牛小美的外婆）

※ 假期，牛大姐夫妇带着牛小宝去海边玩耍，在海滩上，牛大姐张开双臂，感受海风的吹拂，她让儿子跟着她学。只见她大喊一声："大海啊，母亲！"

牛小宝看着母亲，也张开了双臂，跟着喊了一声："大海啊，外婆！"

※ 冬天天冷，牛小美感冒了，烧得脸红彤彤的。

去医院的路上，钱多多用手摸了摸她的脑门，摸一会儿换另一只手。

接着，钱多多说："嗯，是挺暖和的……"

※ 牛小宝回家后兴高采烈地告诉大家："今天上课时老师说，一个孩子吃河马的奶，一个月长了二十多斤。"

牛大哥大声吼道："胡说八道，哪有这回事，是谁家的孩子？"

牛小宝认真地回答："就是河马的孩子啊。"

※ 这个学期，牛小宝当上了班干部，负责在上课时喊"起立"。有一次去办公室有事，在门口本来是要喊"报告"的，可他直接习惯性地喊了"起立"，顿时，办公室里的老师都站起来了。

※ 钱多多下班接牛小美回家，两人一路无语，整整三十分钟竟然找不出一个话题，走到门口时，她哭了："亲爱的，我们再也回不去了，对不对？"

听完，钱多多心都凉了："你又把钥匙锁屋里了？"

18. 答案：东久弥宫内阁，当政仅 54 日。

※ 刘姥姥去医院检查，医生告诉她需要尿检，给了她个杯子让她去尿。刘姥姥第一次尿检，把个杯子尿得满满当当拿去尿检室。尿检室坐镇的是个五十多的大爷，戴着老花镜，满脸慈祥。

当看到刘姥姥双手端杯，弓着腰颤颤巍巍向自己走过来时，大爷的表情变得严肃了。他摘下老花镜揉了揉眉心一脸凝重道："老太太，你这是要给我敬酒啊？"

※ 听写测验，牛小宝坐第一排，专注地听着老师发音。

老师读："嫌犯。"牛小宝立刻在笔记本写上"咸饭"。

老师不小心瞄到牛小宝的本子，但又不忍让他难堪，就提高音量："嫌疑犯！"

牛小宝迟疑一秒，似有所悟，提笔将"咸饭"改成"咸鱼饭"。

老师再瞄后有点晕，故意提高音量说："是'犯人的嫌疑犯'。"

牛小宝听了觉得很有道理，于是再加上三个字"放盐的咸鱼饭"。

老师再也忍不住了，翻着白眼对牛小宝说："我说的是'有一位嫌疑犯'。"

牛小宝当时有点紧张，用颤抖的笔迹慢慢写下"鱿鱼味咸鱼饭"。

老师只好走到牛小宝身边，按着他肩膀，说："是那种'罪大恶极要死的嫌疑犯'。"

满脑糨糊的牛小宝怯怯地涂掉先前所写，然后改成"嘴大饿极要食的咸鱼饭"。

※ 牛大哥和牛大姐在路上散步，突然，牛大姐挽住牛大哥的胳膊问："我和隔壁杨阿姨谁的身材好？"

牛大哥一愣神的时间，身后有个男人笑着说："你好！"

牛大哥和牛大姐赶紧回头，身后站着一个不认识的男人。只听牛大哥朝他吼道："你说啥？你再说一遍！"

那男人一惊，声音颤抖地说："你好，请问瞿溪路怎么走？"

※ 最近，牛大哥学会了用旋转判断生鸡蛋和熟鸡蛋的方法，就想教给儿子。

于是，他拿了两个鸡蛋给牛小宝，问道："儿子，知道哪个鸡蛋是熟的吗？"

牛小宝举起右手握着的蛋说："这个。"

牛大哥惊讶道："为什么？"

牛小宝答："这个摸着热。"

碰瓷，从一辆婴儿车开始

@ 夺命胡瓜仙

一

我曾问师父："怎么才能成为一个像你一样优秀的碰瓷人？"

师父慈爱地摸了摸我的头，然后指了一下那边的儿童乐园。里面有一辆婴儿学步车，崭新，漂亮，刷着不同颜色的漆，吸引了许多穿着开裆裤的小朋友。

我恍然大悟："师父，你的意思是，人生都是从幼年开始的，我们要脚踏实地，从小的时候就放平心态，踏实做人。"

师父露出了欣慰的笑，然后使劲地打了我后脑勺一下："我的意思是，你先从婴儿学步车开始碰啊。"

"……"

婴儿学步车开起来了，小朋友的两条短粗的腿在快速挪动。妈妈在后面跟着，怕他磕着碰着。

我"吭哧"一下滑倒在他面前。

他妈看傻了。

"疼——哎哟太疼了，你儿子下次能不能看着点儿人，都把我撞出腰间盘突出了。"我伸出手，眼一斜，表情甚是不屑，"我，碰瓷的，没看出来吗？赶紧掏钱，现在麻溜儿地掏钱，我还能给你打个八折。"我大发慈悲，看她带着孩子也不容易。

孩子给吓哭了，他哪见过这么大场面。唉，经不起风浪的温室里的花朵。

妈妈看起来也有点着急了，毕竟孩子哭了还得哄，她现在急着要走，浑身上下一摸，表情一变："糟了，没带现金。"

我表示理解："没关系，我带了POS机，你刷卡也行。实在不行你可以加我微信，扫我二维码，红包转账都行，不扣手续费的。"

二

师父特别欣慰："好徒儿，一个学步车叫你碰得这样精彩，为师无法再传授你什么了。"话没说完，师父已经被突然停下的一辆警车带走了。师父让警察替他摇下车窗，然后冲我大喊，"你出师了——！"

我出师后挣的第一笔万元收入，是在湍急的车流里用命换的。

我瞄准了一辆在马路牙子上磨叽吭哧的小破车。就是它了！

我走到车前，有一股自丹田升起的内力使我向后弹去，重重摔在地上。"——哎哟，哎哟，疼死我了。"我指着他，"你把我撞飞出去这么远，你有没有长眼啊！"

司机蒙了，居然把车往后倒了十米。我不甘心啊，我匍匐前进了十米。他又往后倒，我还往前爬。

司机下车了："你起来吧，我给钱还不行吗？你这爬来爬去的，不知道的还以为爆发丧尸危机呢。"

拿了钱，我心满意足地跑去和一个发小吹牛。没想到发小不屑地啐了我一口："呸，你就只能碰一碰婴儿学步车，你有本事碰个灵车啊。""你等着，我现在就给你碰一个。"

我们俩蹲马路旁边蹲了好几天，终于等到一个漆成黑色的面包车。我径直飞到了灵车前。"啊——！"一声惨叫划破天际，"哎哟腰腰腰腰腰折了！哎哟腿腿腿腿断了！哎哟头头头头破了！哎哟我……"

"你是搞嘻哈的吗？"灵车司机冷笑了一声，作势要加一脚油门。我赶紧跟个驴打滚一样爬起来了，撩开裤管，朝着自己腿浇了一把仿真血："你看我这腿，可疼了，你摸摸，能沾一手血。"司机呸了我一句："今天要是给你一分钱，我是你儿子。"

就这样，我俩杠了一天。

都十二点了，司机叹了口气，挥挥手："行了，我这只能明天再去火化场了。这点钱你拿着，咱俩别耗着了，我都困了。”

“好的儿子。”我说完这话，拔腿就跑。

三

我终于跑到家了，按了电梯，里头就我一个人，放心地在电梯里点了一根烟，灭了。又擦着了，嘬了几下，灭了。

我忍不住嘟囔：“这不活见鬼么，电梯里又不潮湿，怎么点不着呢？”电梯里凭空冒出一个声音回答了我：“你别抽烟，我嫌呛。”

“你谁啊，你在哪儿呢？”我壮着胆子问。然后我感觉领子被什么看不见的东西揪住了：“你今天冲撞了我的大驾，还敢装不认识我？”

“叮”的一声，电梯到了。我把房门打开，往沙发上一瘫，然后我看见我的冰箱诡异地自己打开了，几瓶可乐悬空从里面飘了出来，落在茶几上。

“你啊你，碰瓷还找辆灵车碰。”我听见他咂舌的声音，“你耽误得我只能明天再去火化投胎了……”

“鬼哥，万分抱歉。”

“行了我走了，不和你扯了，你早点换个职业吧，怪危险的。”鬼说得很戏谑，“万一哪天你碰死了，来阴曹地府，咱给你介绍对象。”

后来，我还是和以往一样，没事碰一碰瓷。碰过公交、摩的、跑车、自行车、共享单车……有一次真的把腿轧坏了，在医院里躺了半个月。

高风险高收入，跟炒股一样刺激。

我的美梦终结在那一天。

那一天，碰的是一辆富二代的红色跑车，开得贼快。富二代看见自己碰着个人，心里害怕，掏出刀把我给捅了。

再醒来，我已经是在阴曹地府了。老远就看见几个人朝我招手，一个人走来亲昵地拍了拍我的肩，道：“没想到你这么快就下来了，咱俩电梯里聊过天，记得吗？”

我笑着拍掉他的手：“兄弟，给我介绍对象的事还作数吗？”

那人笑了，给我介绍：“这是张三，碰瓷给撞死的。这是李四，碰瓷给撞死的。这是王五，碰瓷给撞死的……”三个人不约而同看向我：“你怎么死的啊？”

我“哈哈哈哈”仰天大笑了一会儿，然后自豪地指了指自己胸口还没干涸的血污：“我可比你们死得高级，我是碰瓷以后给富二代捅死的。”

摘自微信公众号脑洞故事板

图：小黑孩

19. 答案：分别是神武景气、岩户景气和伊奘诺景气。

五分纸币

@喻　虹

一

1961年的春天来了。

我那刚满六岁的小舅舅被饥饿折磨到腹痛，这天，他在一条水沟边寻找野菜。小舅舅找了很久也没有找到一丁点可以吃的东西。突然，他眼睛一亮——在水沟的尽头，一大丛干蒿草里面，居然生长着一株肥肥嫩嫩的苦菜！

小舅舅欣喜地伸出手去采摘苦菜。这时，跟在他身后的另一个面黄肌瘦的小男孩也发现了这株苦菜，他飞快地扑过来，用整个身子护住那株苦菜："我先看到的，不许和我争！"

为了一株苦菜，小舅舅和男孩撕打起来。男孩随手拾起水沟边的一块石头，对准小舅舅的脑袋砸下去。

血，顺着小舅舅的脑袋往下淌。小舅舅"哇"的一声哭了起来。

男孩跑了。小舅舅忍着痛，还不忘采了那株苦菜回家。

等到外婆带着小舅舅到男孩家问罪时，男孩的父母看到小舅舅脑门上的血洞，一个劲儿地赔罪，又拿出家里唯一一个鸡蛋送到外婆家来，说给小舅舅补补身体。外婆推辞不过，只好收下了。她知道那个鸡蛋或许是男孩家一个月的盐巴钱，她准备把鸡蛋卖了，再把钱送过去。

外婆把那株苦菜洗净了，放到锅里炖。这时，她听到有人在外面大声叫："小刚！小刚你怎么啦？"

外婆赶紧跑出去，只见一个小男孩倒在地上，旁边的中年男人看着外婆，哽咽着用外地方言说："大嫂，救救我的孩子吧！他饿了……"

外婆没太听懂他的话，但理解了他的意思。她拿起那个蛋，和到苦菜里做了一碗苦菜蛋汤，端给了小男孩。吃了一半，孩子说："爸爸，你吃一点儿吧！我吃不下了。"

中年男人招呼一旁的小舅舅："孩子，来，你也吃一点儿。"小舅舅欢呼着上前，三下五除二地把那碗剩下的苦菜蛋汤吃光了。

外婆又端出了半碗用开水冲泡的榆树皮粉。因为她发现中年男人再不吃点什么，马上也会饿昏的。

中年男人千恩万谢领着小男孩离去的时候，外婆才发现，饭桌上不知何时多出了一张小纸条，还有两张五分纸币。

外公看到那张纸条，告诉外婆说这父子俩是从上海来投奔乡下亲戚的。纸条上还留了中年男人的名字：陈大军。

后来，外婆把一张五分纸币给了送她鸡蛋的那家人，说是卖鸡蛋的钱，另外那张，外婆一直保存着，说有一天，要还给陈大军。

二

那年的春天真难熬。孩子们经

就是爱历史（日本）20．从 1985 年起，日本取代哪国，成了世界第一海外债权大国？

不起饥饿，开始全身浮肿，村里有个赤脚医生，用草药自制了一种小药丸，可以治好全身浮肿。外公想先去买点药丸应应急，可家里所有的钱加起来也不过两毛六分钱，而买那种药丸，要三毛钱。外公突然想起外婆那里还有五分钱，叫外婆拿出来。外婆不肯，说再穷也不能用别人的钱买东西。

外公火了，一巴掌甩过去，吼道：“你今天不把那五分钱拿出来我就打死你！”

外婆踉踉跄跄地走到房间里，从枕头下摸出那张五分纸币，交到外公手里，外公突然就流了泪。要知道，在那之前，我的外公，从不曾动过外婆一根手指头。

外公拿着钱走出家门时，碰上了外婆的哥哥——我的舅爷。原来舅爷他们那个村子发了救济粮下来，舅爷就从家里匀了点粮食送过来。那点粮食救活了我妈和小舅舅。外公满怀愧疚地把五分钱还给外婆，又摸着她脸上五个红红的指印，心疼地说：“以后，我再也不打这五分钱的主意了——就当你已经把它还给上海人了。”

三

1971年，榆树村突然来了很多上海青年。外公说，那是响应毛主席号召“上山下乡”的知识青年。

外婆很兴奋，操着家乡话问人家：“你们认识陈大军吗？他有一个儿子叫小刚，也是上海人啊！”

知识青年里有个叫陈红的女青年，张嘴就说：“陈大军？就是我叔叔啊！”

外婆一个箭步上前，拉着陈红的手说：“陈大军真是你叔叔？太好了！太好了！他现在还好吧？小刚还好吧？”

陈红被外婆问得张口结舌。后来才知道是误会，她有个叫“陈大军”的叔叔，却没有叫“小刚”的堂兄弟，更重要的是，她的叔叔一直在上海，从来没有到过榆树村。

外婆的失落是可想而知的，但她并不失望。她开始更多地和这些上海知识青年接触，在他们写家信的时候，小心翼翼地恳求他们：“能不能帮我捎上一句？就说让你家里的人帮忙打听打听一个叫陈大军的上海人，1961年他曾经逃荒到过榆树村，他还有个儿子叫小刚。”

有人问外婆：“大婶，你找的那个陈大军是你什么人啊？”

外婆说：“1961年，我平白无故多收了他五分钱，我得还给他。”说完，外婆又开始叹气，“那年头，他身上多放着五分钱，就是多一条活路啊！唉，不知道他们父子俩现在怎么样了。”

四

2008年深秋，我去探望病重的外婆。外婆看着我，半晌，从枕头下摸出一张纸币，往我手里塞。

外婆说：“虹妹子，这五分钱，替外婆好好保存着啊！外婆这一生，怕是没有机会把它还给陈大军了……”

我禁不住泪如雨下。我说：“外婆，不会的，我今天就到互联网上来一场‘人肉搜索’，看能不能找到陈大军和陈小刚。外婆，你等我给你带好消息来啊！”

三天后，当我带着那个和小舅舅年纪相仿的上海男人走进外婆的病房时，外婆把眼睛睁得大大的，仔细打量着这个叫“陈小刚”的男人。她伸出干瘦的手，抓住男人问：“你爸爸，陈大军，现在还好吧？”

男人不停地点头，说：“大婶，当初多亏了您的苦菜蛋汤救了我一条命啊！这几十年来，我一直感念着您呢！我爸也好，身体硬朗着，就是年纪大了，不能来看您啦！”

外婆颤抖着双手，从枕头底下摸出那张珍藏了四十七年的五分纸币，郑重地把它送到陈小刚手里：“知道你父亲还好，我就放心了。”说完，外婆像是完成了人生中的一个大任务，安详地闭上了双眼……陈小刚一直到外婆的葬礼结束后才走。他走后，小舅舅拉住我说：“虹妹子，那个冒牌陈小刚你从哪里找来的？”

我大吃一惊，不知小舅舅什么时候发现的。小舅舅说：“当年那个陈小刚，我记得很清楚，他左耳垂上有个黑色的痣。可是这个陈小刚没有，他肯定是冒牌货。”

我对小舅舅说：“舅舅，至少外婆这回真的放心地到了另一个世界了。她完成了一个心愿，无牵无挂地走了，这才是最重要的，不是吗？”

舅舅点头。

那张五分纸币，上海男人在走之前把它还给了我。他说：“我没有白来一趟，你外婆的故事让我对人生有了更多的思索。这张纸币我鉴定过了，是1955年3月1日发行的，俗称‘长号码币’，极具收藏价值。这么贵重的东西，我把它还给你了。”

我想，我会珍藏这张纸币的，并会一代代地把它传下去。

一米阳光摘自《情感读本》

图：陈明贵

20. 答案：英国。

周年纪念

@高 源

话说“五一”小长假快到了，舅舅忽然在微信上幽幽地来了句：“今年‘五一’是我和你舅妈结婚二十周年纪念日。”

这没头没脑的一句话，可让我费了些琢磨。舅舅向来是中国传统家庭里男人的典型形象：饭桌上谈论时政，对待老婆孩子不拘小节，感情粗线条，不知是不懂浪漫还是有意内敛，反正情人节舅妈嚷嚷着要一支玫瑰的事曾被他嘲笑了半日。所以，他到底是什么意思呢？

“要不那天我做个蛋糕？”我在微信上说。舅舅回复了一个字：“好。”莫名有种他正等着这句话的感觉……

“五一”那顿饭，大家吃得平平常常，东拉西扯但没有一句说到正题，好像完全不知道有结婚纪念日这么一回事。舅舅和舅妈也一脸泰然，看不出半点特别。若说低调，这也太过了吧。难不成，他们真不知道有这么一回事？

直到饭毕收拾碗筷时，舅舅才若无其事地飘过一句：“把蛋糕切了吃吧。”

“又做蛋糕啦？”外公和颜悦色。“哈！今天有甜点？”表弟喜笑颜开。

我强颜欢笑：“这是为舅舅和舅妈结婚二十周年纪念日特制的，在家做好带来的。”

“是吗？！”舅妈欣喜若狂。哦，原来她真的不知道有这么回事，舅舅这惊喜埋得也太深了。

蛋糕端上来，大家兴奋不已，先是一通拍照，特写，美图。舅妈喜滋滋地把照片发布到朋友圈，说自己备感幸福，引来一片祝贺和艳羡之声。

大家在客厅称赞蛋糕味道的时候，舅妈从卧室翻出一张装在相框里的结婚照。相框原本摆在桌上，却早被杂物遮挡掩埋，若不是这个契机，不知何日才能重见天日。照片里的舅妈穿了一身粉色的婚纱，喜气洋洋又颇具少女感；舅舅戴着那年代流行的细框眼镜，一副腼腆的书生模样。大家感慨了一会儿，吃罢蛋糕，才意犹未尽地散了。

然而，这个本该顺势圆满的结尾，却被我“勤思考”的好习惯搞坏了。

走在回家的路上，我忽然想起表弟今年八月要过二十岁生日，而舅舅和舅妈是“五一”结的婚。于是忍不住对妈妈感叹：“原来他们结婚三个月就生了表弟呀。”

妈妈很奇怪，一下子愣住了。她面色凝重地琢磨了会儿，肯定地说：“我明明记得他们是结婚第二年才生孩子的。”

这……我哭笑不得。难不成是舅舅记错了年份？今天那么多人，竟没有一个注意到这无比重大而严肃的问题。若真记错，还搞得如此隆重——舅妈的所有亲朋好友都通过朋友圈知道了她今天过二十周年结婚纪念日——那可是个大笑料，足够笑好几年。

本着认真负责的原则，我在全家的微信群里试探性地问：“表弟今年要过二十岁生日，你们结婚不应该是二十一周年吗？”

忐忑地等了半晌，我想象着他们由大惊失色到若有所思，再到迸发出爆笑的场景。果不其然，表弟发来一条语音，是偷录的笑声——那是典型的舅妈式大笑，音调高而猛烈，后浪推前浪，给人喘不过气的危机感。接着才是舅妈的一句解释：“啊，是你舅舅记错了！”

虽然隔着手机屏，在各自的家里，我也能感觉到全家人一定都笑抽了，以至于顾不上在群里说话。

等我睡了午觉醒来，才看到舅妈发在微信群里的留言：他这么多年从没记得过纪念日，这次好不容易记得，有心庆祝一下，结果还记错了。不过，能吃到高源特意做的纪念蛋糕，能有你们的陪伴，我知足矣！

潘光贤摘自《少年文艺》

图：恒兰

民防小知识 1. 冬季旅行六防之一：天冷，须防冻伤。

谁还没有个诗意的网名啊

@ 郁海红

部门工作群，一早有人上传了微信付款截图说：常年在新村门口的蛋饼摊买饼，今天自己没带现金，就用微信支付了。看对方微信名叫“倾国倾城”，于是转身又仔细看了一眼面前皮肤黝黑、体态丰满、年近五十的女摊主。

立马有一条秒回：这有啥呀，上次地铁口有一老年乞丐，非拉着我献爱心，我推说没零钱，他让我扫他支付宝或微信，无奈只好扫了他的微信捐了两元钱，他的微信名叫“天地任逍遥”。

这下热闹了，有说自己老爸微信名叫“云水禅心”，是因为他喜欢听同名古筝曲；有说自己小姐妹的上司微信和小姐妹同名，叫“一米阳光”，气得她把自己微信昵称改成了“红尘多可笑”。

部门老大姐说：我本名里有个燕字，原本网名叫“燕儿在林梢”，有人说我这名暴露了年龄，一看就是读着琼瑶的书变老的，我一生气就改成了现在的“左右手都是慢动作”。

今年刚入职的网名叫“像风一样自由”的部门小帅哥说：我奶奶今年七十五岁了，是社区老年模特队的队长，微信也玩得特溜，她的网名叫“不忘初心”，我问她的初心是什么，她说年轻时就爱漂亮，老了更要漂亮。

正在这时候，部门头头发了两个字：咳咳。群里一下子安静了，可不，上班时间快到了，说好上班时间不准聊天的。紧接着头又发了一排字：谁还没有个诗意的网名啊？大家更是集体禁言，就是啊，身高一米七八，体重据他自己说有一百公斤、壮硕如牛的头的网名叫“人比黄瓜瘦”！

摘自《北京青年报》

豆花香

@ 王天宁

绝不道歉

靳野是家里豆花店的少东家。

豆花店里除了爸妈和靳野外，还有一个伙计叫阿兰，比靳野大不了多少。在豆花店干了不到半个月，光靳野瞧见她被爸爸训少说也有三次。有次训狠了，她一个人一边洗碗一边哭，被泡得粉红的手揉着红肿的眼睛，眼泪“啪嗒啪嗒”地掉在结满冰碴子的水槽里。

妈瞧见，冲进爸爸的办公室，拍着桌子数落：“阿兰是女孩子啊，人家爹妈当宝贝疙瘩养了小二十年，就算落到你手里，你也不能往死了训啊！”爸爸说：“我不管阿兰在家里被当成什么，现如今她在咱的店里，咱出钱，她就得把活干实了、做满了。”

妈痛心疾首地直摇头：“以前那个老伙计走的时候说得对，你不但不会做人，还不会拉拢人。”

那天靳野放学后正窝在豆花店的阁楼上做题，脚底下传来一阵一阵喧哗声。靳野“噔噔噔”沿着楼梯跑下来，正厅里，三两男人和爸妈方结束争吵，正沉默对峙。

“老靳，”男人中的一个率先开口，“本来就是小小的事儿，一根芹菜上的泥没洗干净而已，我兄弟不小心把它给吃了，叫洗菜的小工给我们道个歉，再把饭费给我们免了，我们也不追究你们了……”

妈撑不住了，向前一步张罗着：“就是就是，哎，老靳是咱们不对，咱们叫阿兰……”

爸爸举手一挥，把妈的话拦断：“是不是真吃了泥巴咱们又没瞧见，凭什么叫阿兰道歉！”说着把一只茶碗摔在地上，妈扯他袖子拦，拦不住，爸爸又把锅盖摔在地上，“砰砰”两声，一屋子人盯着满地茶水目瞪口呆。“我自损一茶杯、一锅盖，算道歉。搭上钱我也不叫我的伙计亲口说哪门子‘对不起’，就这样，不收你们饭费了，你们走吧。”

几个男人嘴里“嘁嘁”地嘟囔着，一起转身离开。

妈拿来工具清扫满地茶垢，心疼地埋怨：“叫阿兰道个歉不就完了吗？你瞧你，还摔茶杯摔锅盖干吗？”

“他们的目的你还不清楚吗？一个个就是想赖饭钱。损失点儿钱不算什么，可阿兰是咱的伙计咱的人，我不能叫她受委屈。”说罢对阿兰招招手，“你回后厨吧，没事了没事了。”

你就用功读书吧

“你就用功读书吧靳野！”这话不仅爸爸对他说，妈对他说，连阿兰也有样学样地对他说了。阿兰说这话的时候眼泪汪汪。天热，来吃热腾腾的豆花的顾客本就少，加上从这儿蹭了一鼻子灰的男人们在街坊邻居中大肆宣讲豆花店靳老板的坏话，豆花店的生意自然变淡了。

爸爸在工地找了活，当了一冬的靳老板转而去给别人打工。爸爸角色转换后的第三天，找阿兰谈话，说：“现在我都给别人当打工仔了，你可不能够当打工仔的打工仔，那没前途。”语调平和温柔。

阿兰走的时候妈叮嘱她冬天再回来。妈一说她就哭了，眼泪抹得满脸花儿，说：“你就用功读书吧靳野！”妈张开怀抱，等待来自阿兰的拥抱。

阿兰走上前，却特别轻、特别随意地抱了爸爸一下，说：“谢谢你老板，你是好人。”抱完便羞怯地逃亡似的走了。

因为中考，除体育以外，学校把其他副课都停了。靳野最乐意上体育课，他爱踢球，但买不起，找几沓报纸团成一团，团成个纸球，照踢不误。

靳野正带球，耳边风声呼呼。几个同学恰跑到靳野身边：“瞧靳野踢的那破球！”“破！够破！一帮穷小子，连个像样的球都买不起。”靳野停了下来，汗流浃背。

天还没黑，爸爸就把麻将桌搬到路灯底下，和工友们杠上了。靳野凑过去说："爸爸，给我六十块钱好吗？……我扔铁饼砸到同学的脚丫子了，没大事……就是，得赔人家医药费。"

"拿去，"爸爸豪迈地说，把钞票"啪啪"拍在靳野手里，"把人家弄伤了就得赔人家不是，小野，不够再来要。"

靳野刚要离开，目光落到爸爸的背上。他肩胛骨的位置，各肿起来一大块。以前靳野以为那是爸爸在这个夏天练出来的，路灯底下显现出两大片瘀青，才知道是肿块。细看，他的背上还有一道道被绳子勒过的光滑的痕迹。靳野记得工地上的工人拉推车时，肩膀也要承担一部分重量。爸爸一开始去工地做活的时候，每天都嚷肩膀疼，可单靠豆花店又撑不起家。后来爸爸不嚷了，妈妈就当他习惯了……

靳野站在那儿，看了很久。第二天靳野去学校旁边的体育用品店，狠狠看了那足球几眼，又跑到卖报刊的老伯那儿，买了两份晚报。

晚上，还是在爸爸搓麻的时候，靳野跑过去，把钱塞进爸爸的裤兜。

"怎么，你同学不需要医药费了？""同学说，没多少钱，不需要咱们垫了。""这敢情好。"爸爸一边摸牌一边说，瞧见靳野手里的报纸团，又问，"这是做什么用的？""踢球。"

"哦，"爸爸应，"快中考了，要用功读书啊小野。"

最香的豆花

中考终于来了。考前一晚，妈说，一直都是咱们给客人做豆花吃，明儿靳野就要大考了，咱自家人也吃一顿，多少年的老手艺了，小野吃饱吃好了才能发挥好。

妈还说，阿兰来电话了，找小野的。小野没接到，我代听了。她说啊，祝小野考试顺利。

爸在锅下点火，把妈妈早就准备好的菜、一大兜肉倒进去，密汗频频。他对靳野一笑："小野，发什么呆呢？"

"没有，没有。"靳野忙摆手，顿了顿，"我在闻，豆花好香啊。"

"那是，这世界上啊，最香的就是咱靳家的豆花了！"爸爸骄傲地昂起脑袋。

穿堂风吹过，豆花的香味儿合着袅袅蒸气，飘出门外，填满了整条巷子。

田龙华摘自《打结的青春期》江西美术出版社

图：陈明贵

嗑瓜子

@ 琢磨先生

去朋友家做客，她端了一碟瓜子出来说：“边吃边聊。”于是，我们在一片“咔嚓咔嚓”的声音中聊了起来。我们一边嗑开瓜子壳，一边吐出瓜子皮，一边聊着国际时事，谈笑间，瓜子壳飞子灭，觉得心灵和口舌都得到了巨大满足。

不仅朋友间聚会喜欢嗑瓜子，旅行中嗑瓜子也是美事一桩。有一次，我跟团去台湾，从落地台北开始，旅行团的人就嗑起了瓜子，跟变戏法一样不知从哪里掏出瓜子，娴熟地扔进嘴里，“咔嘣”一声，瓜子壳应声被咬开，然后“噗”一声瓜子壳被吐得不知所踪，瓜子仁在齿间咀嚼几下，随着喉咙“咕噜”一声，应声落入肚中，嗑瓜子的人带着非常满足的表情继续将下一粒瓜子放入牙齿中间。

有时他们看我在旁边怔怔地看着，就热情地抓一把过来塞在我手里说：“来，一起嗑点瓜子，闲着也是闲着。”我正看得茫然，随口应道：“不好意思，我不会。”

那人跟见了鬼一样说：“不会嗑瓜子，你还会做什么？”他悻悻地走回去，跟那群人小声说：“那小伙子不实在，连瓜子都不嗑。”其他人纷纷摇头，意思就是，孺子不可教也，更非同道中人。于是，一路上我就被冷落在了一边。

甚至开会的时候我们也喜欢嗑瓜子。某次公司开项目启动会，老板说：“来点瓜子呀，否则一点儿创意都没有。”于是满屋子里热烈的讨论声跟嗑瓜子的声音此起彼伏，好不热闹。开会结束，老板说，这次会议开得真成功，内容非常充实。

我终于想明白了，嗑瓜子原来是用来填补时间的。因为聊天会有间断的无言，旅行会有时时的等待，开会也会有思考的空间，那么嗑瓜子就可以用来见缝插针，让你觉得一刻也不闲，时间没有虚度。

有一次我坐在开往北京的高铁上，身边的男人从上车就开始嗑瓜子，边嗑边吐在地板上，配合着清理喉咙的声音。我忍不住问：“这玩意儿那么上瘾吗？”

他淡淡地说：“素质高才自顾自地嗑瓜子，素质低的人都跟你这样爱管闲事。”

梅花弄摘自《以幽默的方式过一生》

中信出版社

招聘

@刘子慕

人的价值在磨炼中体现

“大家好，我叫李方。我今天是来应聘的，这是我的简历。有句话叫，人的价值在磨炼中体现……”

“不好意思，打断你一下。”

李方对面坐了四个人，衣冠楚楚，其中一个是女性，这位女士说话了，“你是不是认识那个胖子？秃顶，特爱戴个墨镜。”

“是，两天前我见过他。”

两天前的这个城市，一切都笼罩在蒙蒙细雨之中，李方没有打伞，头发湿湿乱乱地跑进咖啡厅。

他今天来应聘。

“人的价值，在磨炼中体现。”面试他的是个胖子，秃头，戴了副墨镜，对着李方，开门见山地甩了他一头鸡汤。

“下这么大的雨我来了，证明我有诚意，你来了，说明你确实缺钱。”这是第二句。

李方连连点头。

“会写剧本不？”

“我就想应聘个打字员，写东西我不会。”

“人的价值，在磨炼中体现。”胖子不满意地撇嘴，“打字员，你想要多少月薪？”

“两千左右。”

“你知不知道写剧本多少钱？”胖子用手指猛戳桌面，“嗒嗒”作响，像是学校里即将画重点的老师，“几十倍！”

李方硬着头皮接过纸笔，他只写过短篇故事，于是他写了个短篇，关于应聘的，改了改格式，假装是个剧本。

胖子等他写完，收回纸笔：“你觉得你写得怎么样？”

“不太好。”

“岂止是不好。”胖子站起来，“简直一无是处，我不想要你这种没天赋的打字员，连剧本都不会写，还打字？哼！”

胖子走了，李方一个人茫然。

李方讲完了他的经历。

“他是个骗子。”女士说得斩钉截铁，“骗了你的稿子。”

李方在发现咖啡没埋单后，对此深信不疑。

“这次你也是来应聘打字员的？”旁边的另一个白白净净的小青年问他。

“不。”李方眼中闪出了不灭的斗志，“我来应聘演员。”

你没有气势

一天前，太阳高照，空气燥热。李方被热得好像刚刚淋过雨，浑身湿透。他又去应聘了，对方是个留着大长胡子的瘦老头。

“你来应聘打字员？”对方狠狠地瞟了一眼简历，又狠狠地瞟了一眼他。

“你没有气势。”瘦老头说。

李方唯唯诺诺：“打字……需要气势吗？”

“不需要！”瘦老头几乎是喊出来的，“但是我喜欢自己的员工有气势，没气势的不收。”瘦老头又扶了扶眼镜。

“是吗？那太遗憾了……”李方站起来想走。

“哎，年轻人，”瘦老头说，“我免费指导你一下，你知不知道，一个人的气势来源于哪里？”

“磨炼？”

瘦老头扶了扶眼镜：“你是不是认识一个胖子，秃头，特爱戴墨镜？”

“昨天见过。”

“可他是个骗子。”瘦老头说，“气势，其实来源于充足的准备。不过你不用改，我正需要一个没有气势的人，我要拍一个电影，缺一个人。我们试一下镜，你就当我是摄影机，来，表现个悲伤的表情。”

李方愣住了，试镜？试什么

镜？你在逗我吧。

“非常棒，悲伤到极点就是麻木，就是呆住。换个惊讶。”

李方心说这个我真来不了，刚一张嘴。

瘦老头立马说：“教科书级别的演技。”

李方反而一头雾水了：“怎么呢？”

“惊讶就是微微张嘴，教科书上都是这么写的，你表现得很到位嘛，我看你有天赋。”瘦老头狠狠地拍他的肩膀，“你就是下一个影帝！李古拉斯方！年薪百万不是梦！”

“谢谢老板！谢谢老板！”

会议室里一片欢天喜地。

“那你别走，体会一下你的气势，我出去拿合同，天哪，这么有天赋，捡到宝了。”瘦老头出去了。

过了十分钟，一个小伙子进来，用纸巾擦着手：“不好意思啊，闹肚子。”

李方脱口而出：“你怎么没有气势？”

“啊？”

“啊，不是，那个，你来签合同的？”

“合同？不用，你这情况不签合同。”小伙子把纸巾扔进垃圾桶，“打字员，一个月一千五，全年无休，行不行？”

李方蒙了，很有气势地说：“刚刚老板说要签我演戏！”

“什么老板？”

“老板啊，一瘦瘦的老爷子，大长胡子！”

小伙笑了：“老板去外地出差了，你说那人我没见过，咱这儿打字员就是这个待遇，你想怎么着？”

“啊？”

你们对演戏一无所知

面前的四个人鼓起了掌。李方讲完了他的第二段经历。

“我意识到我有表演的天分，所以我今天来了这里。我终于想通了，才不要做打字员，没前途，我要做演员！一个影帝！”

“嗯，很有气势，我觉得你今天准备得就挺充分。”白白净净的小青年说，“但你对演戏一无所知。”

对面四个面试人之一，穿着黄色大T恤衫的胖子，站了起来，顺便摘掉了头上的假发，从口袋里掏出副墨镜。

“是……是你！”

“不仅仅是他。”白白净净的小青年也掏出一副假胡子，“我是昨天面试你的那个老头。”

“你……你们……”

李方觉得自己掉进了一个巨大的圈套里。

“这个表情很到位，可惜摄影机已经撤了。”小青年从桌子下拿出一瓶香槟，“杀青啦！”泡沫喷出来，喷得到处都是。

那个女士解释道：“我们偷拍了一组关于现在毕业生求职的纪录片，你的镜头我们收录了，由于目前该片的定位是公益广告，片酬只有五万，你先把个人所得税交一下，我们之后会把钱打到你的银行卡。”

“哦……”李方说，“那你们招不招演员？”“不招。”“写剧本的呢？”“我们不需要。”“那你们招不招人？工资随便给点就行，一个月一万怎么样？”四个人看了看他：“打字会吗？一个月一千。”李方呆立：“一……一千五？”

“成交！”胖子搂着他的肩膀，“来，你的业务回头再熟悉吧，我们先去面试一个应聘程序员的，你就假装他同行，你想不想体验一下面试官的感觉？”

“想……但是我怎么假装？我不会写程序。”

“打字嘛，和写程序一样，你们都是对着电脑，算是同行，让他把简历交出来就算完，知不知道现在个人信息一份能卖多少钱？”

李方糊里糊涂地跟着走了。远处大楼里，对讲机“沙沙”作响：“李方的声音文件传过来了，诈骗团伙案证据收集完成，随时可以实施抓捕。”

“你好，我是李方，是你的面试官。”

桌子对面的应聘者悄悄和李方打了暗号，意思是五分钟后实施抓捕。

“能把你的简历给我看一下吗？”

后面坐着的四个人满心欢喜。可惜，他们对演戏一无所知。

李金锋摘自《我的大脑失控了》湖南文艺出版社

图：豆薇

线上增刊“码”上就看

12 月号百宝箱

1元

嘘！这里有第七届鲁迅文学奖获奖作家与《故事会》蓝版不得不说的秘密。

免费

漫步人猿泰山驰骋的奇幻世界，听着狮吼猿啼和音频故事酣然入睡，这个冬天，让我们一起勇闯丛林！与猿共舞！

年年有“鱼”

关于百家姓，可能您背得出来，但若让您根据一个读音去猜出某个姓氏，能否成竹在胸、十拿九稳呢？讲一个我看到过的故事吧。

在一个饭局上大家遇见了个新朋友，只知道对方姓 yú。有人就问是于是的“于”，还是虞姬的“虞”？对方说都不是，想让大家猜一猜。于是，在场的人们积极开动脑筋，猜了下去：多余的“余”？娱乐的“娱”？俞敏洪的“俞”？庾澄庆的“庾”？虽然一次次被否决，但竞猜的热情也更高涨了，甚至还有人改了 yú 的声调，猜到了比喻的“喻”和忧郁的“郁”！

但姓 yú 的朋友不仅否定了以上所有猜测，还郑重提醒说：“是 yú，第二声哦。”这下在场的人们更是没办法好好吃饭了，甚至有人在手机上展开了地毯式搜索：盂、愚、渝、榆……但无一例外地都猜错了。最后，姓 yú 的朋友不得不解开谜底：是鱼。

看！我们都认识“鱼”字，却不知道它也是一个姓！就像很多人都知道《故事会》这本国民刊物，却并非都知道它分红、绿、蓝版。若您说您知道，那简直不能再好！

当然，在这个除旧迎新的月份，不管忙碌的您是否买好了回家的票子，或是踏上了旅程，我们都希望《故事会》蓝版这本有热度的刊物，继续陪伴着您，无论出发还是到达！

更祝您年年有“鱼”！

田芳 《故事会》蓝版编辑
TIAN FANG / Stories Editor

故事会 Stories Digest 文摘版 2019.01 总第53期

社长、主编：夏一鸣
副社长：张凯
副主编：高健
本期责任编辑：田芳
发稿编辑：高健 蔡美凤 詹明瑜 胡捷
美术编辑：孙娌
电话：021-64668742
021-54561119
邮编：200020
地址：上海市绍兴路74号
主管：上海文艺出版总社
主办：上海文艺出版总社
出版单位：《故事会》编辑部
发行范围：公开

出版、发行电话：021-64313938

发行业务：021-64313938
发行经理：钮颖
媒介合作：021-64338113
广告业务：021-64334376
新媒体广告：021-64450660
广告经营许可证：
沪工商广字3100320080016号

国外发行：中国图书贸易总公司
印刷：上海四维数字图文有限公司
发行：上海邮政报刊发行局
邮发代号：4-900
国外代号：MO9178
定价：5.00元

卷首

焦点

笑点

看点

盲点

故事会 文摘版欢迎投稿

稿件要求：来自最新的报刊、书籍或网络，故事性强，文字明快，主题健康，视野开放，纪实或虚构均可，体现“新、知、情、趣”的特点，同时欢迎第一手的翻译作品。推荐作品须注明原文出处、原作者姓名，确保转载不存在侵害版权的行为，并请留下推荐者真实姓名及通信地址。作品一经采用，即致推荐者 50 至 200 元推荐费，并向作品著作权人支付稿酬。

故事会文摘版 投稿信箱

wenzhaiban@126.com

故事中国网：www.storychina.cn

故事会文摘 gsh-wz　　故事会微信 story63

母爱三千里

@黄咚咚

那年我23岁，刚从学校毕业一年多，在一家小型杂志社做小编，工资微薄自不必说，人也很愣，人际关系处理生涩，连恋爱都谈得磕磕绊绊。总之诸事不顺，感觉整个世界充满了一股令人心塞的戾气。但临近年关，习惯使然，总还是要回家过年呀。我拿着仅有的一张银行卡，去银行的自助机上查看了一下余额。还不错，省吃俭用，总归还是节余下来几千块。

爸妈在老家经营着一家小馆子，开在镇上的学校门口。馆子主要卖包子、馒头、米粥，中午兼卖些家常小菜和米饭。

因为小饭馆的主要顾客群体就是对门学校的中小学生，而这些中午无法回家吃饭、需要在小饭馆解决吃饭问题的学生娃，都是家离小镇十多里或几十里远的农家子弟，所以饭菜价格都很低，盈利空间非常少。

我记得有一次回家，无意间听到父母闲聊，说最近面粉又涨价了，馒头、包子这下可能连每个赚一角钱都够呛。

每个赚几分钱？每天凌晨三四点起来和面、发面、揉面，一个个拧下来，剁馅儿包好，守着灶火一屉屉蒸好，六点钟不到就开门，迎接第一波打手电走路或骑车来上学的学生，或镇上早市摆摊卖菜卖百货的小贩，一直到下午学校放学，小贩收摊，才能收拾碗盘，稍事休息。很长一段时间里，大约为了节省成本，爸妈没有另外请人手，就靠两个人，厨房堂子连轴转，经常忙得一整天都没有机会让屁股挨一下板凳。而这两双手端出的一盘盘包子、馒头与粥菜米饭，一个只能赚一两毛钱，甚至几分钱？

> “妈妈在严寒的年关奔波了三天两夜，坐了 30 多个小时人挤人的火车，赶了两三千里的路，把故乡搬到她在异乡漂泊的女儿身边来，把年味搬到她朝思暮想的女儿身边来。

可我每年大几千的学费，每个月定时拿到手的几百块的生活费，全是这一毛几分攒下来的呀。我当时一下就红了双眼。

那是 2003 年的北京。那天，我把取出的钱搁背包里放好，骑车去邮局，准备把钱汇给家里。几千块钱对那时的我来说，是笔巨款，我觉得揣在身上去坐人满为患的火车无疑不明智，还是汇回去比较保险。

不巧的是，那天最近的邮局的柜台机器临时出了什么故障在维修，柜员建议我再走几步，蓝岛那边还有个邮局可以办理，但是快要到下班时间了，得赶紧。

我于是把已经拿了出来的钱往包里一放，把包往后背一搭，赶紧出门推上车往蓝岛方向骑去。途中等了两个交通灯，隐约感到有人在推搡我的背包，但动静轻微，下班高峰的人流汹涌，不等我回过神查看，红灯变绿，我又身不由己地连人带车被推搡着向前了。

还好，到了蓝岛那边的邮局，还没关门。我赶紧把车停好，赶到柜台，准备拉开背包的拉链把钱拿出来。但首先看到的是，背包的拉链是开着的！我心里咯噔了一下，怀着残存的侥幸往包里掏了掏，钱已经不在里面了！

柜台里的营业员问了我好几声：“小姑娘，你要办理什么业务？”我完全没听见。等我回过神来，我机械地对他摇了摇头，说我不办什么，然后失魂落魄地走出来，推上车，也不知是怎么骑回住处的，只觉得一路上风吹在脸上，冷得彻骨。

那天晚上一夜没睡好，深不见底的后悔与懊恼完全淹没了我。沮丧、难受得无以复加，我甚至一下子不想回家过春节了。

第二天，我给家里打了个电话。那时我家还没有装电话，电话打到对门的畜牧站，让里面的熟人帮忙喊我妈来接。

我在电话里对我妈说，今年的票不好买，单位又正好安排了我值班，我就不回去过春节了，等开春暖和了我再找机会回去。其实，我已经早早买好了车票，我们杂志社也压根儿不需要值什么班。

我妈在电话里一时好像愣了愣。这是我这么多年第一次说不回家过年。但我妈在电话里也没多说什么，就说：“哦，妈知道了，那你也要买点好吃的，找同学呀、同事呀一起过，不然一个人多冷清。”

我说：“好，你和爸爸也吃好喝好，过个好年。”然后我挂了电话，一个人“呜呜”地哭了出来，为被小偷偷走存了一年积蓄的委屈而哭，为自己的不中用而哭，也为即将到来的一个人过年的孤寂而哭。

没想到，第二天上午接到我爸打来的电话，他在电话里说：“你妈一早天没亮就坐班车出门了，昨晚上收拾了一晚上，说要到成都坐火车去北京看你，跟你一起过年。”我惊呆了。

那时，我们那里并没有直达成都的长途车，从镇上去成都，得转上好几趟车，到了之后还得在汹涌的春运客流中排队买票，也不知道能不能买到，能买到哪一天的。何况，我妈只上到小学二年级，识字非常有限，大半生里出远门并不多，并且，她这一趟出门想必还带了不少东西。

我忍不住埋怨我爸，说：“你怎么不劝住她？这么远，现在路上人又多，多不安全。”

我爸在电话里恨恨地说：“我哪里劝得住，你又不是不晓得你妈那个脾气。”

三天后，我在北京西站北1出站口的人山人海中，接到了我隔了一年没见的妈，短发、微胖、穿着好几层毛衣，外面套着一件可能是我弟弟当兵退伍给带回家的军大衣，挎着一个硕大的迷彩旅行袋，不用说，里面肯定装满了她早早就备好的、我爱吃的各种腊味、腌菜、腐乳、炒豆子、干豆角、地瓜条……

看见我的那一瞬，她如释重负，风尘仆仆的脸笑成了一朵花。而在我的心里，扑簌簌的眼泪流成了一条河……

摘自《北京文学》

图：陈明贵

1. 答案：生物科学是一门研究生物的结构、功能、发生和发展规律的自然科学。

机场里的小旅行

@ 琢磨先生

我在机场遇到的各种趣事，有些让人哭笑不得。

有一次，我在某地机场托运行李，地勤竟然递给我一张不是我名字的登机牌。好玩的是，我当时并没有觉察，于是我就拿着自己的身份证和一张不是我名字的登机牌去过安检。

我自信地把身份证和登机牌递给安检，并且按照老规矩冲摄像头微笑着。而坐在对面的两个人，一个安检员，一个实习生，在核对了我的身份证和登机牌后，竟然给我盖了安检章。那会儿，我还是不知道我的登机牌打错了。

直到去了登机口，登机广播喊后舱先登机，我拿起登机牌核对座位号的时候，才惊奇地发现我的名字竟然打错了！

我惊慌失措了，因为这时大家开始陆续登机。我跑回安检口，正好遇到一位安检负责人。

“这不是我。”我指着登机牌。

“那你是谁？”他严肃地看着我。

“这是我的身份证，身份证照片跟我一样，而登机牌名字跟我身份证不一样，所以登机牌不是我的，而身份证上的名字是我的。”

他边理顺我的逻辑，边问：“那你怎么进来了？”

“这也是我想问你的一个问题。”我冲他乐。

安检负责人显然已经不耐烦了，不再跟我啰唆，气呼呼地带我去安检口，把两个安检员训了一通，然后转身对我说：“你去登机吧。”

“可是，这不是我。”我拿着登机牌说。

“你来不及了，赶紧去。”他用手指了指天，意思是广播在催促登机了。

“可是我坐谁的位子？”我很纳闷儿地问。

“就坐你手上这个人的位子。”

“那他坐谁的位子？”

“没准他坐在你的位子了。”他淡定的表情，让我深深怀疑他已经见怪不怪了。

于是，我平生第一次拿着不是我的登机牌，过了安检口，后来登机还坐了一个不是我的位子。

有次飞机晚点，我偏头看了一眼坐在我旁边的一个女生，赫然发现她正在浏览我的微博，我极度自恋又加了一点点忐忑不安的心情跟她说：“哎哟，你在看我的微博呢！”

她抬了一下头，不痛不痒地说：“我知道呀，可是鸡蛋好吃我非要跟鸡打招呼吗？”

这架势看上去俨然是钱锺书老先生的忠实粉丝。我估计，再搭讪下去就是暴力事件了，于是又去看坐在我对面的一个姑娘，端庄靓丽，心生无限遐想。

于是，我搭讪说：“你也飞深圳呀？”

她抬头看了看我：“你觉得我会中途下机吗？”

我说：“还好中间可以聊聊。”

她白了我一眼，说：“你在看《读者》，而我在读 ChinaDaily（《中国日报》），你觉得我们会有共同语言吗？”

气死我了，我都没好意思说她盯着牛皮癣的广告看半天了。幸好这时开始广播登机，否则这机场里的小旅行非得闹出人命来不可。

心香一瓣摘自《以幽默的方式过一生》

中信出版集团

图：小柯

【编者的话】每天，都有人南来北往，行在路上。在路上，总会遇到形形色色的人，发生各种各样的事，就如本期焦点里的两个故事。正因为在路上不小心遇到了小偷，才有了《母爱三千里》的奔波与温暖；正因为粗心的工作人员和有个性的乘客，才有了让人哭笑不得的《机场里的小旅行》。

就是爱科学（生物篇）2. 生物科学的研究对象有哪些？

压岁钱怎么给

@高　军

（文中有十处差错，你能找出来吗？答案在第24页。）

一个朋友给我发短信说她不敢回家过年了。她说不仅家里的亲戚生了孩子，更过分的是，有些同龄人还生了二胎，这让人情何以堪？

去拜年的时候，她们都抢着抱出来献宝，人家的宝贝可不是白看的，看完就要封个大红包递过去。人家纂着红包往回递，我这个朋友说心都在滴血，还要假客气说：“压岁钱，拿着！头一次见面嘛！”其实，在城里为坐公交还是地铁她都要合计半天，在菜场买完白菜还硬要人家给把小葱才肯走路。

说到这，肯定很多人有同感。可回到老家就要入乡随俗，不这样家里人的面子往哪儿放。甚至他们怕亲戚知道你在外面混得差，怕你把祖宗的脸都给丢光了。

过年出门拜年他们连红包都给你准备好了，硬塞在你口袋里，临走反复叮嘱道：“记住！到人家喊人。不要光顾了吃，跟八辈子没吃过似的。还有人家孩子抱出来，要夸好看，不许胡说八道知道吗？”

“新生下的小孩都皱皱的，跟小老头似的。我怎么忍心夸他好看？”

家里人愣了一下，接着说：“那也得夸好看。你夸完好看之后顺手把钱塞到襁褓里去。人家要是客气，你就说是过年的压岁钱，一点小意思！你可记住了！还有他们家冷，乡下人家不比北京、上海，你多穿点。”

你想到亲戚家拜年，坐在堂屋里寒暄，然后吃饭。上来十碗菜，碗碗都吃到结冰，白花花一片，不由地浑身打冷战，你说：“我能不去吗？”

家里长辈马上虎起脸说：“怎么能不去，人情大似债，头顶锅盖卖。你一个做小辈的怎么可以这样呢？怎么越混越缩呢？”

草黄天净，十里八里。等到了亲戚家，他们家眼尖的小孩早看见了，喊着：“来了！来了！”返身就往家里跑，家里人出来迎接，有的还要扔几挂小鞭炮，你一边忙着躲鞭炮，一边用脚踢他们家跑出来过度热情的黄狗说：“去！去！”因为你每年过节都上他们家来，狗都认识你了。远远的看到亲戚家里人出来就嘴里舅爹爹、舅妈妈或者三叔、五大爷、二表婶一通乱喊，那边就连忙往家里让，其实家里跟外面一样冷。

进了屋第一项就是观礼，北京回来的无非带些蜜饯、稻香村糕点。上海、苏州回来的无非是卤汁兰花干、采芝斋粽子糖、肉骨头。乡人在吃过之后都说不好吃，太甜！粽子糖又不够甜。但这都是人背后的闲话，你大可不必管他。但是礼数彼此都要尽到，口里连连说：“来了就来了，还花钱！明年来空着手就行，现在村口就有超市，什么东西都有买的，一门都不缺。”

你捧着一杯热茶在手里不住地倒来倒去，这时你发现小孩子跑到你面前，目不转睛看着你，脸上脏得跟锅铁似的。你装作万分喜欢在他脸上摸了一把，弯下腰跟领导下乡似的问他：“你是老大吧？告诉我几岁啦？”他也不说话，鼻孔下像老龙似的拖着长长的清鼻涕，进进出出的。这时你忽然想起来：哦！这是来要压岁钱的。就掏出来递到他的手里面，这个脏孩子掉头就跑。

家里的大人像吃了一惊似的，说：“这怎么使得的！万万使不得！”便夺过孩子手里的红包塞还回来说，“等明年你带了对象回来一道给，现在你一个人还要省钱娶媳妇（或找老公），等你们明年两个人来再给，我们收双份的好不好？”

2. 答案：从生物体的分子、细胞、组织、器官、生物体、种群到生态系统。

你一时僵在那里，心想：难不成光棍连给压岁钱的资格也没有了吗？

那边被夺了红包的孩子，已经在地上打起滚来了，把浑身像裹元宵面似的裹了几层灰。你忙从亲戚手里抢过压岁钱递过去。

家里老人就对着滚在地上的阿大或阿二说：“大过年的，怎么哭呢？奶奶怎么教给你的，客人给压岁钱要说谢谢！不能拿到就跑，要懂规矩！”

拿到红包的孩子把钱邀功请赏似的递给妈妈，妈妈装作不理，一边把他挟在两腿之间不许他乱跑，一边给你递瓜子、糖果。

你看到阿大将鼻涕眼泪擦在以前曾经很讲究的孩子妈妈身上时，不由得心生厌恶，就装作喝茶，发现刚才滚烫的茶不知道什么时候已经凉了。亲戚家里的人惊跳起来说：“茶凉了吧？换一杯吧！”你又忙着道谢、微笑、点头、吃一枚花生糖。

因为笑了一上午脸都有点僵了，这时，亲戚家的老奶奶不知道什么时候从你身后走出来，手里抱着一个裹得跟粽子似的小宝宝说：“去年你来拜年的时候，老二还没出生呢。来，让他给表叔或者表婶妈拜个年！”

你装做万分惊喜的样子奔过去看，眼前出现一团红肉，猫崽似的，嘴角擒着泡泡，正呼呼地睡着。你也不怎么会客套，只记得临来时家里招呼要夸好看。就连声说：“好可爱呀！可爱呀！”然后照着家里人吩咐的，把一个红包塞在孩子襁褓里。他们家老太太又要跟你客气一番，然后全家人跟打架似的又跟你拉了一番。但凭着你灵活的身手总能不辱使命。

我这个朋友经历的大致就是这样的拜年场景，所以她感概道：“我有个朋友过年不回老家，他把回家要包红包的钱省下来到日本旅游去了！”我想想这真是一个好办法，我说：“下一年你也照他这么办好了。”她说：“不行啊！如果我不回去的话，我妈不仅要出她的那一份，连我的那一份她还要帮我出。省下的那一份还是到不了自己的口袋。说到底还是我们家里损失了！想想就心疼得不行。”

其实我知道有个加倍捞回来的法子，我想她是知道的，大家都知道！但死活就不想走那一步就是了。

摘自《人间须尽欢》

百花文艺出版社 & 青橙文化

图：小黑孩

蓝花碗

@李　雷

他是搞摄影的，但更痴迷民间收藏，他去过很多地方，读过很多古籍，也结交了许多业内人士，对收藏很有一番见地。

这天，他在大山里采风，口渴得要命，忽然看见一个小村，村头有个小茶棚，他疾步向前，要了一碗茶，正欲喝时，忽然看见茶嫂一手端着一只碗，另一只手拿着梳子，蘸着碗里的皂水梳头。直觉告诉他，那碗不是等闲之物，走近一看，果然是一件古物，一件很珍奇的瓷器。

茶嫂有些嗔怪："女人梳头，有什么好看的？"他忙说："你怎么用皂水梳头呢？"茶嫂笑了，滔滔不绝地说起皂水梳头的种种好处。他是没心思听的，只为搭个讪而已，就说想看看这皂水，茶嫂把碗递给他。他端起碗，上下左右看了个仔细，断定这是无价之宝，便问这碗的来历。茶嫂很疑惑："你是看皂水呢，还是看碗？"他说，自家也有这样的碗，原来是一对的，不小心摔了一只，所以看着熟悉。茶嫂说："是这样啊，这碗是捡的，就当了盛皂水梳头的用具。"

他想买下这碗，便说那对碗是妻子娘家的陪嫁，两人都很喜欢，

就是爱科学（生物篇）3. 生物科学的研究内容包括哪些？

摔了一只不成双了，妻子心里老别扭。茶嫂开玩笑说："你想买？这碗可贵着呢。"他说："你开个价吧。"茶嫂眼睛转转，说："一百块。"他快速从钱包里掏出一张钞票递过去。茶嫂莫名其妙地看了看他，然后把碗递过来，说："开玩笑的，一只破碗怎么能收你钱呢？"

一番推让之后，茶嫂说："如果你不想白要，就给我们全家照张相吧。"这现成啊，他怀着喜悦的心情等茶嫂的丈夫下田、儿子放学回家。快晌午时，一家人坐在茅屋前端端正正地摆好了姿势。照完相，一家人欢喜，执意留他吃饭，茶嫂还对丈夫夸他是个有情有义的人，为了妻子高兴，宁肯花一百块钱买一只碗。他有些愧疚，就偷偷往饭桌下放了一千块钱。

他知道，一千块钱是远远不够买这只碗的，回家后又查看了书籍，仔细端详这碗，认定这是出自明朝宣德年间官窑的蓝花碗，乃是世上少有的珍品，身值数百万元。他洗好照片，给茶嫂家寄了过去，顺便提了那一千块钱的事，希望能帮一家人改善一下生活。

然后，他信心十足地把碗拿到古玩店鉴定，万万没有想到的是，行家说这只碗是后人仿造的赝品，并给他指出了仿造的痕迹。他的心一下子凉了下去，不是为美梦成空，也不是为施舍出去的钱，而是为看走了眼。行内人都知道，收物件看走眼是很没面子的事。他想，为什么自己会看走眼呢，怪知识浅薄，还是学艺欠缺？好像都不是。

几天后，他意外收到从那个遥远的山村寄来的信，信是茶嫂的儿子写的，歪歪扭扭的小学生字迹，字里行间全是感激，说全家从没照过"全家福"，有了这张照片一家人觉得很幸福。最后孩子说，如果不是那一千块钱，过了暑假自己就要辍学了，最后表决心似的说自己一定要考上大学，报答他这个好心人。他眼睛有些湿湿的，翻出那张全家福的底片，茶嫂一家笑得很甜、很幸福。他觉得，这是自己从事摄影以来最好的一幅作品。

他想回信，却不知说些什么，想了又想，于是提笔问茶嫂，皂水梳头究竟有哪些好处呢，他想让妻子也把这蓝花碗派上用场。

以后，总有朋友说这碗品相好，问他是不是花了很多钱。他总是笑笑说："是乡下的亲戚送的，无价之宝。"

摘自《桂林日报》

图：陈明贵

柠檬和生蚝在战斗

@肖 遥

我弟小肖带全家去美国杰克逊维尔市小住。

在租住的民宿里，小肖叮嘱我爹，残汤剩饭尽量别扔垃圾桶，直接倒在水槽里，下水道口有个粉碎机，会把鸡蛋壳、苹果核都粉碎冲走。垃圾桶堆放了容易腐烂的食物垃圾，屋里会很难闻，垃圾工人清理时也会抗议。可每次我爹削果皮剥菜叶的时候，都要站在水池边纠结良久，下不了手。

这个动作不难，可我爹无论如何也学不会，也不想学，他很质疑这个举动的正当性。

爹妈出去散步，回来拾了一大堆柠檬，小肖警告他们说，这些看上去是在外面种的，但都是私人财产，掉地上也是有所有权的……为了让爹听话，他不惜危言耸听："这个州枪支合法，你拿别人东西，小心人家开枪！"离开时，爹舍不得那堆柠檬，就把柠檬削了皮，把柠檬肉泡了水带上。过安检时，小肖要帮爹把水倒了，爹劈手从他手里夺过杯子，把柠檬水一饮而尽。小肖的表情可以解读为"还有这种神操作"，都可以做成表情包了。

也不是所有食物都能引发爹的珍爱之情。有一次，全家在一家海边小店里吃饭，小肖发现这家店的生蚝才卖两美元，兴奋极了。小肖平时应酬请人吃的生蚝，一只上百，还不怎么新鲜。当小肖发现如花隔云端的美人忽然变得触手可及，还不抓紧过过瘾？小肖边大快朵颐边算账："太便宜了！吃到就是赚到！再多吃些把机票钱都省出来了！"

爹默默地看着小肖又点了六个生蚝，把自己捡回柠檬时小肖看他的那个饱含鄙夷和惊叹的表情，原版复制，加倍送还。一路上，两人的表情包你送我，我送你，频频使用，倒是一点儿也没浪费。

潘光贤摘自《中国新闻周刊》

3. 答案：动物学、植物学、微生物学、古生物学等。

朋友圈哭穷指南

@少年怒马

一

朋友圈哭穷通常分两类，一类是表示自己“要吃土”了，这种情况，我一般会热心地告诉他哪种土比较好吃。

另一类，比较另类：穷啊，我的玛莎拉蒂加不起油了。这样哭穷的人，我会跟他没完没了地做朋友。

但还有一种，是真哭穷，并且一哭就有人济贫，难度系数很高。唐诗界有一个人做到了，他就是杜甫。

有人说，杜甫出身名门望族，老爸是县令，叔叔、姑爹也都县级干部，典型的官二代，他才不穷呢。

事实上不是这样的。

故事从他 35 岁那年说起。那一年，杜甫同学从吴越和齐鲁游学归来，到了长安。本来靠着老爸的工资，也能过两年首都生活，但没多久老爸就去世了，自己也两次落榜，找不到工作，特别穷。

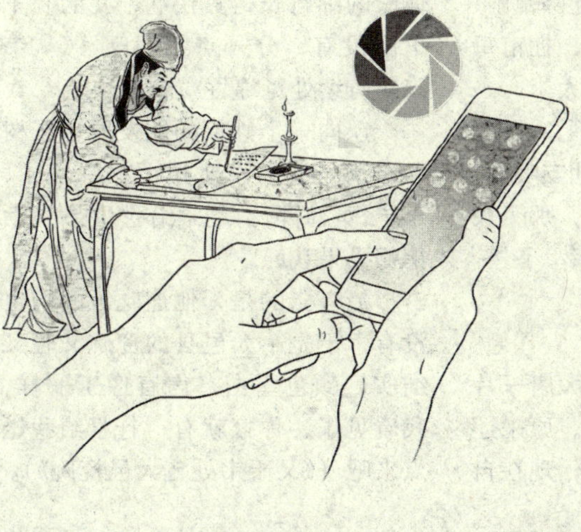

众所周知，首都房价高。杜甫就在长安城南租了一间草房，白天到处投简历、面试，晚上回草房写诗，看到包租婆都不敢出声。

他当时主要的生活来源是一份兼职，就是到王公贵族的府上当“宾客”。“老板”基本上是王爷、驸马之类，听起来很高大上，他的同事也是各种大V，什么画师、音乐人、舞蹈家之类。

贵族们经常会搞各种趴，杜甫和他的同事们，就会拿着请柬，以宾客的身份参加，写写诗、鼓鼓掌，结束了领个红包。

外人看起来，还以为他混得风生水起，其实他是个隐形贫困人口。所谓“宾客”，其实既不是宾，也不是客，更像是“文艺家佣”，管吃不管住，收入很不稳定。

多年以后，杜甫回忆这段经历，是这样说的：“我在长安13年，骑着小毛驴到处找饭碗。早上去敲土豪的门，晚上跟在他们的车后面吃尾气。参加饭局都是最后才通知我，好吃的都没了。真辛酸啊！”

有一年的八月，长安连降暴雨，物价上涨，朝廷开仓救灾，杜甫每天去排队，买五升打折的大米，一半用来吃，一半换成钱买酒。没错，杜甫酒瘾很大，也喜欢请朋友喝酒，即便卖粮食都要请人喝酒，那个被邀喝酒的朋友可以说相当荣幸了。

二

后来爆发安史之乱，大唐一片哀鸿，尤其是长安和洛阳。原来还能给他点打赏的王公贵族，现在自身难保。杜甫更穷了。

在某个逃难的日子里，他饿极了，一摸口袋，只有一个硬币。他苦笑一声，又写了一首诗，很写实，名字就叫《空囊》，他已经开始吃柏树皮，喝露水了。最后的一文钱舍不得花，以避免身无分文。他终于受不了了，听说成都还没打仗，有吃的，就去了成都。

先是托朋友在浣花溪畔找到一块空地，要自建房，但身无分文，怎么建？很简单，哭穷。

建筑材料是他一个表弟给的，房子建好了，他想在院子里种几棵果树，就到处求助。向一个姓萧的朋友要桃树：嘿，朋友，桃树苗来一百棵，春天前快递到我家哈。

又向一个姓韦的朋友要绵竹：你家的绵竹长得真快啊，我的院子里就没有，分一点给我呗（《从韦二明府续处觅绵竹》）。

还向一个姓徐的朋友要李子树和黄梅：我的草堂里要搞绿化了，李子、黄梅都行，赶紧给我几棵（《诣徐卿觅果栽》）。

最夸张的是，他连吃饭的碗也没有，于是：大邑县的瓷碗又轻又结实，颜色雪白，声音像玉一样，我看见了，你家就有，赶紧给我送点来吧（《又于韦处乞大邑瓷碗》）。

是不是觉得杜大叔太耿直了，但以上这些还只是他的普通朋友，要是对铁哥们，他会更直接，比如高适。

那一年，高适在成都附近的彭州做副市长。虽然已经飞黄腾达，但他早年跟杜甫、李白三个人，有过一段“放荡齐赵间，裘马颇轻狂”的激情岁月，兄弟情义还在。

杜甫急着用钱，但高适这厮迟迟不回消息，杜大叔就急了：兄弟，你啥时候帮我呀，赶紧的，别磨叽（《寄高彭州一绝》）！

这些诗一首首读下来，又想笑，又莫名心酸。这就是杜甫，不管是雄浑顿挫的大诗，还是调侃自嘲的小诗，都让人觉得真实。当然，凭借靠谱的人品和耿直刷脸，杜甫的后半生，基本都是在朋友接济下度过的。

> 你必须心怀慈悲、人品过硬、视金钱如粪土，才能穷得理直气壮，穷得伟大。

三

那么，问题来了，杜甫为什么会穷到这种地步？我总结了几个原因，抛开当时不可抗拒的战争因素不说：

一个是，杜甫不懂做生意。

我们只知道杜甫是个诗人，其实他还做过生意——卖中药。

没错，不管是在长安，还是成都，以及临死之前的流浪时期，杜甫都一直做着卖药的生意，不过杜甫显然不是一个合格的商人，总是赔钱。

不然，他懂中药、又懂酒，要是把草药在酒里一泡，搞个“子美药酒”，工商和药监局又不管你，写几首厉害的广告诗宣传一下，怎么着也得奔小康吧！唉，文人就是不懂生意。

第二，是不会拍马屁。

那时，有一种诗叫“干谒诗”，类似现在的简历。没节操的诗人会在诗里，拼命地拍对方马屁。杜甫在最无奈的时候也写过。

不过说实话，那些诗他都写不好，因为他打心眼里不是那样的人。按说，杜甫是有过机会的，安史之乱中，他投奔唐肃宗，就得了一个左拾遗的职位，虽然只是个从八品的小官，但好歹是跟皇帝一起办公的，要是圆滑一点，安身立命也不成问题。

但杜甫不这样，他要为人民代

言，什么“君不见青海头，古来白骨无人收”，什么“彤庭所分帛，本自寒女出”“朱门酒肉臭，路有冻死骨”，有组织、有计划地撕朝廷。在那个朝廷掌握一切生杀大权的时代，这样写文章很危险的。

就是因为杜甫太过于伟大，所以，唐肃宗那个乌烟瘴气的朝廷肯定是不会重用杜甫的。

杜甫很穷的第三个原因，是穷大方。

晚年流浪时期，他还做着他的中药小生意，碰到集市就去摆地摊，遇到没钱买药的人，就会免费赠送。

在夔州，有一个做大官的朋友，给他拨了40亩地和一个小院子。他的小院子里，有一棵枣树。西边的邻居是个孤寡妇女，经常来摘他的枣子吃，杜甫从来不管。

后来他要离开夔州，就把那个小院儿送给一个姓吴的朋友。有一天，那个寡妇又来“偷枣”，朋友很生气，就向杜甫告状。

杜甫写了一首诗来解决这个盗窃事件：西边的邻居来打枣，你不要阻拦，她无儿无女，没吃的。要不是因为太穷，谁会做这种事？她内心很恐惧，所以你要对她好一点。她见你来就防着你，虽然多此一举，但你要是用篱笆拦起来，隔阂就成真的了。她跟我说过，因为官府征税她一贫如洗，唉，兵荒马乱的，谁都不容易（《又呈吴郎》）。

啥叫胸怀，这就是。

最后，还有一个更重要的原因：心太软。

那一年，有个姓韦的左丞相很欣赏杜甫，就给了他一个县尉的工作。县令是一个县的行政长官，县尉是军事长官，相当于县公安局局长。不打仗的时候，县尉主要工作是处理刑事案件；如果打仗，县尉就得干两件事，征兵和收税。

当时正值安史之乱，朝廷征兵，连未成年人和老头都不放过；收税更残酷，老百姓如果不从，就棍棒伺候，所以这是个必须心狠手辣才能胜任的工作。一个掌管别人生死大权和经济的基层官员，肯定是有油水的，但杜甫却谢绝了，宁愿去做一个军队的仓库管理员。

为啥叫他“诗圣”呀？你可以在诗的文采上超越他，但在诗的品格上，杜甫达到了常人难以达到的境界。所以你看，哭穷也是要资本的。你必须心怀慈悲、人品过硬、视金钱如粪土，才能穷得理直气壮，穷得伟大。否则，就赶紧搬砖吧。

司志政摘自微信公众号少年怒马

图：豆薇

4. 答案：生物技术、生物科学、生物工程、生物制药以及生态环境规划与设计等。

听说，你患了专业职业病

@ 王鲜梅　刘 亚

自从上了大学，接触到专业学习后，很多同学将专业中的思维不自觉地发展到生活中，根本停不下来。

临床医学：听说，有人变成了洗手狂魔

由于对微生物深刻的认识，对洗手有一种谜一般的执念。吃羊蝎子会突然想把骨头拼成一根完整的脊髓。学到什么病就开始对号入座，天天感觉自己重病缠身。期末看到医学生猝死的新闻特别恐慌，看到梳头时掉下的头发担心自己会变成秃子。看医疗剧的时候各种吐槽，词比演员还多。

英语专业：听说，有人已经无法好好看一部美剧了

看带字幕的电影和视频的时候，会很自然地想这字幕翻译得到不到位，并且会在脑子里想出相对合适的翻译。在路上看到别人穿印英文的 T 恤，第一件事就是看有没有拼写错误和语法错误。看美剧电影自动开启校对模式，下意识地和旁边人吐槽各种翻译错误或漏翻的梗。所以基本不信任别人的翻译，宁愿啃生肉（看没有字幕翻译的影视剧）或原著。遇到拼写错误一定调头回去拍下来。反复尝试发音，查手机词典，确认是不是俚语。

信息工程学：听说，有人已经不能好好数数了

打开任何网页都想按 F12 看看源代码，研究一下结构。关注数据安全，谁告诉我电脑坏了，都会问你的数据备份了吗？碰见啥都想找 bug。在路上看见车牌照 17A3H，哟，16 进制！总是从 0 开始计数。

市场营销：听说，有人变成了话痨

话太多，到哪里都爱说，停不住。猜疑心较重，对任何事都喜欢去猜测和分析。能很快地把握交谈对象的想法，善于察言观色。在关注广告营销时，关注的不是它推荐的什么，而是它采取的营销方式。

许亚军摘自《大学生》

汤姆为什么每次都抓不到杰瑞

@SME 情报员

看过经典动画《猫和老鼠》的，基本都会发出一个相同的疑问。为什么汤姆猫有无数次机会可以杀死杰瑞并吃掉，可它抓了放，放了抓……这对基友就这样陪伴了我们近 80 年。

我们常言道，抓老鼠是猫生存的本能，天经地义。本能是动物世界的强大内驱力，它决定了动物生存所必需的一些行为。但猫捕猎老鼠，真的属于本能范围吗？

早在 1920 年代，我国的行为主义心理学先驱郭任远，就用了十年的时间，做了一个“猫鼠同笼”的著名实验。这个实验的结果，在当时还震动了美国心理学界：原来猫和老鼠也能和平相处。

所以说猫抓老鼠，并非是刻在基因里的天赋本能。只有在猫妈妈的示范与教导下，小猫才能变成真正的猎人。当时，他们还拍摄了一张老鼠骑在猫背上的合照。而这个实验也叫“猫鼠同笼，天下大同”，猫爱老鼠还是恨老鼠，很大程度上取决于猫的“猫生经历”。

因“教育缺失”，很多家养宠物猫已经失去了这项技能。它们自幼吃着猫粮长大，别说抓老鼠了，就连老鼠长什么样都不知道。同样，衣食无忧着长大的汤姆猫，大概率也是不会捕鼠的。

不过，并非所有的猫都

能被人类当主子般供养起来。也有很大部分的喵星人因各种原因被抛弃，沦落到街头。这些流浪猫居无定所，还需靠自己的捕猎技能寻找食物，又或是依靠爱猫人士的投食。有科学家对流浪猫的捕食习性进行过研究，发现猫吃老鼠可能只是个偏见。

虽然，流浪猫最爱的捕猎对象是哺乳类动物，其次是鸟类、其他脊椎动物与无脊椎动物。但与人类相似的一点是，猫咪同样倾向于选择“阻力更小”的途径来获取食物。有人投喂就最好不过，其次是翻垃圾桶，最后才是出手抓小动物。

在捕猎这件事上，它们也更喜欢没有什么防御能力的小动物。所以即便具备狩猎能力的流浪猫，对老鼠的兴趣也不大。

在最近一项研究中，人们就对纽约市的流浪猫失望透顶。明明以捕鼠能力著称，但它们却极少捕杀老鼠，态度冷淡得令人发指。

虽然这些视频还显示了，在有猫的情况下，老鼠出现的时间会变少。但这并不意味着是猫立了功。这些老鼠只是暂时躲起来、迁移到其他隐蔽地方罢了，对城市中老鼠的种群密度毫无影响。

因为这座城市的老鼠品种主要为褐鼠，平均重量达 330 克，这已远远超过了普通小鸟或普通实验室小鼠的重量。所以在纽约市汤姆与杰瑞的战斗中，体型巨大的老鼠似乎占据了上风，直接把猫摁在地上摩擦。

不过，在狩猎小动物这件事上，流浪猫可一点儿也不会心慈手软。它们是哺乳类中最专业的猎食者之一，能力比其近亲老虎或狮子有过之而无不及。

2017 年的一项研究发现，猫已经至少造成了 63 个物种灭绝。所以把猫当作控制老鼠数量的“天然工具”引入城市，很可能得不偿失：鼠患未除，却又流浪猫成灾。

现阶段别说是故意“放”猫，流浪猫泛滥的情况都让人担忧。如今，在中国大约每 50 户城市人家就有一户拥有一只宠物猫，是全球第二大“养猫国”。

养猫的人多了，被遗弃的流浪猫也激增，受害的野生小动物也越多。那些以猫会抓老鼠作心灵安慰剂遗弃宠物的缺德主人，也将被揭掉最后一块遮羞布。遗弃，很可能不会让老鼠减少，但却能演变成某些野生动物的灭顶之灾。

洛奇狮摘自知乎网

图：恒兰

做一条鳄鱼要经历哪些悲伤

@Keigo

5. 答案：包括生物科学、生物技术、生物信息学、生态学。

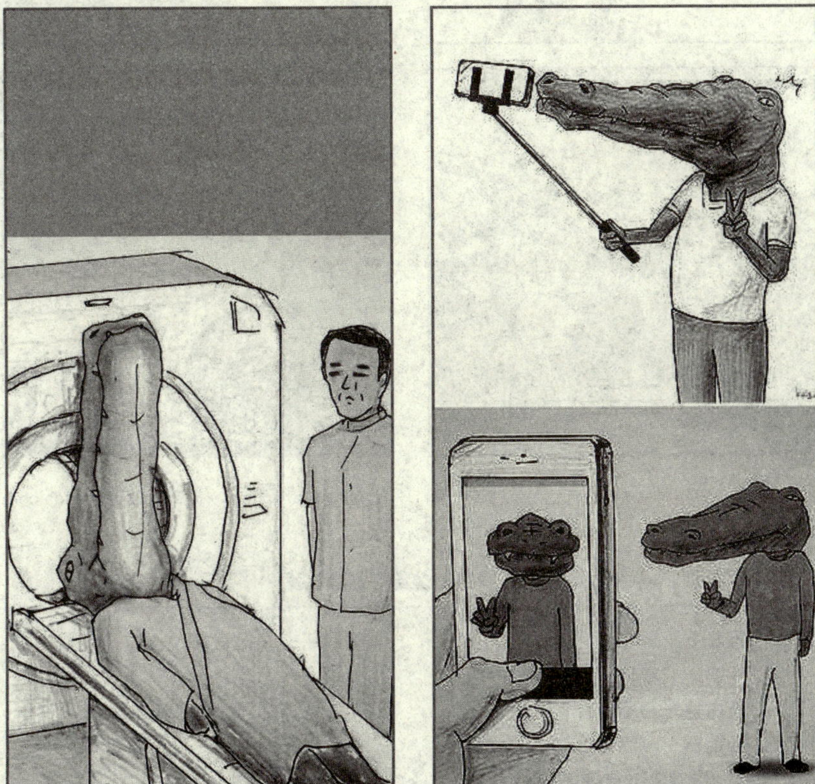

摘自 Boredpanda.com

《压岁钱怎么给》参考答案

1. 纂着——攥着
2. 寒喧——寒暄
3. 不由地——不由得
4. 远远的——远远地
5. 不必管他——不必管它
6. 都有买——都有卖
7. 元霄——元宵
8. 挟在两腿之间——夹在两腿之间
9. 嘴角擒着泡泡——嘴角噙着泡泡
10. 感概——感慨

快递小哥复仇记

@ 清风车影

这是段黑历史，故事发生在我还在深圳龙华做快递员的时候。

记得那是一个阳光明媚的早晨，蓝天白云，绿树成荫，晨风清凉，我骑着小破驴载着一件重达40公斤的货物，来到收件人的楼下。

收件人在6楼而且没电梯，那么就得扛上楼去。我有职业道德，就扛上楼了，按门铃，收件人出来，斥责一声："什么狗屁快递，怎么这么晚来？！"

我抬起手表一看，才早上8点，为了腾出空间送其他货物，我第一个就送了这家，不过没素质的人遇得多了，我回以微笑。

收件人叽歪半天，都是些不好听的话，我则催促他快点验货。然后收件人不爽了，说拒签！好吧，拒签我就扛着货物回到站点，准备退回去。

结果，我刚回站点一会儿，收件方又打电话给站点，让人把货物送过去，还说快递员私自把货物当拒收处理，要投诉我。

行吧，这样的人，我也见多了，先把货再送过去吧。

又扛到6楼，这次我学乖了，我偷偷打开了手机录音，他又拒收了！

我又把货物扛回了站点，准备退回去。然后毫无疑问，他打电话去315投诉我们站点，幸好哥有录音！把录音交给邮政局，忙活了一整天，啥也做不成了，一天的收入没了！

货退回去，那边站点的业务员还埋怨我，说："这边这个寄件的是大主顾，你怎么就不能忍呢？！"

我气急反笑，说："哥们，我给你300，你让我问候一天你家人行吗？"然后我被内部处罚，罚款500，停工3天，得！变成4天没收入了。

我那时候年轻，而且没有结婚，血气方刚，容易冲动。我先请站点内的文员和我相熟的快递员吃了顿饭，席间我把事情一说，大家都很气愤。然后几个哥们把我拉进一个名叫"××之家"的快递员交流群。

群主很够意思的，把我的事情做成了一个公告并且24小时置顶。公告的大概意思是××路金桥花园×栋×单元6楼×姓的快递一律不送，公司罚款，将由群里面众筹资金弥补，被开除的，由群主重新安排工作。

我那个热泪盈眶，就自己马上给群主转了2000。

你们肯定认为我傻是吧？我转钱后第一想法也是这样。

然而并没有，群主把收到钱的信息公布在群里，然后短短两个小时众筹到5万现金！

之后，这名×姓男子就奇怪了，为什么两三个月了，自己无论是网购还是产品样本都没收到快递呢？

他忍不住打电话问了其中某家快递，某站点老板无奈地告诉他："你是不是得罪人了，我们的快递员都不愿意给你送，罚了3000多块钱都没用。"说完挂了。

然后×丰，×达，×通，一个个全打电话去问，最后他发现他家已经成为快递公司的真空地带，没有一家快递公司的快递员愿意给他派件！最后他无奈地搬去别的地方住了。

步步清风摘自知乎网

图：小黑孩

【讨论区】现如今网购时代，我们离不开不是在送件就是在送件路上的快递小哥们。倘使你是快递小哥，遇到这样难缠的主顾该怎么办？快来加入《故事会》蓝版读者圈，为这个快递小哥想想办法、提提建议吧！也可以讲讲你与快递小哥的故事哦。

6. 答案：包括遗传工程、细胞工程、微生物工程、酶工程和生物反应器工程。

父亲点亮的村庄

@ 刘云芳

一

整个秋天，父亲都开着三轮车在田地和各家的院落间往返，好像村庄最鲜活的血液。

他一进村庄，留守的老人们便向一个地方聚集，他们一起给父亲倒在某个院落里的棒子剥皮，再编成一条长龙。父亲攀上颤悠悠的简易木梯，从人们手里接过这条“长龙”，把它围在一根倚着房子的长木杆上，好让风和阳光把玉米体内的湿气完全抽干。父亲终于搭好，回过头来，看着大家的目光，他一定想起三十年前，不知道这样攀爬了多少回梯子，才让一个叫作“电线”的长蛇攀上各家的房顶，垂钓着葫芦样子的灯泡。等他把电闸推上去，整个村庄被点亮，那一瞬间，人们都沸腾了。

现在，父亲已经不是电工了。几年前，电业系统调整，他这个三十年的“临时工”终于下岗了。得到这一消息的母亲很欣喜，一是五十岁的父亲再也不用爬电线杆，她再也不用跟着悬心了；二是我们家再也不用给别人搭电费了。

尽管塬上的村庄已经通了电话、修了马路，可私人煤矿一禁止，人们就像大迁移一样，先是三三两两，后来所有的劳力都转向了城市。

有的人家整户都走了，连学校也变成了一座空房子。

二

父亲本来不想离开村庄，可眼看着村里娶媳妇的彩礼一涨再涨，为这件事，母亲已经愁白了头。父亲此行要去北京，在那里打工的表叔来电话说，有个地方要招两个保安，管吃管住，还给发衣服。邻村的李叔很有兴趣，父亲就和他一起加入了北漂的队伍。

父亲口袋里揣着电工证和高中毕业证，而他那双粗糙的手，足以证明他半生里出过的力气，不惧怕任何苦活、累活。

表叔托人给他们找起了工作。零钱花完了，父亲只好把内裤上的那个口袋拆开，他原本想着来了以后就能上班，管吃管住，这些钱一时半会儿是用不上的。可每次吃饭，李叔都没有掏钱的意思，父亲只好都结了。后来他才知道，李叔的钱早已花光了。

表叔终于带来消息，说面包厂需要门卫。他们赶紧去面试，对方让父亲去上班，没录取李叔。义气的父亲看到李叔一脸落寞的神情，当时就拒绝了："他一个人都不敢上街，我上班了，他怎么办？"

表叔因此给中间人说了很多好话，甚至生父亲的气，不愿再管他的事了。

去工地是他们最后的选择。包工头一听他们没经验，年龄还偏大，直接拒绝了。后来，父亲和李叔搬出表叔的出租屋，在工地认识的山东朋友让他们临时住在了工棚，这里天南地北热情的声音让父亲的北京之行感到了快乐。

那几天，父亲和李叔在不同的工地上辗转，终于有包工头接受了他们。可父亲很快就听到工友们抱怨好久没发过工资了，可他们不想就这么回去，来北京一趟，除了花钱什么也没干。他们决定骑驴找马，为了吃住，一边干活，一边再找更合适的工作。

没过几天，父亲就在工地门口看到了焦急的表叔。当时，母亲躺在医院里，脑出血，昏迷不醒。父亲必须离开，他从在北京的漂泊和挣扎中，一下子解脱了，心里却涌上更痛苦的滋味。

三

父亲渐渐成了村子里最年轻的劳力。他似乎不只管他们屋子里的电，谁家的玉米收了，叫父亲开着三轮车去拉；谁家的炉子坏了，也叫父亲去修。来的都是些老人，父亲不忍心拒绝，敲打着自己酸痛的腰背，就跟着去了。我回家的那些天，发现一到节日，家里的电话就成了客服热线。不同城市的电话先后打来，有嘱咐老人吃药的，也有问候家人的，还有告知别的事情的……父亲在本子上一一记下。那个本子上的另一些页面，字迹歪歪扭扭，是半个身子瘫痪的母亲用左手一笔一画记下的。母亲说，那个时间，父亲正好不在家。

经历过北京的打工生活，父亲好像一个窥破秘密的人，他再也不把这些归来人身上的光鲜当成一种高度。他体会到他们的艰辛，尽自己的能力为他们做一些小事，为留守老人买药，帮他们把粮食种进地里，把地里的庄稼收回院子。为这事，母亲没少跟他吵嚷，就连我也不止一次说他，为什么不顾自己有滑膜炎的腿。

父亲每一次都答应我们不再去了，可是当村里的老人把新扯下来的玉米皮倒进我们家的牛槽，将一把自己种的蔬菜放在我们家的篮子里，在旁边静静等父亲的回答时，我们都说不出话了，只好看父亲又一次发动三轮车，载着老人摇摇晃晃地行驶在秋收的路上。

四

就在去年冬天，一场大雪把山里的公路给阻断了。大年三十，父亲把村子里的手电凑齐了，装进那个已经缝过好几次的电工包里，他拿着它们去迎接一群终于回家的人。清冷的夜里，背着大包小包的人看着父亲踩着积雪一步一个脚印地往前走，出现在盘山道上。父亲说，那一刻，他听到了人们的欢呼，他们仿佛看到了最亲的人。

春节过后，人们同父亲一起，把村里的所有道路修通，然后就各自上路。父亲去送他们回来，手里抓着好几把钥匙。

村里好几户人把自己的家托付给父亲，希望他在夏天的时候看看有没有漏雨，时不时给他们的屋子透透风。

我总想象着，某一个冬天，我们村所在的那个塬沉入雪里。父亲轻轻用一把把钥匙将铁锁唤醒，推开不同的门，把每一户的灯光点亮，然后拿着手电筒，去往迎接归乡人的路上。我知道，他不仅得到了一把把象征信任的钥匙，还开启了一颗颗漂泊在他乡的心。

是他，点亮了村庄的眼睛。

节选自《文苑·经典美文》

图：陈明贵

【作者寄语】一位美国作家曾说过："一篇真正的微型小说，应当是一个令人百读不厌的故事。"之所以能够令人百读不厌，是说一篇好的微型小说，绝不能像一碗清水，让人一眼望穿。这碗水既要五光十色，还要五味俱全，让人读之，各说各色，各品各味，方为上品。这就是小小说主题多义性的妙处吧。

中国狼

@申 平

一队日军在荒原上前进。前面是几辆摩托车开路，摩托车上架着机枪；后面的士兵一律着棉大衣、牛皮靴，肩扛三八大盖。他们走路趾高气扬，人人目空一切，就连那面膏药旗，也很嚣张地飘动着。

他们是胜利之师。自从进入中国东北，就没有遇到过像样的抵抗。像他们这样一支三十多人的队伍，就可以轻易地占领一个县。

不过就在昨天，他们还是和一支杂牌军打了一仗，双方各有死伤。现在，他们就是去清剿歼灭这支杂牌部队的。他们非常自信，那支杂牌军根本就不堪一击。

正行进间，忽见前面路旁的山坡上，有什么东西在活动。指挥官举起望远镜看过去，原来是一群狼在山上嬉戏。其中有一只望风的狼，就像人一样站起来向这边张望。

日军越来越近，但是群狼却没有躲避的意思，照玩不误。这使得指挥官心里很不舒服，感到大日本皇军的威严受到了挑战。"八格牙路！"他伸手从腰间掏出了王八盒子，瞄都没瞄，甩手就是一枪，就见那只腿站立着的狼一头便栽倒了。

群狼一下子停止了活动，一起抬头向这边看。指挥官又向身边的机枪手摆了一下头，"哒哒哒"，马上一梭子子弹扫过去，又有几只狼倒下了。只听见一声嚎叫，群狼这才仓皇地向山顶上逃去。

士兵们立刻爆发出一阵欢呼声，齐声称赞他们的指挥官。指挥官乘机振臂高呼："大日本皇军永

7. 答案：包括植物学、动物学、微生物学、神经学、生理学、组织学和解剖学专业。

远不可战胜！”士兵回应，他们的口号声在山谷间久久回荡。

队伍的士气更加高昂。但是他们又走了一段路后，却听见四周突然响起一种令人胆寒的叫声，那声音或高亢、或凄厉、或悠长、或急促，远远近近，起伏跌宕，组成了一种夺人魂魄的大合唱，让人毛骨悚然。指挥官的脸唰地变白了，他大喊一声："全速前进！”队伍飞快地向前冲去。

但是为时已晚！只见四面八方的山头上、野地里，也不知道一霎时从哪里来了那么多狼。它们相互呼唤，蜂拥而至，将一队日军活生生包围在一片狭长的山谷里。

日军指挥官知道自己犯了大错，他不该忘记任务，去招惹自在玩耍的狼。他命令部队停止前进，成战斗队形散开，然后拔出指挥刀吼道："大日本天皇的武士们，我们连支那人都不怕，难道还怕支那狼吗！射击！”

一时间，机枪声、步枪声、手榴弹的爆炸声、狼嚎声，在山谷间响成了一片。日军的火力的确够强大，狼群一批批地冲上来，很快一群群地死去，狼尸在日军周围几乎堆成了小山。但是狼实在太多了，而且好像根本就不怕死，它们前仆后继、同仇敌忾，死死围住日军，不让他们有半点喘息的机会。

太阳西斜，指挥官开始绝望。他仰望苍天，嘴里轻轻地说："天皇陛下，您要保佑我们啊，我不相信我们这样一支所向无敌的队伍，会被一群中国狼打败。”

太阳快落山时，群狼突然停止了进攻，它们蹲伏在四面的山头上，好像在开会。指挥官急忙命令士兵吃干粮，清点弹药，准备突围。

暮色苍茫，山上的狼嚎声一阵紧似一阵。日军这时已经收拾停当，准备边打边撤。突然一阵风暴声响起，但见成堆的狼尸后面，腾地跃起无数只狼来，三纵两蹿，已经来到了日军的眼前。原来群狼以停止进攻为掩护，乘着日军吃饭的空当儿，派出部队贴地潜伏，犹如神兵出现在日军面前。

日军猝不及防，机枪步枪无法开火，一时陷入人狼肉搏的局面之中。很快，就响起了士兵们哭爹喊娘的惨叫声。指挥官挥刀大喊："各自为战，撤退！”他一手舞刀，一手拿枪，企图杀开一条血路。无奈狼以百倍的仇恨和疯狂扑上来，将他猛地扑倒、撕烂，将他的尸骨吃得一点不剩。转眼间，一队日军全部进了狼腹。

群狼似乎还不解恨，又将日军

所有能咬的东西全部咬碎，这才嚎叫着散去。

据说，日军准备去清剿的那支杂牌部队远远看见了这场人狼大战，他们对群狼视死如归的精神钦佩不已。之后，他们主动掩埋了狼的尸体，并以“中国狼”为部队旗号，成为一支让日寇闻风丧胆的队伍。

城市上空的乌鸦

@申 平

北方城市的一个朋友来电话，娓娓向我讲述了一个有关城市乌鸦不可思议的故事。

“奇怪！真的是很奇怪。”我的朋友这样开始了他的讲述，他说，“北方的乌鸦既聪明又讨厌，咱这地方管它叫老鸹的。”

我的朋友继续说道:“这几年，也不知道是怎么搞的，乌鸦竟然进城来了。一到晚上，它们就成群结队地进城来过夜了。它们就住在城市的高楼顶上，在那上面哇哇叫，还乱拉屎。一到晚上那里就成了乌鸦的天堂。你想，楼房的主人和周围的居民怎能容忍它们如此放肆呢，于是就上楼驱赶。先是拿棍子打，后来用鞭炮炸。但是这些家伙实在是太狡猾了。人一来它们就飞走，等人一走，它们就又飞回来，跟你捉迷藏。人气急了，就组织起来轮流值守。你知道咱北方冬天的夜，嘎嘎地冷，冻得人在上面跑步跳高。乌鸦一看，就又转移到别的楼上去。那里有人再赶，它们就落到路边的电线上，有一回把电线都压断了，造成大面积停电。而且它们早上撤退的时候，还故意往行人的头上、过往的车上拉屎，进行报复，你说它们有多么讨厌。”

听到这里，我的脑子里出现了人鸦大战的场面。我在想，乌鸦之所以到城里过夜，一定是它们觉得城市会暖和一些。如果它们不吵不闹、不拉不尿，也许人们会容纳它们。但是它们天生大嗓门，又不讲卫生，当然就惹得人不高兴喽。

我的朋友在那边清了一下嗓子，继续说：“那段时间，乌鸦问题成了城市管理的一个大麻烦。市民纷纷呼吁，要求市政府想办法解决乌鸦问题，市长也亲自过问了，可是乌鸦是鸟不是人，你赶它它不走，下文件它也不听。后来实在没辙，经过层层请示汇报，出动了武警部队，开枪打了一次。事情就坏在这里了！开头还管用，乌鸦有几天没来。可是过了几天，也不知道从哪里突然冒出那么多的乌鸦来，遮天蔽日的，先是在城市上空盘旋，接着就像一片片乌云一样扑下来，覆盖了城市所有的楼宇街道，它们哇哇大叫，震耳欲聋，人一赶就飞起来去啄人的脸，那架势就像要和人决一死战似的。你说这东西厉害不！一时把人都弄得束手无策了。”

“天啊！”我说，“你快说最后的结果怎么样了？”

“最后的结果，打死你你都想不到。直接告诉你吧，是一群小学生解决了问题。这天，一个小学生写了一封给乌鸦的信。信的内容大概是说，乌鸦先生，我知道你们是世界上最聪明的动物之一，你们能够喝到瓶子里的一点点水，还能用脚踩住鱼线，把鱼从水里拉出来，可见你们智慧非凡。现在你们跑到城市里来，按理我们也应该欢迎。可是我们的城市实在太拥挤了，你们的叫声也太大了，你们已经影响到我们的正常生活了。你们能否回到你们自己的家去呢？假如大人们有什么对不住你们的地方，就请你们多多原谅。飞走吧，亲爱的乌鸦，把城市的安宁还给我们，我们会感谢你们的。信写完了，班里的几十个同学每人复印一份，一起走到街头上去，他们排好队，对着乌鸦集体朗读。你别以为这是笑话，乌鸦好像真的听懂了。它们先是几十只起飞，在孩子们的头顶上飞舞，然后竟然真的飞走了；接着，所有乌鸦就像接到谁的命令似的，一批批全都飞走了。从此，它们再也没有来过。你说这奇怪不奇怪呢！”

这真的是一件匪夷所思的事情。放下电话，我在书房里久久徘徊，我在反复咀嚼回味着这个故事。同时，我也在想这个故事的深刻含义以及它的真实性。后来，我又打电话给别的朋友进行核实。在得到肯定的回答后，我更加感动。我决定把这个故事写出来，以便有更多的人分享。

图：点点

【作者简介】申平，中国作家协会会员、中国微型小说学会副秘书长，广东省惠州市小小说学会会长。出版中短篇及微型小说集 18 部，作品入选大中专教材，并被译介到国外，改编成电视剧。微型小说集《母亲的守望》获第 20 届冰心儿童图书奖。

【微点评】近十几年来，申平第一个在国内亮出动物小小说的旗号，创作出了数百篇动物小小说。他秉持万物平等的生命理念，经由人类与动物、人类自身之间的矛盾冲突，表达了他对人类与自然、人类社会自身和谐相处的美好期盼。这些作品在情节叙述上充满传奇色彩，可读性强，形象鲜明生动，为当代小小说创作提供了诸多有益的启示。

《中国狼》通过狼最终消灭日军的故事，准确、生动地展示了“狼”的面貌和精神：既英勇顽强，又足智多谋。故事撼人心魄，内涵宽广浑厚。就艺术手法上说，作者非常擅长画面感的制造，全文好像不是由一段段文字组合的，而是由一幅幅画联结而成。可以说，“狼群勇战日军”的画面，已经成为小小说场面描绘的经典。另外，“中国狼”从狼到军队番号这一内涵的拓展，使得作品奇峰突起、境界高远。

《城市上空的乌鸦》讲述了乌鸦最终被成功驱离的故事，就驱离乌鸦的方法来说，多少有些不可信。但作品从两个方面解决了这个问题：一是某些动物具有灵性，它们的所作所为有时真的难以用科学解释；二是作者使用了“元叙述”的方法，多次用证人（朋友）证明了事件本身的确定性。很显然，它依旧未离开人类与自然和谐相处的大的主题。具体说，就是人们应以恰当的方式与动物相处，暴力是解决不了根本问题的。

从社会价值上说，我觉得申平的动物小小说也是功莫大焉，它的意义也会日渐凸显出来。

点评者：广东省惠州学院中文系 雪弟

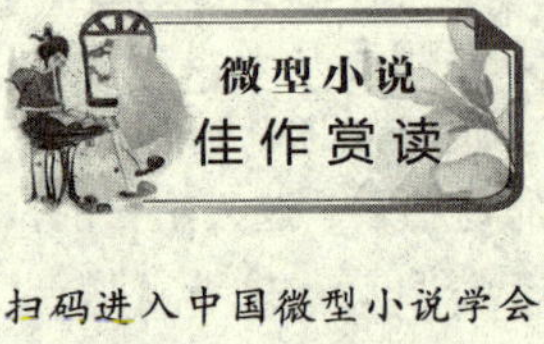

扫码进入中国微型小说学会官网公众号，更多精彩微型小说等您发现。

8. 答案：一个重科学研究，一个重技术运用。

孔子会武术，谁能挡得住

@杨　杰

《说文解字》说："儒，柔也。""儒"本来应该是指以教书相礼为职业的人，似乎与"文弱"相连，与"武"相对。

"儒"的代表当然是孔圣人。在许多现代人的印象里，他像个戴着眼镜、穿着长襟大褂，温文尔雅的大学老教授，嘴里教你文明做人、谦虚礼让，脸上泛着慈爱之光。

其实，历史上的孔子还真不是一个手无缚鸡之力的书生，飞檐走壁虽说不行，但没事儿练两下子，也是个能镇得住敌人的主儿。

这事得先从遗传基因上说起。山东大汉孔丘的父亲叔梁纥是鲁国三虎将之一。在偪阳之战中，叔梁纥用手举着城门，为自家的士兵争取到宝贵的撤退时间，是个像老虎一般大力气的男人。

虎父通常无犬子，据《史记·孔子世家》记载，孔子是个身高1.92米的大高个。教科书上那个长胡子老头看着也就1.6米，还驼背，其实人家可是个小巨人，尤其考虑到当时人们普遍营养不良，孔子应该能看清身边人头顶发量的稀疏浓密。

根据《列子·说符篇》所记，以孔子的力量能徒手打开城门，却懒得跟你炫耀。据《淮南子·主术训》所记，孔子不但是个大力士，跑得还飞快，能跟野兔争高低。

这样一个威武雄壮的套马汉子后来开了所民办学校，亲自授课。除了教德育、书法、算术、音乐以外，还教人射箭和驾驭战车。在古代，这就相当于射击和赛车了。那3000个交了学费的学生，数学真的是体育老师教的。

孔子是个射箭好手，搁现在保不齐能拿奥运冠军。孔子能射飞鸟（《述而》）。据《礼记·射义》记载，孔子一次射箭，观看的人里三层外三层，围得水泄不通。

驾驭战车可不像现在考驾照那么简单。它是一项专业化的军事技艺。春秋时期以车战为主，战车在崎岖的道路和地形复杂的原野上奔驰、战斗，驾驭者的技艺高低直接关乎将士的生死和战争的胜负，所以有着十分繁难的技术要求。孔子63岁时，还亲自为学生驾车。

一次，孔子的弟子冉有为季氏带兵打仗，取得胜利。当季氏问他关于军旅的知识从哪里学来时，他说是“学之于孔子”。在冉有看来，孔子乃是“大圣”，其学无所不包，“文武并用兼通”（《孔子家语·正论》）。

要说也是，孔子的弟子啥人都有，自己没个两下子怎么能镇得住场子。他的得意弟子子路就是个头戴公鸡冠的好勇之人，手下有一帮弟兄，算是古代黑社会扛把子。他能老老实实跟着孔子念书，靠的肯定不是喋喋不休的紧箍咒。

这个既能文又能武的老师，有次带着学生周游列国，遭到围困。绝粮之际，病秧子学生已经病歪歪地站不起来了，孔子却镇定异常，还有闲心在那儿抚琴唱歌，说明身体素质很不一般，抗饿，兴许还练过内功。

在乱世春秋，没两下子功夫估计很难混社会。难怪如今看到的孔子像上，老圣人腰间佩剑，谨防乱臣贼子。其实在古代中国，尤其是宋代以前，文人有武功不算什么稀奇事。班超能投笔从戎，祖逖会闻鸡起舞；辛弃疾老爷子一边把栏杆拍遍，一边带兵打仗。

2500年过去了，历史大潮反复冲刷，孔圣人磨短了身高，磨去了武艺，只剩下眉毛弯弯的“和事佬”形象。后人把孔子塑造得大德大爱，一言一行皆是万世榜样，周身容不得半点瑕疵，活成教科书，已具佛性，呆板又完美。

当然，21世纪版的“能文能武”估计就是会做PPT，能背KPI；脱下西装、摘下领带，还能转身在健身房里做个安静的举铁boy。

林冬冬摘自《中国青年报》

更多精彩，“码”上送达！

我的特殊闺密

@完美青春

“心机”老妈强势借钱

午餐时间，我拎着饭盒走出办公室，一串熟悉得不能再熟悉的谈笑声简单粗暴，直接把我耳朵给炸开了锅。

果不其然，她穿着一件花里胡哨的毛衫、米白色八分裤，斜挎一只红色流苏包，正眉飞色舞地跟前台几个小姑娘大聊特聊明星八卦新闻呢！

我拉起她就往马路对面的小饭馆里钻，我问她：“为什么不打招呼就跑来我公司？当妈就得有个当妈的样儿，你穿成这样我的脸往哪儿放？你一老太太跟那帮小姑娘八卦什么？你找我到底有什么火急火燎的事？”她只回答最后一个问题：“我是来找你借钱的，十万块，三天内必须凑齐！”什么？十万块？我知道她并不缺钱用，我是家中独女，嫁出门两年有余，她和老爸拿着足额退休工资，身体健康，没有其他负担和副业，一张嘴就借十万块，还必须三天内，我无力招架。

原来她一老姐妹的儿子是个房地产商，手里捂着几套成本价房，她跟老姐妹软磨硬泡得来一个内部购房优惠指标，十万块是购房定金！

说实话，我手里是有十来万的积蓄，可那是我跟老公关智文准备投资他一哥们矿石厂的入股金，她此举不仅添乱，还断我财路！

见我不肯借钱，老妈不慌也不恼："那好，我正想找关智文跟他叨叨，你们结婚时你给他买的西装是一千块出头的清仓处理货，给自己买的婚纱是两万块的进口货；还有去年，你谎称因公出差，结果却跟着徐豆豆、金宝儿三个疯丫头跑去鼓浪屿度假……"

> 是父母的遮风挡雨、负重前行，才让我有了狂妄任性的岁月静好。

我又惊又恨，思忖五分钟后，我应允了"心机"老妈的强硬借钱要求，对付关智文总比对付随时要告密的老妈容易吧！

贴心闺密扑灭怒火

送走老妈，我直奔关智文公司。公司门口，隔着一条马路，关智文有说有笑、亲密无间地挽着一风姿绰约的女人走了出来，那女人正是他的前女友王雨彤！

晚上十点多，关智文进家门。我当然是演技派的"大女主"上身："老公，今天忙不忙，都见了哪些老朋友、老客户啊？""老朋友"这三个字都快被我给咬碎成渣了。

关智文装傻小子："今天开了一整天的大会小会，一个客户都没见。""真的？""可不嘛！对了，今天下午我那开矿的哥们路过我们公司，他建议咱们提早把入股金打过去，以免错失良机。"我疑心不死继续试探："你这哥们叫啥名字？你俩关系咋样，靠谱不？"关智文继续装傻："你认识的，大刘嘛，我的铁杆哥们，大学下铺室友，人靠谱到姥姥家了！"

我抄起抱枕丢向关智文："大刘的别名叫王雨彤吧，大学校篮球队里你是前锋、她是啦啦队队长！你拿着咱家的十万块钱送给前女友，是打算借花献佛还是再续前缘？"我亮出手机里的照片，他狗急跳墙："你跟踪我？"关智文辩解，王雨彤穿着"恨天高"高跟鞋下台阶时崴了脚，所以他才搀扶着她送到大门外的。

一番唇枪舌剑，满屋鸡飞狗跳，关智文摔门而去。我在朋友圈发微

9. 答案：包括结构基因的功能、转录基因的功能与调控基因的功能。

信泄愤：男人靠得住，母猪能上树！一个鲜有互动的陌生微友“夏夜柠檬”第一时间评论：你越成熟，男人越靠得住！我懒得回复他。

门铃响，我的贴心闺密金宝儿问清楚整个事件的来龙去脉，给出闺密团鉴定结果：“这次九成九事出有因，被告还有个不服可以申诉的机会，何况他是你老公！”

金宝儿拨通关智文电话，按下免提键，关智文激昂申诉：他承认自己有错，错在不该把前女友偷桃换李成好哥们，他就是担心我一贯行事急躁，怕影响家庭和谐，又不想错过这个发财的好机会，这才瞒天过海，他保证跟王雨彤现在是一清二白的普通朋友关系。

你不长大，我不敢老

这天，手机响，老爸来电，一些邻居在小区广场抗议跳广场舞的大妈们，领舞的老妈不肯解散舞队回家。我匆忙赶去，小区广场上聚集了不少人，双方气氛箭拔弩张，老爸怕老妈吃眼前亏，拉扯她往外走。眼瞅着老妈被老爸拉扯到广场边缘，老妈奋力挣脱老爸臂弯：“我就是要唱要跳，我就是要跳得健健康康的，要活得漂漂亮亮的，杨珺压根就是一个没长大的不懂事毛丫头，事事不让人省心，她不长大，我不敢老！”

广场舞纷争平息于居委会的调解。回到家，老妈交给我一个存折，十万块。她从金宝儿那里得知我跟关智文想入股矿石厂，她咨询了所有能咨询的人，跟老爸一合计，觉得风险太高，而我又是个越拦越勇往直前的主儿，她才想出借钱一招。我鼻子一酸：“你就是‘夏夜柠檬’吧，我曾经教过你多少次上网你都没学会，这微博、微信你是怎么玩转的？”

老爸拿出一个笔记本：“瞧瞧吧，自从你嫁出去以后，你妈不放心，向对门邻居家的大孙子拜师学艺，一页一页认真记上网步骤笔记，手把手跟人家孩子学玩微博、微信，这才天天追踪到你在微博、微信上发图发文的流水账。她常说，知女莫若母，你什么时候长大懂事了，能把日子过得安安稳稳、抗风挡雨，她这个特殊闺密就彻底撒手、光荣‘下岗’！”

就在这一瞬间，我突然觉得是时候该由我接过这份责任感、接过这份担当去照顾和守护他们，让他们从容地安享晚年生活。唯有这样，才是我爱他们最好的方式。

潘光贤摘自《女性天地》

图：宋书成

贫穷开发了我的想象力

@ 云也退

下暴雨了。终于等来一辆出租。我坐上去，告诉司机公司地址，又拿出一个票本："打车券可以用吧？"

打车券是主任给的，10 元一张，一共 10 张，算公司的福利。我们国有企业的福利是不少的，比如说妇女节，还会发超市的购物卡。

我也拿到过好几次购物卡。我月薪不到 3000，一张卡里起码有 200，相当值得珍惜。有一阵子，听说把购物卡放进微波炉加热可以充值，我还特地试了一下，结果值没充上，卡被消磁了。心疼了好几天后，我把用不了的卡退掉，换回 20 元成本费。这叫及时止损。

春天的时候，公司还会发给每人一个大号的袋子，里边装的是橡胶手套、药皂、84 消毒液、去污剂、洗衣粉、小铲子等。工会主席说这是"牢房用品"，我纳着闷：手套、铲子好理解，消毒液也能拿来越狱吗？被看守发现了就往人家脸上喷？

后来才知道那俩字是"劳防"。我们就是这么一个纯朴的公司，把每个员工都视为劳动者。我深受感染，所以纵然有打车券，还是坚持每天骑 50 分钟的单车到公司。

可是出来办事，遇到下雨也没办法。到公司时 24 元了。当我掏出券，伸手问司机要找零的时候，他犹豫了一下后满足了我。如果他不肯，我就准备悍然亮出我浑身上下除一本打车券外身无分文的真相。

主任知道我节衣缩食。他很理解我，所以集团里有什么好事，他都先分给我去享受。有一天，他过来问我：“要不要去莫干山？”

我说：“行，什么时候？”

主任说：“要去现在就去，集团的车在楼下等着。没带换洗衣服不打紧，住一晚上也就回来了。”

结果，一辆半退休的依维柯，载着我和十几个半退休的集团工友，一路呻吟着来到了莫干山。果然不出主任所料，旅馆的设施十分简陋。

现在开晚饭了，同行的全都是年高德劭的人士，他们对晚饭的要求很低：吃到盘子全空了为止。可我还需要点别的。饭后，我一个人溜出酒店，到附近花三块钱买了个小西瓜回来。

回到房间，我打电话问前台借餐刀和勺子。

前台的态度很暴躁：“刀？没有刀。”

“那里不是有餐厅吗？”

“餐厅下班了，门都上锁了。”

“我就借把锁还不行吗？”

我把刀说成了锁，可还是没用。徒手捶碎，或者在家具棱角上磕开西瓜，这种事实在太不体面，我不想做；但是，我也没法再出去找水果店的人给我切西瓜，因为唯一的一身衣服都在水槽里呢。

我一边满屋子搜索能切西瓜的锐器，一边想着我所在的这个职场环境。一切地方能省就省，晚上7点准时切电源，损坏的荧光灯半年统一更换一次，有好几把圆形的升降椅，据说是附近银行里淘汰下来的。

我虽然不是二代，可我还有一张二代身份证——此刻我能找到的最接近刀具的东西。等把瓜切成两半后，它还可以勉强兼任勺子。等我把西瓜彻底吃完，夜已经很深。

第二天快要返程时，我才想起个事来：主任让我出来旅游，怎么着也该带点什么回去给他吧。可是我已经来不及准备了——其实我知道，来得及准备的时候我也不会想到这些。

最后，我从卫生间顺走两支牙膏带了回去。午后我回到公司，跟主任说：“这一趟不错，路上风景好，还结识了两三个忘年交。”最后，我真把两支烟头大小的牙膏放他跟前了。

“你怎么连这个也带回来了？”主任说。

“实在没什么可买的，”我羞愧地说，“就这点牢房用品。”

火箭熊摘自豆瓣网

图：豆薇

朕是个皇帝，朕自闭了

@ 茶西饼

一

我坐在四下空寂无人但花木繁茂的御花园里，望着头顶圆溜溜的一轮明月，忍不住发出了一声感慨：当个皇帝真糟心。

在我的后宫里，皇后也好，妃嫔也罢，她们看着我的眼神别说热切了，不是仇恨就不错了，我总觉得她们接近我就是为了资源。

迟内监在旁边对我说："陛下，如今天色已晚，要不咱们回去吧？"

我对着月亮长吁短叹，说："迟骋啊，你给朕分析分析，现在这宫里都是什么情况？"

迟内监有些难为情，他说："陛下，真不是众位娘娘们不愿意陪您，而是她们实在是脱不开身，抽不出时间来陪您啊——"

他掰着指头给我数："皇后殿下在研究电路；温昭仪的印刷机改造也到了最关键的时刻；商婕妤正在改稿，听说《翰林志》的主编又否了她的最新版，这会儿正急得什么似的，看见谁就和谁急；华美人

10. 答案：生物学特征是个体生长发育规律及其生长周期各阶段的性状表现。

倒是闲得很，但她到处找人当模特试妆，陛下您要是……”

我赶紧摆手，华美人新设计的妆面忒奇怪，上次她化了这个妆来见我，吓得我差点以为自己已经魂归太虚，这个时候去找她，那不是往枪口上撞嘛！

我坐在椅子上长吁短叹，总觉得做皇帝做到这个份上，真是给皇帝这个职业丢脸。有时候我会专门跑去国库里溜达，那里确实堆满了金山银山，但祖上留下了规矩，说国库里的钱，皇帝不许碰。

我总觉得定这条规矩的人脑子有坑，国库里的钱不能动，又不能找大臣要，更不能搜刮民脂民膏，皇帝是靠着一口仙气吊着的吗？可怜我堂堂天子，竟然要买双鞋都难如登天。

我抬头望了望月亮，又低头看了眼快要磨坏了的“龙履”，想：难怪本朝自开国以来从未发生过夺嫡篡位的事儿，用脚趾头想想也知道，就皇帝这生活质量，谁那么想不开愿意来当这么穷的皇帝啊！

我看着御花园里那块最大的太湖石，忽然灵光一现，今年不是新进来一批家人子？里面有个叫常美人的好像住在这附近，我如今这么郁闷，对着迟内监只会生闷气，不如去找常美人聊聊天，舒缓舒缓心情，想到这儿我站起身，对迟骋说：“走，摆驾……常美人那儿。”

二

和常美人同住的是魏美人，我进门的时候魏美人已经回房睡下了，就剩常美人自己坐在小花厅里绣花，见了我先是一愣，然后赶忙放下手中的活计，匆匆忙忙行了礼，然后操着一口地地道道的家乡话问：“陛下，有事儿吗？”

我反应了一会儿，问常美人：“你官话几级了？”

常美人说：“我觉得我说的就是官话，不用考。”

我找了个地方坐下来，劝她：“要不……你去考考吧，咱们后宫里头对语言这方面最有研究的是赵贵嫔，你明天就去问问她这方面的知识。”想了想，我又补充说，“要想在宫里混得好，首先得先让官话过关了。”

常美人连连点头，说：“多谢陛下，我明天就找赵贵嫔去。”

我说完了话，觉得心里舒坦多了，等到心满意足地回了自己的寝殿之后，总觉得好像有哪里不太对，但细想下去又实在想不起来，只好决定先睡觉，毕竟明天还有早朝，去晚了就废了。

我下了朝回去的时候，终于意识到昨日为什么会觉得哪里不太对了，因为我看见常美人兴冲冲往赵贵嫔宫里跑，看见我的时候极其敷衍地挥挥手，连停都没停。

这一幕异常熟悉，让我想起从前。

我与皇后大婚的时候也曾过过一段只羡鸳鸯不羡仙的日子，我们在御花园里赏月，在太湖边散步，黄昏时候我们一起坐在廊下饮酒看夕阳和晚霞，这样的日子持续了七天，皇后说："太无聊了，我要学习。"

我那时候刚刚亲政，想着自己如今这么忙，抽不出什么时间陪她，于是就同意了，并建议她试着研究研究怎么让蜡烛更亮，照的范围更大。

我没想到皇后就这样发明了电灯，当第一只灯泡装在我书房的时候，我看着照在房中每个角落的灯光，流下了激动的泪水。

皇后因此申请了灯泡专利，并在宫内开始不断地测试和改造，以期日后在民间推广。

但是问题来了，皇后每天都忙着改造灯泡，没有时间接驾，没有时间侍寝，她连睡觉都是抱着书的——有时候突然想到了什么就得马上起来将方才的想法记下来，有好几次都因为我挡在外侧影响了她下床的速度，导致她忘了那灵光一闪的想法，于是……她替我选了一批妃嫔。

温昭仪就是那个时候出现的。自从有了温昭仪，我再也不用郁闷于没人陪着说话，也不用担心说不到一会儿工夫就被皇后催着赶紧回去不要影响她做研究。

我们一起在太湖上泛舟，我批阅奏疏的时候，温昭仪会在旁边替我磨墨……然而突然有一天，温昭仪对我说："我觉得自己快要失去自我了，我想找到自身的价值。"

我说："这样吧，我有挺多孤本，稍微处理不当坏了就可惜了，找人抄写也只能多那么一份，还赶不上我翻阅的速度，你看能不能想个法子，让我能实现收藏一本、翻阅一本、借人一本、做笔记一本的心愿？"

温昭仪听了非常激动，自此开始研究印刷术，改进了雕版印刷和活字印刷，但是……

她也开始嫌我耽误事了，理由是我经常找她，让她没办法专心深造，而深造不了就没法攻克改进过程中的难关，攻克不了难关就不能接着进行改造，不能改造就会阻碍印刷事业的发展……

于是她向我推荐了商婕妤，说她天天在后宫里待着闲得要命，正好能和我做个伴儿。

三

我第一次见到商婕妤是在太湖边，商婕妤捧着一本书对着湖水诵念，我于是经常找她替我念不太重要的冗杂的奏疏。

我自那以后开始专宠商婕妤，我对她说我的梦想，我说我要当个勤政爱民的好皇帝。

商婕妤眼中满含着柔情，说："妾不求其他，但求陛下福寿安康。"

我那颗接连受挫的心在这时候又扑通扑通有力地跳动了好几下。

但是好景不长，有一天，商婕妤在替我念奏疏的时候忽然说："陛下，我听说《翰林志》最近在收稿，妾读了这么多时政奏疏，心中有很多想法，所以妾打算向《翰林志》投稿，以期有朝一日也能在《翰林志》内有一页专栏。"

我有点想哭，但还是得面带微笑地对商婕妤说："你是个非常有想法的人，我支持你。"

商婕妤很感动，于是她向我推荐了华美人。

华美人是个非常活泼的女子，有她在的地方总是少不了笑声，但是我有些心累，所以我在最初表现得并不是很热情。

但是她并没有受到什么影响，仍然开开心心的，她喜欢做漂亮的裙子，梳自创的发髻，化自创的妆，也喜欢打扮别人，很快就引领了宫中的时尚，她甚至还专门写了很多教程，教新进宫的家人子们如何化最适合自己的妆，偶尔也会推荐给大家各种化妆用具，但是……用她的话说就是，她自己一个人也挺好的，有我没我都没什么差别。

一般来说，皇帝到了一定的年纪，大臣们就会开始关心皇帝的子嗣问题，但是到了我这边，他们关心的却是皇后、温昭仪她们的研究进展，甚至经常请我帮他们送进去各种研究资料还有实验成果，用他们的话说就是，后宫的娘娘们为天下做出如此大的贡献，作为臣民，自然当竭尽全力贡献自己的一份力量。

子嗣这个问题，他们不急，她们也不急，但是我急啊！我郁闷，我无奈，当皇帝当到这个份上，我已经不知道应该说点什么好了。

听说外面很多人都说我是个勤政爱民的好皇帝，可是我不快乐……

摘自微信公众号脑洞故事板

图：小栗子

死也要有**表情包**

@易中天

商臣不干，因为烧熊掌得文火慢熬，耽误时间。

楚成王无奈，只好把自己吊在屋梁上，但死不瞑目。为什么呢？因为不知道会给个啥样的谥号。

谥号就是帝王将相去世以后，盖棺定论的称号。只不过，有的好看，有的难看。

果然，商臣他们最先定的是“灵”。意思是：为君不道，死于非命。后来的晋灵公、郑灵公、陈灵公，便都是这样。可见，看起来灵光的，其实不灵。楚成王听了，便不肯闭眼睛。

商臣等人无奈，只好改谥为“成”。这个好。西周的第三个王，就是这谥号。楚成王这才满意地升天。商臣即位，是为楚穆王。

这个故事在《左传·文公元年》和《韩非子·内储说下》中都有记载，看来像是真的。

楚成王的儿子叫商臣，本是太子。可惜他爹跟许多有为或无为的君主一样好色。妻妾成群又爱屋及乌的结果，是决定废掉法定的继承人商臣，让小老婆的儿子接班。

商臣便去求教于自己的师傅潘崇。潘崇先问：“让位服软，做得到吗？”商臣回答：“做不到。”

潘崇又问：“流亡国外，做得到吗？”商臣又说：“做不到。”

潘崇再问：“那么，干一件大事，做得到吗？”商臣说：“做得到。”

主意拿定，商臣带兵包围了王宫。楚成王问：“能不能吃了熊掌再那个？老爸我就好这口。”

11．答案：遗传作用方面。

谥号有啥用呢？谥号是贵族或者上等人最后的面子。有了它，才死得体面；以后在史册上，也靠这玩意儿混。所以，它就是表情包。在戏曲舞台上，则叫脸谱。把脸谱摆出来给人看，就叫摆谱；脸谱或面子名副其实，就叫靠谱。

历史定位不同，脸谱或表情包也不同。死要面子，是有原因的。不过，也有人死了以后没有表情包。没有表情包的是秦二世，大名胡亥。胡亥是被赵高逼死的。

把脸谱摆出来给人看，就叫摆谱；脸谱或面子名副其实，就叫靠谱。

赵高的名字大家都耳熟能详，这人先是伙同李斯让胡亥当了皇帝，然后又害死李斯自己做了丞相。可惜没过多久，刘邦打过来了。胡亥则真正成了孤家寡人。

于是，赵高的同伙冲进宫中，历数罪状，逼他自尽。

胡亥问道：“还能见丞相一面吗？”那些人说：“不能。”

胡亥又说：“给我一个郡，做王，可以吗？”那些人说：“不行。”

胡亥又说：“做万户侯，可以吗？”那些人说：“不行。”

胡亥又说：“做老百姓，可以吗？”那些人说：“算了吧！我等是奉丞相之命，为天下来杀足下的。足下说得再多，又有什么用？”

胡亥只好自杀。其实，秦二世原本还有机会。因为陈胜和吴广在大泽乡刚刚起义的时候，情报是送到了朝廷的。这就说明，秦始皇设计制造的国家机器运转正常，效率也不低。

但是谁送这样的情报，胡亥就杀谁。情报部门只好自欺欺人地说：“地方上出了些小盗贼，都已被一网打尽，不足为虑。”胡亥这才喜笑颜开。

如此不可救药，只有死路一条。据说，胡亥死前，身边只剩下一个宦官。胡亥问：“事情到了这个地步，你知道吗？”宦官说：“知道。”

胡亥问：“怎么不早告诉我？”宦官答：“臣不敢。要是早说，还能活到今天？”

胡亥一句话都说不出来，而且，他也没有谥号，没有表情包。秦始皇把那玩意儿废了，汉代才恢复。

月亮狗摘自微信公众号易中天

图：小栗子

←易中天微信公众号

丸子的朋友圈

快递员小马

眼看一年又要过去了，口袋还是空空的。我找路边大师算了一卦。大师掐指一算，点头啧啧说道："不出半个月，会有一次大运。"

我高兴极了，问大师："是官运、财运，还是桃花运？"

大师收了100元后，慢悠悠地说："是春运！"

郭美眉

有些人吧，经济情况是：大钱赚不了，小钱赚不着。消费观点却是：贵的买不起，便宜的看不上。

王大脸真的不是女汉子：这是在说我吗？好想哭。

王大脸真的不是女汉子

阴冷天，我妈让我出门去买水果，我跟她说明天天晴了再去。

老妈不高兴了，说："这会儿我就想吃！"

我还是不太情愿，正想着再说点什么的时候，老妈又发话了："你不是说现在不想结婚，要多伺候老娘几年吗？那就快去啊！"

丸子：我竟无言以对！
金融小王子刘思聪：那还不快去！

哲学系二师兄

给暗恋的女生连续发了好几天短信，她都没回复，今天她终于回复了一条："TD。"

可是这是啥意思？请教各位，在线等，急！

郭美眉：退订呀！傻帽。

丸子

《绕口令：雾和霾》雾是雾，霾是霾，雾霾是雾霾，雾轻有时叫雾霭，霾重有时称灰霾，雾霭浮凝华，灰霾尘土埋。若把雾霭当雾霾，无碍健康无大害，若把雾霾当雾霭，灰霾碎雨落成癌。

王大脸真的不是女汉子：才女？
哲学系二师兄：哪里看到过？
丸子回复哲学系二师兄：作者是央视主持人鲁健啦！

金融小王子刘思聪

有个同事要离职，老板说好聚好散，给他办个送行宴。经过一周的周密准备，团购券、行车路线、饭后活动都安排好了。就在昨天晚上，大家吃得很爽，也玩得很嗨。唯一美中不足的是，所有人都忘了通知那个同事。

大老板张富贵：这个老板该是表扬呢还是表扬呢？

大老板张富贵

自从上次去视察分公司摔了一跤后，就感觉特不顺，想去拜财神。谁知道今天刚拜完财神出来，就从大殿前的台阶上摔了下来，一连摔了十几级啊，还好没大事。求安慰。

郭美眉：富贵啊，这你就不懂了。财神的意思是，能好好活着就不错了，你还想要钱？

丸子

最近考试季，有点失眠。忽然想到一个问题，什么是最好的睡眠？

王大脸真的不是女汉子：婴儿般的！
哲学系二师兄：不，婴儿差不多睡三个小时就会醒一次。
大老板张富贵：一看楼上的都是没当过爹妈的！这世上最好的睡眠当然是婴儿他爸爸的睡眠啊！怎么吵都不会醒！

冰的记忆

@郭姜燕

小时候，大雪过后，我们四处寻找冰凌，揪下一根，放入口中，透心凉啊！爽！舔、吮、咬、嚼，变换着花样，怎么舒服怎么来，直吃得嘴巴发麻，失去知觉，肚子饱胀。

没有了冰凌，我们就四处找冰块。冰块到处有，但那些冰块里有很多杂质，可以吃的冰块并不多。

恰好我家就有。院子里有一口大水缸，专门用来接雨水的。母亲说雨水是天水，比井水、河水更甜。当时我们都很信，每次喝到天水时，都真心夸赞：真好吃！

大雪之前落了两天的雨，有了大半缸的水，水面结了冰。我心中暗喜，不肯把这消息告诉别人。

水缸沿儿比我的胸口还高，即使我站在凳子上，手指距离冰面还差一点。我急中生智，想起了学过的课文《猴子捞月亮》，比起水中月，我家水缸里的冰可是实实在在的，只要我拉住弟弟的脚，他肯定能轻松地捞到冰块。我不禁为自己的机智叫好。

弟弟对我一向崇拜，二话不说，被我托举着爬上了缸沿儿。我抓住他的双腿，把他往缸里放。

可没等我享受到智慧的成果，弟弟好像一条大鱼，一下子就从我手里滑进了大缸中，只听“咔嚓”一声，弟弟砸破了缸里的冰面，掉

12. 答案：核酸数据库、基因表达数据库、蛋白数据库、糖数据库、专利数据库等。

进了水中。

我蒙了，本以为我会轻松地拉住弟弟，哪知道他居然也很重，会出乎意料地掉下去，而冰面居然那么脆弱，承受不住弟弟的分量！

我清醒过来之后，第一个反应是伸手去拉弟弟。弟弟在水里扑腾着，手胡乱挥舞，距离我的手还有一大截儿。我试着把身子探进缸里，当时只有一个念头，要是救不出他，我就跳下去陪他一起淹死算了。

就在我也快要掉入水缸的时候，一只大手把我拽离了水缸。紧跟着，父亲一把把弟弟从水里捞了上来。弟弟顶着浑身的冰碴被父亲带进了屋。我吓得靠紧了水缸，不敢跟进去。

等父亲安顿好弟弟之后，我便迎接了我有史以来的第一次“体罚”——跪。之前从来都是只有弟弟被罚跪。一开始我见弟弟跪觉得可怜，后来看他想出各种办法来对付，渐渐也就习以为常了。弟弟跪着的时候，往膝盖下垫鞋子，趁父母不注意起身半蹲，把屁股搁在脚后跟上，假装跪着睡着了，跪着的时候偷偷吃东西等。

轮到我跪了，我不知道哪里来的委屈，眼泪滔滔地涌了出来。我并不是有意要害得弟弟掉进冰水里，我以为我可以轻而易举地拉住弟弟，因为我平时抱起弟弟来并不费劲。可这个后果太严重了。要不是父亲恰好在家，又恰好出来看见了险情，弟弟可能就命丧水缸了。

我从来没有被惩罚过。父母连一句重话都没说过我。这一跪，对我来说是奇耻大辱。我倔强地跪在外面的台阶上。

台阶冰凉，覆盖着一层薄薄的冰，只一会儿，坚硬的寒冷就钻进了我的棉裤。

弟弟活蹦乱跳地出来了，拉着我说：“姐姐，我们还去捞冰吧！”

父亲揪住他后背的衣服，往下一摁：“陪着你姐一起跪，看你还敢不敢胡来！”

弟弟跪在我身边，一点儿也不觉得难为情，他对着我偷偷扮鬼脸，害得我掉着眼泪却忍不住笑了。说来也奇怪，两个人一起跪着，那种屈辱好像一下子就减轻了，罚跪也似乎变成了一种游戏，让我们打发掉了不能捞冰块的时间。

父亲和母亲忙着清理那口大缸，空荡荡的缸被倒扣在院子里。从此，我们再也没有喝到过天水。

宁静姿涵摘自《老师也曾是孩子》

江苏凤凰少年儿童出版社

图：恒兰

突突车大冒险

@音乐水果

在印度旅游，我选择了乘火车到首都新德里。但是，在距离目的地还有几十公里远的时候，火车居然罢工了，停在了一个荒郊野岭。“咣当”一声急刹车，晃得刚从卫生间出来的我没有站稳，身子一歪，脸直接贴在了窗玻璃上。

我回到车厢坐好，耐着性子等了又等。同车厢有一批商务人士打扮的当地人，貌似颇有经验，其中几个推开窗户四下张望了一下，然后拎起行李就走。不需要交流，其余几个商务人士默契地跟着下了火车，动作敏捷得如同一队西装革履的特务。我都还没来得及向他们咨询，只见轨道尽头的小山坡下，几辆突突车已载着他们绝尘而去。

见此，乘客们纷纷醒悟，越来越多的背包客也准备下车。看着这鱼贯而出的阵势，我赶紧拉住一个当地人问：“请问火车怎么了？”对方回答：“走不了了，前面的轨道被堵住了，你也赶快想办法离开吧。”我没反应过来：“火车不走了吗？”对方的语气很肯定：“对，火车很可能会在这里停一两天。”

我完全蒙了，以前遇到的最多是火车晚点或取消，多等一会儿或换另一趟车就好，可要是火车就地罢工，我该怎么办？一个当地人给我出了个主意，他让我先不要拿行李，走下小山坡，找个突突车司机问一下价格，看看去距离这里最近的火车站需要多少钱？如果拿行李，可能会被司机漫天要价。

千恩万谢一番，我赶紧跳下火

车。一个戴着圆眼镜的欧洲男生像极了哈利·波特，跟着我往山坡下跑去，我们伸手拦了辆车询价，司机比画了“五”的手势，意思是到最近的火车站需要500印度卢比。谈完价格，我们再回到车上拿行李。为了均摊价格，我们两个中国人和六个英国人组成了搭车队伍，浩浩荡荡地下了火车，直奔突突车。突突车司机把我们的行李扔到车顶，我和中国小伙伴坐在司机两侧，三位英国女士挤在中间，另三位英国男士则“挂”在车后，用脚踩着车子边缘，手握紧车身，整个人悬在半空。就这样，我们一行人颇为壮观地驶向了下一个城市。

载了这么多人，这辆突突车以龟速前进，比我步行也快不了多少。路过的车子都纷纷减速，像看大熊猫一样对我们哈哈大笑，尽管印度超载一向严重，但如此超载，估计他们也很少见到。

然而没过多久，我发现司机竟然掉了个头。我担心地问：“怎么了？”司机淡定地说：“开错路了。”我心想：你不是这附近的村民吗？怎么会不认路！司机边开边问，路过了一片又一片农田，穿过好几个小村庄，就在我们绝望之时，他把我们送到了火车站。

该付车费的时候，司机却突然翻脸了：“我说的是每人500卢比，不是一共500卢比。”然而，我和“哈利·波特”都确定，我们听到的就是“总共500卢比”。见我们人多势众且一副要讲理的架势，司机犯脾气了：“你们随便！车费我不要了！”我气得想扭头就走，遂了他的意，但六个英国人中有位稍微年长的男士一直礼貌地和司机交涉。没想到司机异常倔强，就是不肯要钱，绅士只好把钱卡在他的挡风镜处，然后大手一挥：“咱们去乘火车！”

我们一行八人跳上了开往新德里的火车，刚被火车甩下来的我找到列车员反复确认：“这是去新德里的？你们的首都？”列车员不得不反复安慰我，一定会把我们送到。最终我们都平安抵达了新德里。

从印度回国后，其中一个英国女生给我发信息：“很开心你们也平安到家，在这次印度之旅里，我印象最深的就是咱们一起坐突突车找火车站，简直是一场大冒险！”

由于这次逃离印度火车罢工的经历太特别，导致有朋友再次邀请我去印度时，我会思量再三：“请容我考虑下。”

步步清风摘自《北京晚报》

图：小栗子

爸爸妈妈，如果我是个笨孩子，你们还爱我吗

@ 雾满拦江

一

望子成龙是每个父母的心愿。然而，人的资质不同，有人天生灵慧，有人反应迟钝。老师那边题还没讲，就已知道答案的是学霸；老师题都讲完好几年了，才睡醒睁眼的是学渣。

台湾地区就有这么个学渣，叫周志文。小学成绩一塌糊涂，读到初中，连一塌糊涂这条防线都失守了，只能留级了。

留级之后，也不知道他怎么就爆发了小宇宙，开始逆袭，最终成为大学教授。逆袭之后，很快娶了个温柔妹子，生了个女儿。然后教授写了篇文章：《守着我的笨女儿，直至她花开烂漫》。教授的女儿咋个笨法呢？

教授女儿出生时，很乖，老老实实躺床上，窗外汽车鸣，身边有人吵，宝宝无动于衷。这孩子不会有听力障碍吧？慢慢逗引孩子，发现孩子听力没问题，只是神经反射弧有点长。

小宝宝稍大一点，就教背古诗。孩子也会背，就是老给背岔道。孩子读书时，又出问题了。

上课时，老师吩咐孩子：“你去保健室，把同学们的健康名册拿来。”孩子去了。一个多小时后，老师发现情况不对，就去找。发现这孩子，正在走廊里挨个门地探头看。

“你在这里瞎转什么？不是让你去保健室拿名册吗？”

“老师，我找了好几遍了，没有一间屋子里挂着宝剑，没有宝剑室呀。”宝剑室……

听到女儿的表现，周教授欣慰地说：“亲生的，亲生的。”跟她爹

13. 答案：高倍和低倍的显微镜、电子显微镜与各种物质检验的特定试剂等。

一样的笨。

二

教授决定，送女儿去一所名校……附近的差校。

为什么呢？教授知道，孩子读书，信心最重要。有信心的孩子，越读越灵光；没信心的孩子，越读越沮丧。如果送孩子去名校，铁定成绩垫底，说不定孩子会崩溃。干脆送所差校，只要成绩不是最后，那就还能抢救一下。

果然，孩子到了差校，成绩始终是中等，这种名次，考大学是没指望的。愁死爹了，要不送孩子去个特长班吧，给孩子报了家音乐班。

音乐老师很喜欢这孩子，夸奖孩子弹钢琴时，有大将之风。孩子深受鼓舞，从此专注音乐。但孩子依然懵懵懂懂，各科成绩极差，要命的是她自己从无主动学习的意识。

中学时，爹妈急得直揪头发。继续让孩子学音乐，将来孩子就只能走这条路。万一孩子突然对音乐失去兴趣……那就一切都完了。

怎么办？怎么办？可怜一个大学教授，全然无咒念。听天由命吧。

三

孩子读高中了，继续主修音乐。但成绩那叫一个差，愁得教授夫妇，夜夜哭昏在洗手间。

孩子过生日了，请了全班同学来家里庆祝。买了好多礼物，准备了好多吃的。兴奋的孩子早早在门口等着。

房间里，教授夫妻抱头偷哭——他们知道不会有人来。

孩子虽小，心机却深。人都愿意跟优秀的人往来，自家孩子那么差的成绩……同学们之所以答应孩子来庆祝，只是为了放她鸽子，羞辱她罢了。

果然，到了时间，一个同学也没有来，而且招呼也不打。小姑娘失望地哭了。爹妈不敢说，不敢劝，只能躲在里屋，哭得比孩子更惨，好绝望。可怜的笨孩子，你将来到底咋整呀？

突然有一天，孩子兴奋地告诉爹妈：“今天教官夸我了。”

教官干什么的？教授不敢问，假装很高兴：“夸你什么了？”

孩子说：“夸我升旗升得好。”

原来今天下雨，学校指定的旗手没到场。负责升旗的教官，就让孩子上前凑个数，孩子很认真，得到了夸奖。都高中生了，居然为这点小事兴奋莫名。可怜的孩子，你被压抑成什么样了？当夜，孩子在家里苦练升旗姿势，准备明天好好表现。

但教授知道，她不会再有机会了，这次只是意外。但又不敢说，生怕刺激到孩子。

果然，第二天旗手出场，孩子无人理会，又陷入绝望与沉默。

四

孩子开始考大学。教授和妻子假装若无其事，问都不敢问。女儿的前程，教授已经想好了：做个售货员，或去流水线上做个装配工。职业无贵贱，都是混口饭。不然还能怎么办？人得认命！

可万万没想到，女儿竟然考入大学，还是所不错的大学。教授和妻子乐疯了，教授妻子还买了一堆好东西，见人就送。教授独坐窗前，默默流泪：孩子呀孩子，你竟然考上了大学……只有教授爹才知道，走到这一步，你是多么地艰难。

这时候，电话铃响了。电话里，一个紧张的声音："是周先生吗？有件事要告诉你……那啥，我是录取你女儿的那所大学，我们的录取工作出了差错，你女儿她……她没考上我们这所大学。"

教授闻言，犹如五雷轰顶。

电话里继续说："教授，教授，你在听吗？"

"在听……"教授心如死灰。

电话里："那啥，按你女儿的成绩，应该被名校录取的，我们这边弄错了……"

教授差点吼起来："说话大喘气，你先把结果说出来会死吗？"

受尽委屈的孩子考入名校音乐系。所有吃过的苦，在这一刻得到了补偿。进入大学后，孩子的成绩越来越好，开始有了朋友，受到尊重，终于到来的自信，让孩子容光焕发，漂亮极了。毕业后，孩子去了马里兰大学，而后全美音乐系排行前十的辛辛那提大学，给她提供奖学金，让她修习博士学位。

五

周教授说：没有一个孩子是可以被放弃的，最好的教育是爱。

因为中学教育体系只有冰冷的成绩指标，反射弧略长一点的孩子，在这个过程中完全不适应，往往会遭到无情的淘汰。

正因为社会缺少足够温暖，笨孩子就更需要父母的爱，需要父母的宽容与理解。父母的爱，如暗夜明灯，照亮孩子一生的路。

火箭熊摘自微信公众号雾满拦江

图：宋书成

打归打，能不能轻点

@ 张晓骁

相亲对象

如果不是尹佳莹穿着一身跆拳道服来相亲，我一定不会认出她就是 20 年前我认识的那个“打遍天下无敌手”的豪杰。

我和尹佳莹的故事，要从 1997 年的那个暑假开始说起。

那时我妈嫌弃我每天都蹲在家里看《数码宝贝》，假期中途偷偷在少年宫给我报了一个跆拳道班，等到上课的前一天才告诉我，还说要是我不去，跆拳道教练就会来我们家捣乱，搞不好还会把电视机砸了。

当时我还真信了我妈的鬼话，生怕第二天醒不来跆拳道教练会来我家闹事，于是睁着眼睛失眠了一整夜。

比起同龄男生，我发育要慢得多，二年级身高才 115 厘米，体重也严重拖了祖国花朵的后腿，乍眼看去，就是一只瘦猴。

或许就是出于“保护动物，人人有责”的原因，上课的第一天，教练先让我熟悉一下环境，坐在一旁看大伙儿练习。

“嘿——嚯——”据我观察，

除了教练，队伍的领头还有一个比我高半截儿的女生，她扎着一条小马尾，密密麻麻的汗珠在比例适中的额头上弥漫开来，被汗水润湿的发丝贴服在白里透红的脸蛋上，每一拳每一脚都仿佛向我推来了无形的热浪。

“喂，新来的，你叫什么名字？”课间休息的时候，这个女生盘着腿坐到了我的身旁。

“张……张晓骁。”我支支吾吾地回答，想起了我妈说教练会来家里砸电视机的事情。

“小小？这么娘气的名字。”女生睥睨了我一眼，“我叫尹佳莹，是这里的老大，除了教练，没有人能打得过我，以后你就跟我，我罩着你。”

“好……好的。”为了保住家中的电视，我没有任何选择的余地。

然而，我还是太年轻了，不单信了我妈，还信了尹佳莹。直到后来，我才明白那个痛彻心扉的道理：女人的嘴，骗人的鬼。

有预谋的较量

别看尹佳莹比我高，她可是跟我同龄，按出生月份来算，她还得叫我哥。但没有办法，谁让尹佳莹的拳头比我大，腰带的颜色比我的深，那我就乖乖当她的小弟吧。

大概在一个星期之后，有天上课前尹佳莹凑到我的身旁问：“等下的切磋环节你要跟我一队吗？你刚来什么都不懂，拳脚无眼，要是对方做不到点到即止，你很容易受伤的。你看我的腰带，比他们的都高级，准能保证你不掉一块肉。”

身体发肤，受之父母，不敢毁伤，孝之始也。我对着尹佳莹点头如捣蒜，想不到自己运气这么好，出门遇贵人。

“接下来就是一周一次的切磋，

14. 答案：国际生物奖、诺贝尔生理学或医学奖、国际神经生物学大奖等。

尹佳莹，你先来。”教练向尹佳莹示意了一下，然后转过头来说，“有谁自告奋勇，想跟尹佳莹切磋的？”

“我！”我想也没想，就从人群里站了出来。

或许是被我这种“初生牛犊不怕虎”的勇气震撼到，所有学员纷纷向我投来了灼热的目光。

“很好，张晓骁，加油。”就连教练的眼神也透露出无比的欣慰，他还给我竖了个大拇指。

但后来谁也没有想到，应该是只有我没有想到，这场“有预谋、有组织、有计划”的较量，仅仅耗时 5 秒钟。

双方鞠躬完毕后，我就听到对面传来了一声带着杀气的嚎叫：“啊——”声音所到之处万物无光，还没等我反应过来，我就眼前一黑，晕了过去。

尹佳莹并没有按着原剧本去演，而是临时给自己加了一场戏：她用一个飞踢成功 KO 了我，赢得掌声的同时，还给我的左眼角留下了一块淤青的印记。

真的好痛啊！尹佳莹，没想到你这么心狠手辣！

1997 年的夏天

那个傍晚，尹佳莹的爸妈拎着他们的女儿和一个水果篮上门道歉。双方家长在客厅里和和气气地聊起了家常。尹佳莹拿着一串洗净的葡萄走进了我的房间，假装慰问我的伤势，实则一边吃葡萄一边翻我的漫画书。

“张小小，你真的很不耐打，我才用了五成功力，你就倒下了。”尹佳莹对着我说。

“说好的点到即止呢？说好的不让我掉一块肉呢？”我虚弱地做最后的斗争，眼里还不停地冒着旋转的星星。

“假期要结束啦，我要去另外一个城市念书，家里的东西都收拾好了，明儿就搬，以后都不去少年宫了。你知道吗？我曾经听别人说过，痛能永远让一个人记住另一个人。我之所以要给你一个飞踢，是想你永远记住我。”尹佳莹用漫画书挡住了自己的脸。

“为……为什么是我？”有那么一瞬间，我竟然觉得我才是闯祸的那个。

“不为什么，因为你又矮又瘦，好欺负。”尹佳莹顿了一顿，接着说，“那……你会永远记住我吗？”

“那以后见面你还会打我吗？”我突然有点想哭，不是因为痛。但心想不能给尹佳莹看到啊，不然她肯定又说我娘了。

最后，直到尹佳莹离开，我还是没有回答她最后的问题。因为我知道跆拳道班总会有结束的一天，我左眼角的淤青也总会有消失不见的一天，我不敢保证时间能让我永远记住曾经有个女孩，在香港回归那年给了我一记回旋踢，我也不敢保证自己能永远留在这个城市，一直等她回来。

就这样，这个扎着马尾的女孩，连同 1997 年的夏天一并消失得无影无踪。

当年的秘密

吃饭的时候，尹佳莹告诉我，她并不是有意迟到的。她刚从沈阳回来，现在在少年宫当志愿者，教小朋友跆拳道。

刚才有个家长去接小孩晚了，才耽误了点时间，脱身之后她衣服也没来得及换就跑过来了。

“所以……你早就知道今天相亲的对象是我？”饭后我和尹佳莹在江边散步。

我转头看着尹佳莹，她还是扎着一条小马尾，被汗水润湿的发丝贴服在白里透红的脸蛋上，唯一不同的是，我已经比她高很多截儿了。

“张小小，告诉你一个秘密。你还记得当年我一个飞踢把你 KO 的事情吗？本来我爸妈都不知道我闯祸了，是我故意告诉他们，所以才有了后面的上门道歉。这样我才能知道你住哪儿呀。”

“这跟相亲有什么关系？”我突然有点摸不着头脑。

“你是猪吗？还不是因为我的安排！这么辛苦才回到这里，总得有点收获吧。”尹佳莹假装生气，又小声地补了一句，“幸好你还没有忘记我。”

我的确没有忘记尹佳莹，也没有忘记她在 20 年前给我说过“痛，能永远让一个人记住另一个人”。我全部都记得，关于她的，我一丝一毫都不敢遗忘。

我绕到了尹佳莹的面前，低着头，定睛看着她惊讶的表情，然后冒着被打的风险，把头凑了下去，轻轻亲了一下她的左眼角，差不多是我当年留下淤青的位置，说：“除了痛，其实还有很多种方式能让我们永远记住一个人的，就好比这样。”我想，她应该也能永远记住我了吧。

摘自微信公众号 storybook

图：小柯

千城故事多，

“码”上看更多！

剧透怪

@猫主义

我们坐在高高的书堆上面，

听《故事会》讲那有趣的事情！

猫主义

安利年间，我在楚地读书，闲暇时喜欢阅读公案小说，尤其喜欢英吉利女作家阿加莎夫人的“波洛公案”丛书。有一天，我在图书馆看到丛书中的《五豚疑案》，非常高兴，借回寝室阅读，台灯下刚翻一页，只见扉页正中赫然一行黑色手写字：凶手是某某某。

我愤怒极了，大骂并诅咒剧透者，竟然达到一炷香之久。后来转念一想，这是剧透吗？还是反剧透？莫非恶作剧者故意误导，凶手其实另有其人？带着这样的侥幸念头，我匆匆读完全书，发现自己想多了，混蛋没有欺骗我，凶手确实是那个人。

还书之前，我用修正液覆盖了那行字，以免将来的看官和我一样被剧透。事情本来可以这样过去，不料一个多月后，我逛图书馆，偶然又看见《五豚疑案》，随手翻开一看，登时痛骂出声，原来修正液上又写道“凶手是某某某”，仍旧是黑字，笔迹也和以前的一样，显然是同一个人写的。要不是该页还贴着借阅条形码，我一定会撕掉它，不过后来想想即使撕掉，那个家伙也会在别处写，除非把书撕光。我喃喃咒骂良久，突然想起西洋童书《打火匣》中的情节，有了一个好办法。

我又把书借回去，召集室友，如此这般说明情况。我们每个人用不同的笔、不同的笔迹，在扉页上写下“凶手是某甲”“凶手是某乙”……总之，书中所有人物都被我们“剧透”为凶手，这样真正的剧透就好像沙漠里的一粒沙、汪洋中的一滴水。

我们还在别的一些地方也涂了修正液，为一些剧透加上批注用来混淆视听，诸如“凶手不是他”“此人是帮凶”“凶手不是她但和她有血亲关系”之类。最后我们击掌相庆，自诩做了一件大功德。

时光荏苒，又过了一个月，我在图书馆第三次看到《五豚疑案》，不安地打开一看，剧透者果然没有善罢甘休，这次每个字长宽都一寸有余，除了条形码，整张扉页被六个大字占满，再也无法掩盖。

我把书带回去给大家看，没有不痛骂的。适逢隔壁室友李生来串门，李生是齐鲁人，性格一向豪莽，听说之后大怒，当即用墨水将整页除条形码外全部涂黑，并在书中夹了一张纸条写道：剧透死全家!

此后，我们但凡有人去图书馆，总会特意去检查该书，虽然也遇到过两三次书被借出去的事情，书上却再也没有出现剧透的话语。就这样到了六月上旬，寝室三郎去图书馆自习，短信传书让我们快过去，说六字凶言又出现了。

我们齐聚图书馆，商量一番，再也没有办法，只得报官。图书馆吏听说了始末，调出该书借阅记录，发现书籍并未出借。也就是说剧透者是在馆内涂写的，无法通过借阅记录找出他的身份。

后来李生来了，从怀中掏出一本新书，竟是同样版本的《五豚疑案》。原来李生听到消息，立即跑遍学校周边的书店，幸运地买到了相同的书。李生说，可以用这本新书当诱饵，引诱剧透者现身。

几天后，图书馆吏看到我们，神色惊恐慌张，再三逼问，才秘密地告诉我们剧透者居然不是人类。

电子目摄取的红外影像显示，子时三刻，一团人形黑雾从书架中现身，取出《五豚疑案》翻开，用右手食指在书页上点画，仿佛在写字，然后把书放回架上，就消失了。

图书馆吏既惊又怕，去看那本书，黑字剧透又出现了。报告给上级，紧急请了退休的老馆长回来驱邪。

戌时三刻，图书馆提前清场闭馆，几个官吏簇拥着一位老人来了。

15. 答案：林奈、袁隆平、弗莱明、巴斯德、童第周、孟德尔、摩尔根、达尔文等。

老人鹤发童颜，气度像青松一样疏朗，一看就不是凡俗之人。我们都不由得垂下手臂，恭敬站立。

老馆长让人准备一杯清水和一本没有用的旧书，不论什么书都可以，但必须是至少三十年前印刷的，东西很快就备齐了。于是熄灭了灯，人人屏住呼吸，唯有老馆长气定神闲，把旧书的一页细细撕成指甲盖大小的碎片，密密撒在怪物出没的书架前，又把清水弹在上面，从袖中取出一根不足一尺长的桃木教鞭，口中念念有词，脚下踏着星斗一样的阵法，忽然喝道“呔”，一鞭打在书脊上。

书架震得越来越厉害，黑雾从中涌出，人们都害怕地后退、缩起身体。震动停止了，黑雾汇聚成人形，半透明，人形趴伏在地板上，发出蚊蚋般的声音，哀求饶恕。

老馆长道：“咄咄精怪，何等放肆！敢在圣人门下书香阁里作乱！”

那东西辩称不曾害人，只是被城隍拘到这里还孽债的。

问他还的什么孽债，他自称是平阳年间人，生前最喜欢剧透，以获取自己一时片刻的快乐，因此大损阴德，死后不得超生，化作剧透怪，被发配到书中，专门在书前写剧透。只有当读书人在剧透旁写下赞赏剧透的话语，孽债才能还清，剧透怪才能被超度。

李生不由得嗤笑：“难道还有被剧透，反而感谢剧透者的吗？”

剧透怪只是俯伏在地，哀求老馆长救拔。

老馆长看着我和李生，说：“听说事情是从你们开始的，就由你们了结吧。”

李生不为所动，说恶有恶报，实属活该。我却不忍心，便鼓起勇气上前，问要怎么写才能救他。

“不管是‘说得好’还是‘说得妙’，有这样的意思就可以了。”

于是我就写：示我真相，解我迷茫。剧透遗风，山高水长。

停下笔，只见那东西一边连连拜谢，一边迅速缩小，一眨眼小如犬猫，再眨眼小如蛤蟆、小如苍耳，很快不见了。再看手里的书，剧透和我刚才写的字都消失了，好像从来没有过一样。

【作者简介】猫主义，生于 1987，野生作家，半截诗人，虚空构造者，常识粉碎机。

好故事没看够，
扫码享更多！

红包

@驴小毛

平平常常摘自作者新浪微博

@杜春成

四十张城市地图

父亲退休的第二天，宣布了他的决定，明天外出旅行。

父亲顶替爷爷的班，当了建筑工人，成为一名钢筋工。父亲退休前，当着我们的面，扳着手指头，如数家珍："无论是城市最高的大楼、十六车道的立交桥，还是修建的别墅区、机场、轻轨，我扎的钢筋，质检工程师都说不用质检。"父亲说完，满脸的自豪感。

父亲辛苦了一辈子，母亲又在去年病逝了。他退休后去旅行，子女们当然该支持。我和家人商量后，对父亲说："去什么地方旅行？我们做子女的出旅行费，我来陪伴。"

我的话刚完，父亲便笑着说，他要去的地方，就是我们居住的城市，用不着我陪伴，也不用我们出费用。他要求孙子灵岭陪伴。灵岭是我的儿子，高考结束后，正在家里等待大学录取通知书。

我很不理解，便建议他去国内有名的景区看看。

父亲很固执，坚持不去外地，还说这次旅行，要花一个月时间。

我从小接受的是传统教育，知道孝顺就是顺从老人的意愿。晚上，我对儿子反复交代："爷爷年纪大了，赶车、住宿、吃饭的时候，要好好照顾，让爷爷旅行顺心顺意。"

父亲带着灵岭出发了。我不放心，两天后，我打电话问灵岭："你们旅行，看了哪些景点？"

"一个景点也没有看。"灵岭说，"爷爷到了一个地方，就找上了年纪的人，问过去的一些事情，还安排我把当地的地名记下来。"

我本想埋怨父亲，但还是压下了心中的怨气，对灵岭说："一切听从爷爷的安排，让爷爷旅行高兴。"

一个月后，父亲和灵岭旅行回来。我和妻子做了父亲最喜欢的家常菜，为爷孙俩接风。

晚宴上，我笑着问父亲："这次旅行有什么收获？"

父亲叫灵岭拿出了三尺见方的一幅图，对我们说："这就是最大

16. 答案：《物种起源》《进化论》等。

的收获——灵岭手绘的地图。”

我用眼睛扫了那幅图一眼，是一幅城市草图，图上有公路、桥梁、车站、小区等标识。那幅图，我太熟悉，就是我们居住地的城市地图。

为了画一幅图，花了一个月的时间，值得吗？还不如在书店买一幅图实在。我的不屑神色写在脸上。

灵岭看出了我的神色，他认真地说：“爸爸，这幅地图有特别的地方，你还没看出来。”

闻言，我便对着地图仔细看起来。我发现，图上的地名标识，既有现在的名称，在旁边还用红笔备注上了另一个名称——没有开发前的老地名。

之后，父亲让我找一家广告公司，按照草图制作成精美地图，印制四十份。

一周后，地图印制完成。有朋友听说这件事，要出高价买地图。父亲说：“这地图有特殊用途。”朋友再三要求买，父亲坚决不卖。

我对父亲说，这四十张地图，自家留一张就行了。卖几幅，补偿旅行费用。

“这地图，我要送人。”父亲很严肃地告诉我，今后再也不许提卖图的事了。

一周后，父亲带着我和灵岭来到北山。北山是城市的公墓所在地。我们把车停在山脚，步行上山。

父亲年纪大了，加上长期在建筑工地日晒雨淋，走路时，脚有点跛。他跛着脚上山，来到一处墓碑前，告诉我们说：“这是我的师傅，三十年前病故了。”父亲说完，带着我们在碑前叩了三个头，然后，他拿出地图，用打火机点燃，对着墓碑说：“师傅，我把城市地图带来了。您看看吧，我们的城市变大了，变美了。您回来时，就不会迷路了。”

“这是我们建筑公司首任队长，病故二十年了。”父亲带着我们走向另一座墓碑，叩头、烧地图。父亲在碑前哽咽起来：“队长，二十年来，您描绘的城市蓝图，我们把它建成了。今天，我给您带来了。”

三十九座墓碑，三十九个故事。主人公分别是父亲的同事、领导，父亲带着我们叩了三十九次头，烧了三十九张地图。

时间到了下午，剩下一张地图，怎么办？我望着父亲，用眼色询问。

“回家，把最后一张地图送建设博物馆。”父亲说完，迈着步子，向山下走去。

下山时，我发觉，父亲的脚不跛了。

潘光贤摘自《潮州日报》

牛大姐家乐事多

主要人物：牛大姐（妈妈）　牛大哥（爸爸）　牛小美（女儿）　牛小宝（儿子）
钱多多（牛小美的男朋友）　刘姥姥（牛小美的外婆）

※ 风比较大，走在路上，迎面刮来一个塑料袋，牛大姐怕吹到身上，就侧了个身让它从旁边经过。

牛小宝见状，问道："妈妈，你刚刚是给塑料袋让路吗？"

※ 牛小美嚷着让钱多多给她买 iPhone X，钱多多说："亲爱的，我确实没钱，你非要买就是逼我卖肾啊！要不，你问问你爸去？"

牛小美点点头，然后打电话给牛大哥问："爸，你知道哪里可以卖肾吗？"

※ 牛大哥和牛大姐因为一点小事又吵了起来。

牛大姐说："你这人怎么这么不讲理？"

牛大哥说："废话，我没理我讲什么理！"

※ 晚上，牛小宝缠着牛大哥讲故事。

牛大哥被缠得不耐烦了，问："你要听长故事还是短故事？"

牛小宝说："长故事。"

牛大哥说："嗡嗡嗡嗡嗡嗡……"

牛小宝忙说："我要听短故事。"

牛大哥说："啪！死啦！"

※ 牛小宝刚学了一个新知识，想要在刘姥姥面前卖弄一下，便问刘姥姥："外婆，你说最早的通信方式是什么呀？"

刘姥姥不假思索地说："托梦！"

※ 吃饭时，牛大姐问牛小宝："儿子，要是我跟你爸吵架，你帮谁？"

牛小宝头也没抬，回答道："当然是帮爸爸了。"

牛大哥一听很开心："好儿子，爸爸没白疼你！"

牛大姐很生气："臭小子，我就不疼你吗？为啥就帮你爸爸？"

牛小宝理直气壮地说："老师一直教育我们，一定要同情弱者！"

※ 牛小宝问正在梳头发的牛大姐："妈妈，你的头上怎么长出了白头发？"

牛大姐答："你不听话，让妈妈操心，妈妈的头上就长白头发了呀！"

牛小宝答："那妈妈你太让外婆操心了，外婆已经满头白发了。"

※ 钱多多和牛小美走在路上。

钱多多忽然说："老天啊，掉下一捆钱砸死我吧！"

牛小美说："老天啊，掉下一捆钱砸死他吧！这样就没人和我分了……"

钱多多傻眼了……

※ 牛大姐更年期，总是莫名发脾气，所以牛大哥最近每次回家前都会在门口先喊一声："老婆，我回来了！"

如果听到的是："老公，你回来了！"牛大哥就进去。

如果听到的是："你还知道回来啊？！"牛大哥就先不回家，去哪里都比家里安全。

※ 钱多多想买点糖果，就问牛小美："你上次买的那个糖是啥牌子来着？珠穆朗玛还是喜马拉雅？"

牛小美说："阿尔卑斯。"

※ 牛小宝在书房里蹦来蹦去的，搅得一旁看书的牛大哥皱起了眉头。牛大姐见状拉住牛小宝说："乖，到外面玩去，爸爸在这里看书呢！"

牛小宝侧过头，看看牛大姐说："不嘛，爸爸在这里看书又不影响我玩！"

※ 牛大哥讨好牛大姐说："老婆，你对我真好。"

牛大姐不客气地说："那是。你不喜欢的事儿我绝对不会做的！"

牛大哥一愣："真的吗？比如呢？"

牛大姐说："比如做饭啊、洗碗啊、拖地啊……"

看似无聊，却“细思极恐”的小问题

@瞭望智库整理

1 如果地球失去氧5秒会发生什么？

每个暴露在阳光直射下的人都会立即被晒伤。因为空气中含有的氧持续不断地保护着我们的皮肤抵御紫外线。

即使白天也会变黑。因为在颗粒较少的大气中散射蓝光时，天空会改变其颜色到几乎变黑。

每个人的内耳都会爆炸。这是因为短时间内，地球就会失去大约21%的气压。

所有由混凝土制成的建筑物都会变成灰尘。因为氧是混凝土结构中的重要黏合剂。没有氧，它们会立即失去所有的刚性。

海洋将蒸发。因为水有三分之一是氧。在没有氧的情况下，氢气将变成气态并膨胀。

2 如果你在飞机上打开门，会发生什么？

所有靠近出口的乘客都会被吸出舱外，飞机上的温度会迅速下降，飞机可能会开始分裂。为了挽救你的生命，你需要有大约15到20秒

17．答案：北京大学生物医学工程系、清华大学生物科学与技术系等。

的时间来戴上氧气面罩。但即使你做到了，你的生存机会仍然可以忽略不计。

幸运的是，这种情况只是假设。因为在巡航高度，飞机内部的压力约为 0.7 或 0.8 个大气压，要打开舱门，必须克服每平方米 7 吨多的力，这得有超人的力量才能办到。

3 如果月亮突然消失，会发生什么？

夜间会明显变暗。因为是月亮反射太阳的光芒，照亮了我们的夜空。

月球突然消失会让很多动物感到困惑。例如猫头鹰和狮子本来是依靠月光捕猎的。

没有月亮，潮汐涨落的速度要慢得多，只有现在的 40%。

由于失去引力，我们星球的核心可能会有所改变。这可能导致各种自然灾害，如地震或火山爆发。

4 如果一年没有洗澡，会发生什么？

汗水和细菌积聚在你身上，产生令人讨厌的体味。

死皮细胞积聚，与身体油脂结合，特别是在耳后、脖子上和女性乳房下。

不同的皮肤类型都会对长期不清洁产生反应，导致皮疹和瘙痒刺激。由于缺乏去角质，皮肤会发痒，脸部、头皮和胸部会形成粉红色的鳞状皮疹。

皮肤一旦有划伤，会变得更容易感染。

5 如果只吃一种食物，会怎么样？

例如，你决定只吃烤鸡（或任何其他种类的肉），它们不含碳水化合物，而那却是你身体的最佳能量来源。所以这种情况下，你的身体必须用自己的肌肉和脂肪来吸取燃料。

如果只吃面包或面食，由于氨基酸缺乏，会导致器官衰竭。此外，缺乏维生素 C 会导致坏血病。

如果只吃一种蔬菜或水果也会影响你的健康，因为没有单一的蔬菜有必需的 9 种氨基酸来建立对肌肉重要的蛋白质。

富含人类所需各种营养素的唯一食物是：母乳。

摘自微信公众号瞭望智库

图：刘昌海

盲丐

@[美国]麦肯莱·坎特 文　李威 编译

当帕森斯先生迈步走出旅馆时，一个乞丐正沿街走来。

他是个瞎眼乞丐，手里拿着一根常见的破棍子。他是个邋遢的家伙，脖子短短的、粗粗的，蓬头垢面，外衣的翻领和口袋的边缘油迹斑斑，肩上背着一个黑色的口袋，显然是在沿街叫卖着什么。

已经是春天了，空气中到处弥漫着春的气息，和煦的春风迎面吹来，吹得人暖洋洋的。帕森斯先生站在旅馆门前，注意到了那个盲丐正"啪哒啪哒"地走近他，心中油然而生起对所有盲人的怜悯与同情，同时，他也为自己如今的富足生活而感到高兴。想想几年前他还只是一个技术娴熟的工人而已，如今他却已经成为一个令人尊敬、受人崇拜的保险业佼佼者。这其中经历了多少的艰难困苦啊！在保险业，他没有任何靠山，白手起家，在不利的条件下，苦苦挣扎，克服了常人无法克服的困难，终于，他成功了。他充满自信地迈步向前走去。

此时，那个盲丐正从他的身边走过。突然，他停了下来，转过身，说："对不起，先生，只耽搁您一分钟……"

"哦，我有个约会要迟到了。你需要我帮助你做什么吗？快说吧！"帕森斯说。

"哦！我可不是一个乞丐，先生，真的不是。我这里有个小玩意儿。"他一边说一边在身上摸索着，然后把一个小东西塞进帕森斯手里，"我就卖这个。只要一美元一个，最好用的打火机。"

帕森斯感到有些尴尬，又有些恼火，僵在那里，走也不是，不走也不是。今天，他穿着一套整洁挺括的灰色西装，头戴一顶灰帽，手里拿着一根马六甲白藤手杖，看起来英俊潇洒。当然，这个兜售打火机的家伙是看不见的。"可我不抽烟。"他说。

"哦，是吗，先生？但是，我敢打赌，您一定有不少抽烟的朋友吧？！您看，这可是一件很不错的小礼物哟。"盲丐没完没了地继续说，"先生，您就行行好，可怜可怜我吧！难道您一点儿也不愿帮助我这个穷瞎子吗？"他边说边伸出那又肮脏又粗糙的手拽住帕森斯的衣袖。

帕森斯无奈地叹了口气，把手伸进背心口袋里，摸出两个半美元，按在那个盲丐手中。"哦，当然，我愿意帮助你。正像你刚才说的，我可以把打火机送人，或许送给电梯里的小伙子……"正说着，他犹豫了一下，他不愿显得太粗鲁和过分好奇，即使是对一个乞丐。"你难道一点儿也看不见吗？"

这个肮脏的盲丐一边小心地把钱装进口袋，一边说："是的，先生！14 年了。"顿了顿，他又带着一种荒唐可笑的得意补充道，"您听说过韦斯伯里事故吗？我是当事人之一。"

"韦斯伯里？"帕森斯重复着，"啊！是的！那是一次化学大爆炸，已经过去 14 年了，人们早都将它遗忘了。那可真惨呐……"

"事不关己，高高挂起，"盲丐疲倦地挪动了一下双脚，"但是，经历过的人是永远不会忘记的。我看到的最后一幕是三车间被炸成一片废墟，该死的毒气从所有被炸得粉碎的门窗里涌进来。"

帕森斯轻轻咳嗽了一声。但此刻，这个盲丐正沉浸在对自己那段戏剧性往事的回忆之中，他显然没有在意帕森斯的轻轻一咳，而且，他正打着如意算盘，希望自己的悲惨遭遇能博得眼前这位先生的同情，再从他的口袋里多掏个一块半块的。

“先生，您想想吧，那次事故中有 180 人丧生，200 多人受伤，其中就有 50 多人双目失明成了瞎子。”他越说越激动，不禁挪动双脚向前摸索着，把脏兮兮的双手按在帕森斯的灰色西装上。“听我说，先生，就是战争也没有这么残酷，没有这么惨不忍睹啊！如果我的双眼是在战争中被打瞎的，那还好办，起码我还能得到照顾。但是，我只是一个工人，却偏偏成了瞎子。这些该死的资本家，他们赚了钱，而我却被熏瞎了双眼。他们都买了保险，不用担心受到伤害。他们……”

“保险，”帕森斯重复道，“是的，我就是推销保险的……”

“您想知道我的眼睛是怎么瞎的吗？”盲丐粗鲁地打断帕森斯的话，高声嚷道，“事情的经过是这样的。”

接着，他开始讲述起这个精心编排的、重复了无数次、目的只为骗人掏钱的故事。他讲述的口气里明显带有一种强烈的、刻意营造的戏剧效果。“当时，我正在三车间里工作，突然听到四处响起剧烈的爆炸声，人们都争先恐后地纷纷逃命，我是最后一批准备冲出去的人。这时，只要能从通风窗爬出去，还是有逃生希望的。可是正当我踩着那些大试剂桶往通风窗上爬的时候，有一个家伙在我的下面死命抱住我的腿往下拽，嘴里还拼命喊着：‘让我上去！让我上去！’我想他一定是被吓疯了。他比我强壮得多，硬是把我拽了下来，踩着我的背自己爬了出去。而我则躺在那里，四周全是汹涌而来的毒气和爆炸的火光。”他咽了一口唾沫，假惺惺地啜泣了一声，然后一声不吭、满怀期待地站在那儿，殷切地望着帕森斯。他想象着帕森

18．答案：斯坦福大学、哈佛大学、麻省理工学院、加州大学伯克莱分校等。

斯可能会说的话：哦，真是太不幸了，可怜的人，我想……“这就是韦斯伯里化学爆炸事故的全过程，先生。”

这时，一阵湿冷的春风吹过。“不，事情不完全是你说的这样。”帕森斯神情严肃，冷冷地说。

顿时，盲丐仿佛像是被冷风吹得打了个寒噤，问：“不完全是这样？你……你是什么意思？”

“故事是真的，不过，应该反过来说才对。”帕森斯平静地说道。

“反过来说？你……你究竟是什么意思？”盲丐恼羞成怒地嘶声吼道。

“你别急，听我说。”帕森斯不紧不慢地说，“说来也巧，当时，我也在三车间。我所经历的跟你刚才所说的正好相反，你才是那个把我拽下来踩着我上去的家伙。你比我强壮，马克·沃特！”

盲丐噤若寒蝉，僵立在那儿，大口大口地喘着气：“帕森斯！是你！上帝啊！上帝！我还以为你……”突然，他脸一沉，恶魔似的说，“你说得对。但是，我瞎了，我瞎了啊！你让我站在这里滔滔不绝地跟你说着这悲惨的往事，而你却每分每秒都在嘲笑我！你一定早就认出我了，是吗？这下你可得意了？！我是个瞎子！”

街上的行人纷纷转过身，好奇地看着他俩。

“你逃生了，而我却瞎了！你听见了吗？我……”

“好了，马克·沃特！”帕森斯不耐烦地吼道，“别再大吵大闹了！……要知道，我也瞎了！”

丁强摘自《世界微型小说经典》

百花洲文艺出版社

图：豆薇

【名师有话说】一篇小说之所以经典，是因为入木三分地写出了人物的命运走向和深刻的人性。同是盲人，命运截然不同。马克·沃特成了沿街叫卖、求人可怜的乞丐；帕森斯成了令人尊敬、受人崇拜的保险业佼佼者。前者在厄运面前的妥协和后者在厄运面前的抗争，形成鲜明对比，从而挖掘出了马克·沃特善欺可怜、肮脏凶残与帕森斯身残志坚、积极乐观的形象特征。情节的一波三折也是这篇小说的亮点。情节在人物对话中推进，也在人物对话中发生逆转。帕森斯也知道灾难真相，为第一次逆转；帕森斯才是被踩的受害者，为第二次逆转；帕森斯也是盲人，为第三次逆转。随着情节逆转，波澜顿生，人物形象逐渐丰满；直面厄运，当命运主人的主题也得以凸显。小说充足的铺垫和伏笔，也值得我们学习。

点评者：重庆市润星教育研究所

作文阅读高级讲师 叶世桦

如何让孩子领悟断舍离的精髓

@ 挂挂釉

天气很差，霾锁京城。既锁之则安之，今天我要给自己好好搞一个中年养生沙龙。当我美滋滋敷上一张面膜，拿着下载完剧的手机和装满枸杞红茶的保温杯来到客厅沙发前时，我发现根本就没有地方躺。

整个沙发已经完全被两个崽子的各种玩具覆盖。我女儿的玩具还好，毛绒玩具居多；而我儿子的玩具就比较凶险，我贸然躺下去很可能会被各种武器戳死。

于是我把他们俩叫来，严肃地说："你们两个，现在、立刻、马上把沙发上的玩具全部收拾干净，只要我能看见的东西，就全部扔掉。"

我儿子："这些我还要玩呢！"我女儿："这些我也还要玩呢！"

我："我现在要躺沙发！"

我儿子："你可以躺在地上。"我女儿："你可以躺在地上。"

我："我是很严肃的。很多东西我们天天都要用，不代表就可以不收拾。你妈天天用菜刀，你们去看看咱家菜刀是扔在外面的吗？"

我儿子："好嘞！"我女儿："我也好嘞！"

我："给我回来！我可没跟你们俩开玩笑，在十分钟之内如果我没有地方躺，我一定会扔东西。你们看我的表情，我很认真。"

我儿子："哎？爸……你是不

是又偷我妈面膜了？”我女儿转头就开始嚎：“妈！我爸他又……”

我：“嘘嘘嘘，这是我自己买的！我告诉你们，不要用这个来威胁我！我不怕！我这个人最有气节，你们收拾好了，我订一些垃圾食品，你们看好不好？”话音刚落，俩崽子已经各自捧起一堆玩具向里屋走去。

十秒钟后，俩人回来抱第二捧。

我：“哎？这就收拾完了？”

我儿子：“对。”抱起第二捧。我女儿：“对！”抱起第二捧。

我深感不安。以我的经验来看，事有蹊跷。我于是跟上他们，为防被抓软肋，半路上把面膜扯下来扔了。我看到他们进去我的卧室，当我走到卧室门口时，看见他俩正往我床上扔玩具。

我：“你们干吗呢？这床我还怎么躺？”摘下面膜，我硬气了不少。

我儿子：“你自己说要躺沙发的。”我女儿复述一遍。

我：“……那我晚上也要回来睡觉啊。”

我儿子：“晚上我再抱回去。”我女儿：“我也抱回去。”

我：“你们这样不叫收拾东西。”

我女儿一本正经地更正说：“我们这叫屎窝挪尿窝！”

我：“你看你这孩子不是挺懂……这话你奶奶教你的吧？用在爸爸床上不合适。”

我儿子：“小妹，你说爸爸这床是屎窝还是尿窝？”

我：“你别转移话题。收拾东西的意思是所有东西都要收回到它固定的位置，这些位置不能占用其他人的地方，也不能占用公共空间。就像你们两个，在学校、在幼儿园，都有自己的小柜子。”我朝我女儿说，“如果张泽宇的东西想要放到你柜子里，你能同意吗？”

我女儿很斩钉截铁：“不能！因为我们班没有叫张泽宇的，他叫张宇泽。”

我：“领会精神，不要纠结于这些细节！”我稳定了态势后继续说，“你们觉得没有地方收拾，是因为你们的玩具太多了，多到已经没有地方可以放了。不但你们俩的柜子抽屉装满了，你们卧室的地上、我的卧室地上、饭厅的角落、书房和客厅，都堆了很多，你们再看看阳台，哪儿都有你们的玩具，连卫生间都有一盆，对不对？”

两个孩子点了点头。

我：“所以你们要有点断舍离的精神。”

我儿子："断舍离是谁？"

我："这个断舍离是一种生活方式，这里面有一部分理念就是要舍弃一些其实自己不再需要的东西。每个人都会有一些不再需要的东西，有一些东西你以为还有用，其实很久也不会碰，扔掉它们会让一切都变得很舒适简单。懂了吗？"

我儿子："嗯，比如你那些书。"

我："我书怎么了？我现在说你俩呢，我可没有满世界堆书堆到没地方下脚。对了，你们班老师微信我是不是没加？"

我儿子："爸爸请你继续说。"

我："话我说完了。"

他们俩沉默了，做出了若有所思的样子。我想现在我终于算是场控了，是到了布置任务的时候了。我："你们想想，你们的玩具现在已经把咱家的客厅、饭厅、书房、卧室和阳台全都堆满了，现在要想改善这个情况，你们要怎么办？"

两个孩子互相看着。

我："咱们今天不用多干，你们俩把我卧室和床上乱扔的玩具收拾完了就成，没有地方收的你们就要好好想想我刚才说的话。我呢，现在要去沙发上躺一会儿，你们收拾完了去叫我来验收成果。"

两个人又互相看了看。我认为两个孩子确实开始动了脑子、走了心。我想我现在可以踏踏实实去看剧养生了。离开他们的视线后，我欢快地跳着冲向沙发，一个骚气的腾身跳跃，反身翻腾 0.5 周加曲体空翻，在空中露出了幸福的贱笑，砸进了沙发那个最舒服的角落里。

"爸爸，我们收拾完了。"

手机还没来得及解锁，我甚至是借着那个难度系数 2.0 的跳跃的沙发弹力就坐了起来，像个傻蛋一样一气呵成，只养生了 3 秒。我："开玩笑吧？这就收拾完了？"

我跟着他俩去了我的卧室。哪儿哪儿都没有，这倒真是神奇了。我又去了其他几个重灾区，它们似乎真的凭空消失了。

我儿子："爸爸，别翻了，我们真收拾好了。你刚说的垃圾食品还订不订了？"

我想，大丈夫一言九鼎，驷马难追，既然答应了，人家也做到了，作为父亲就更不能食言。

订完餐，我微笑着去续点茶水，打算继续追剧。我推开门，一地玩具静静地躺在厨房地上。

中年人太坎坷了，养个生也是一个不小心就要中招。

—二三摘自微信公众号露脚脖儿

图：小黑孩

19. 答案：化学、微生物学、植物学、动物学、免疫学、生态学、生理学、遗传学等。

寻访私奔的祖母

@ 岑燮钧

一次，父亲喝了酒打开话匣，我们闲坐着听他啰唆。不知怎地，他竟为自己的身世而感伤起来，说六岁逃了亲娘……他以前总说六岁没了亲娘，我们就想当然地以为她死了。我很好奇，就追问道：“那她逃到哪里去了，现在还活着吗？那你为什么不去找她？”

“我干吗要去找她？我从小就恨死她了。她撇下我们兄妹俩，一个人快活去了。”

我一再问奶奶为什么要逃走。父亲抿了一口酒，似乎犹豫了一下，说奶奶是跟一个逃兵私奔的。

后来，只一回，也是酒后，他说也是听人说，奶奶现在邻县的一个比我们这儿还闭塞的小山村里。

这事重新冒出头来，是在两年后。我考上了大学，这是村里破天荒的大事，父亲第一次领受了村人艳羡的目光。我们晚饭搬到院子里吃，父亲喝了酒，我闲得太空，突然一个激灵说：“我想去找我的亲奶奶，告诉她我考上了大学。”父亲愣了一下，慢慢地说：“这是光宗耀祖的事，她也该高兴的。”

第二天，父亲还特地去已搬到镇上的一个远房堂爷爷处打听我亲奶奶更详细的地址。当初，就是这位在外地做小生意的堂爷爷，担着货郎担，无意中在一个小山村碰到她的。

我问父亲：“你去不去？”父亲半晌说：“你去找找看再说。”

这地方的确够偏僻了。我转车三次，才到镇上。镇上没有到小山村去的车子，根本就没车路。有个好心的拖拉机师傅愿意捎我一程，然后指着那条山路说：“两座山，爬上岭，岭背后有个百来户人家的村子就是。到时你问一下得了。”

终于，这个小村出现在我眼前，清一色的几乎都是老房子，鲜有新造的楼房。进村的山道铺着石板，山溪潺潺而过。我向一位爷爷打听奶奶，他愣了一下：“张秀英？”他又朝旁的一位老阿婆合计了一下，“明德嫂的名字是不是叫张秀英？”老阿婆说是的，他就把我领到了最里面的一户人家，一边喊：“明德嫂在家吗？有人找！”

“来了，来了。”一位清秀的老

阿婆出现在我眼前。我蓦地一惊，一下子认定她就是我的亲奶奶——她多像我的姑姑啊。原来我爹像爷爷，姑姑像奶奶。我没来由感到嗓子发紧，眼睛有些湿润。

"奶奶——"

"你是——"

"我是嘉康的儿子……"

"嘉康……嘉康……"她愣了一下，嘴巴嗫嚅着，"你真是吴家岙的……嘉康的儿子……"

"那找对了！"那位引路的爷爷呵呵地笑着走了。

奶奶一边用手掌掖了一下眼角，一边说"走好"。

"你看家里乱的。"奶奶老大不自然，我也不知说什么好，"你咋想到来看我了呢？"

"我考上大学了，想向您报个喜。"

"好啊，总算有个大学生了！"奶奶手擦着衣襟，局促地说，"你饿了吧，我烧点什么给你吃吧！"

我说不饿，可是她硬是要烧点东西。其实，她也没什么东西，翻来翻去，找出一点面，下了一个蛋。

我们终于坐下了。她看着我，我看她时，她又掸掸自己的衣裳，似乎躲避着我的目光。我很多次想问奶奶，可又问不出口。

"你爹、你姑都好吧？"

"好。"我应道，我终于脱口而出，"奶奶，你后来怎么到了这个小山村呢？"

过了好一会儿，她才叹出一口长长的气："唉……过不下去了呀。你爷爷那时赌钱，撒酒疯，打老婆孩子，家里揭不开锅，孩子哇哇叫，你祖奶奶还一个劲儿跟我吵架，我走投无路，就跳进了村外的水塘里……正好有人路过，救起了我。我说让我死，他一个劲儿地劝解我。我有家难回，一气之下就跟他走了……你爹、你姑该是恨了我一辈子吧？"

"没，没……"

"那时候他们还小……哎呀，还说这些陈谷子烂芝麻的事干吗呢！"

至此，我终于知道，可怜的人间是不会有浪漫的故事的。但是，奶奶好歹活到八十九岁，终其天年。我想，或许明德爷爷待她不坏吧。这就够了。

摘自《大观·东京文学》

【请您续写】"我"费尽周折，终于找到了当年"私奔"的奶奶，知道了事情的来龙去脉，接下来，大家的生活会因为这件事发生什么改变吗？续写请发至：greygrass527@sohu.com，请注明"续写"字样。

两个老男人的相爱相杀

@岑桑

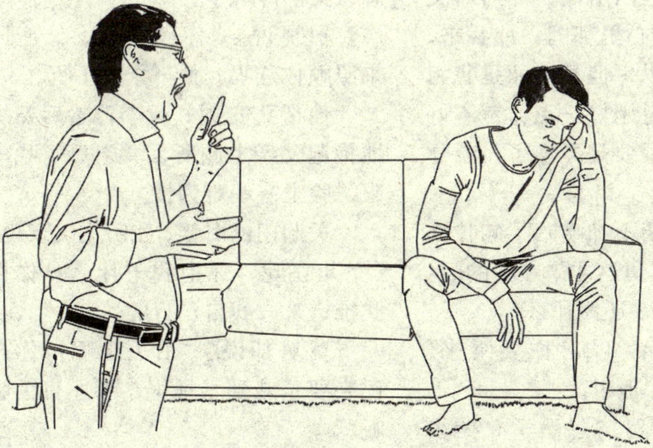

代表妈妈保护你

父亲对舅舅没什么好感，背后经常给他差评，比如："你以后千万别学你舅，好高骛远，成不了大事。"

是的，在我童年的记忆里，舅舅一直吊儿郎当，没有正经工作，还隔三岔五来我家蹭饭。

每次，父亲都不给他好脸色看，但碍于母亲，不好直说，只能旁敲侧击地奚落他："家兴啊，你知道现在猪肉多少钱一斤了？四块五了。"

舅舅就像没听懂话里有话似的，夹一块大的放在自己碗里说："这么贵了，那得多吃点。"

我十七岁那年，母亲查出了肝癌，两年后离世。临终前，她躺在病床上，交代父亲，这辈子只有两个人放心不下，一个是我，一个就是舅舅，让父亲一定照顾好我们。

那时我正值高三，母亲的离世对我打击巨大，成绩一落千丈，父亲崩溃了。

记得那天是周末，父亲拿着我的成绩单，大发雷霆，我从没见他发那样大的脾气，砸了家里的花瓶和水壶，也许是因为母亲的离世，让他变得脾气很糟糕。

刚好舅舅来了，他看着一地的碎片和成绩单，就明白发生了什么。

舅舅把我推回房间，然后对父亲说："你要是心里郁闷，冲我来，要打要骂都可以，但是小丽是我姐留下的，请你对她好一点，考不好还有明年，孩子要是弄伤了，看你怎么办！"

暴躁的父亲不知嘀咕了句什么就摔门走了，舅舅这才来敲我的门："你爸都气走了，还哭什么？"

我抱怨说："以后你要常来，要不然我受不了他了。"

"好……"舅舅忽然学着美少女战士的标准动作说，"以后我会代表妈妈保护你。"

看着他扭捏的姿态，我破涕为笑。

给男人脱衣服，好难为情啊

我读大三那年，父亲因为换灯管，不小心摔下来，他在电话里随口提了一句，我也没太在意，只是后来他不再跟我视频了。

暑假回家我才知道，父亲那次摔坏了坐骨神经，下肢瘫痪了。

看见父亲坐在轮椅上的样子，我震惊得说不出话来，曾经一个伟岸高大的男人，竟完全苍老了，让我更惊讶的是，舅舅早已从外地辞职回来了。

我不理解："工作得好好的，怎么突然辞职了？"

舅舅说："你懂什么，你能回来照顾你爸吗？他一个人不行。"

他帮我安顿好行李，然后熟练地抱起父亲上厕所，父亲看了我一眼，脸上有些难为情。

关起门的时候，我听见父亲说："女儿在呢，你抱我干什么？你把我推进来，我自己行的。"

舅舅却说："怕丢脸啊？你自己来要是栽到马桶里，那才真丢脸呢。"

舅舅照顾父亲睡下后，过来陪我说话。我抱着肩头，忍不住哭了。

舅舅说："喂，有我呢，哭什么？"

我擦了擦眼泪说："爸爸病了，应该是我照顾才对。"

舅舅说："你是个孩子，还得上学呢，这么多年，我和你爸感情不比你差，一天不和他怼上几回，还不适应呢。"

我叹了口气说："他连上厕所都要你帮忙，一定很难吧。"

"上厕所还行，就是伺候他睡觉比较奇怪。"舅舅做出一副夸张的羞涩表情说，"一个大男人给另一个大男人脱衣服，感觉好难为情啊。"

我"扑哧"一声，终于被他逗

20. 答案：《生态学报》《生物化学与生物物理学报（英文）》《遗传学报（英文版）》等。

笑了。

记住今天的微笑

毕业后，父亲要我留在老家考公务员，可我却更向往自由、有挑战性的工作。我们之间爆发了大大小小的N次战争，父亲指责我心比天高，我鄙视他无勇无谋。

在这场拉锯战中，舅舅当然选择站在我这一方。

记得争论最凶的一次，父亲突然怒不可遏地指着舅舅说："你给我闭嘴！我们家的事，你掺和什么，你自己混了一辈子没出息，有什么资格指导小丽！"

舅舅愣了一下，才干笑了两声说："我是代表我姐投的这一票，她临死前托付我说：'小丽从今往后就没有妈妈了，所以不论怎样，你都要支持她。'"

父亲瞬间哑了，因为母亲是他永远的死穴。而我也因此达成了自己的愿望，来北京打拼事业。

三年后，我已是一家广告公司的项目经理，舅舅在家乡成了小有名气的婚礼主持。春节的时候，我回家看他和父亲，他的日程表排得满满的，忙得不可开交；父亲身体慢慢好转，也不甘寂寞，每天给他打下手。

下火车后，我就跑到婚礼现场找他们。舅舅正西装革履地站在台上，妙语如珠，逗得满场笑声不断。

我坐在台下，和父亲说不久前刚知道的一件事。我说："爸，前几天我碰到舅舅以前的同事了，他说当年舅舅在电视台本来可以转正的，可是他却突然辞职了。"

父亲并不惊讶，他缓缓地点点头说："你舅舅有次和我喝酒时说起过，我刚瘫那会儿，脾气太坏，又寻死觅活的，他雇来照顾我的保姆都被我吓跑了；他辞职也是没办法，其实前几天，我还问起他后不后悔呢。他说我那时候天天一哭二闹三上吊地折腾，身边总得有个人看着，他不回来，就得你回来；他算了一下，他的未来比你的短好多年，让你回来管我，太不划算了。"

听父亲的口气，我都能想到舅舅说这些话时的搞怪表情。

此时，舅舅站在台上，声情并茂地对一对新人说："将来，你们会有欢乐，也会有困难，但一定要记住今天的微笑，并一直保持下去，直到永远……"

我的眼泪悄悄地在笑容中，流了出来。

李金锋摘自微信公众号今日头条

图：点点

点一份全熟的牛排真的会被嘲笑吗

@冒牌三叔

武松进到店里坐下，把哨棒倚了，叫道:“主人家，快把酒来吃！”

只见店主人把三只碗、一双箸、一碟热菜，放在武松面前，满满筛一碗酒来。

武松拿起碗，一饮而尽，叫道:“这酒好生有气力！主人家，有饱肚的买些吃酒。”

酒家道：“只有牛肉。”

武松道：“先切二三斤来。”

酒家道：“客官要吃哪一处，弄几分熟？”

武松道：“莫要作怪。”

酒家道：“客官有所不知，俺家的牛肉，虽是村牛，却比老牛的滋味，身上哪一处，烹几分熟，都有说道。好比那前腿上，称金钱腱，也唤作三花腱，便是七分为好；又好比那牛背上的里脊肉，城西状元斋的徐掌柜取名‘沙朗’，最是细嫩柔滑，煮到七分嫌老，五分最佳……”

武松道：“你这厮好生聒噪，俺肚里饿得叫唤，哪有心情听你这多古怪！有全熟的，管他哪处，且端来下酒。”

 民防小知识 1. 不要因为怕冷就一下子穿上很厚的衣服，也不要整天缩在空调房里。

酒家道：“这……全熟的牛肉，小店只怕没有。”

武松道：“好说，你直管去，把七分的熟肉卤透，快些端来。”

酒家道：“好汉莫要玩笑，小店经营至今，从未卖过什么熟透的牛肉。若是不信，好汉不妨去别家问问。”

武松道：“主人家，你且来看我银子，还你酒肉钱够吗？”

酒家道：“有余，怕是还要贴你。只是本店牛肉非那普通粗鄙肉食，若是烹得熟透来吃，哼哼，怕是糟践好货，又惹同行笑话。”

武松道：“我又不白吃你的！钱也不要你贴，只管把肉煮熟炖烂，好叫老爷下酒！”

酒家笑道：“你这条长汉，真是没喝便醉了，说理不清。还要吃酒，到时怎扶得你住。”

武松一捶桌子怒道：“莫耽误你祖宗吃酒！引爷爷性发，通教你屋里粉碎！把你这鸟店子倒翻转来！”

酒家道：“好个疯汉，不知从哪个乡野旮旯爬进城，偏学人吃肉！这天底下的酒家哪里有熟透的牛肉卖与你吃？你怕是夜梦未醒，特来消遣你家主人？”

武松大怒，跳起身来，把砂锅大小的拳头劈面打过去，睁眼喝道：“爷爷便是消遣你怎的！”

“噗”的只一拳，正打在鼻子上，打得鲜血迸流，鼻子歪在半边，酒家挣不起来，口里只叫：“好汉饶命！”

武松骂道：“狗一般的东西，倒会讨饶。”提起拳头来又问，“牛肉有全熟的没有？”

酒家道：“有，有，莫说全熟，好汉要煮成羹的都有！”

月亮狗摘自知乎网

图：小栗子

【《一步之遥》续写】社会青年吴观因为跳街舞和一群生活本不相交的人走在了一起，但是父亲的意外出现打乱了他平静的生活，对于父亲的安排，他该不该迈出这惊心的一步呢？请看两位作者的精彩续写——《一步之遥，步步惊心》和《抉择》。

扫描二维码，
看《一步之遥》原文

一步之遥，步步惊心

@ 赵淑萍

心事重重

吴观走进大鹏他们的行列，不自觉地朝往常莫希站的位置看了一眼。莫希住在福茂国际——这个高档小区的住户非富即贵。说实在的，莫希是不是学生，吴观不知道，也不敢问。他只是很享受跟她在一起说话的短暂时刻。

他想到她，又想到父亲那张面孔，他叹了口气，一连几天都没再去广场，直到周日。

他刚出现，大鹏就上前捶了他一拳："疯子，这些天你都在干啥？快来，我们复赛，你必须上。"

公子正一脸阳光地炫着他的舞技。"兄弟，吃饭防噎走路防跌，你可要小心为上啊。"吴观半开玩笑半认真地对公子说。

公子笑着骂："你小子倚老卖老吗？"

这时，莫希来了！吴观的心猛地跳了起来。"听说你们的节目要去电视台录复赛。到时，我一定去助威！"莫希说。

大家练完舞，大鹏和公子几个一起回学校，吴观送莫希回家。

"吴观，你怎么从来不问我是干什么的呀？"莫希说。"那你是干什么的呢？"吴观问。"到时候我自然会告诉你。"莫希莞尔一笑。

他目送莫希上了楼，当他往回走时，在树荫的黑影里发现忽明忽

民防小知识 2. 一度冻伤，可用热水（不能太烫）浸泡，再涂以冻疮膏即可。

灭的烟头，接着是老郑鬼魅一样的身影和阴恻恻的声音：“我说大侄子，交给你的事你不做，到时可别多管闲事。上次广场上，就是这妞报的警，你信不信我叫几个人把她给做了？”

莫希，干得漂亮

去电视台录复赛，果然，取得了第一。莫希拿着小旗帜为他们加油，吴观跳得忘乎所以。

庆功宴上，大家都喝起了酒，但吴观没喝，他不知怎么，总有一种不祥的预感。莫希也没喝。

夜深了，这些人才醉醺醺地离开。公子说要回家，拦了正好开来的一辆车。莫希看着那辆车若有所思，她打了一个电话。接着又有一辆车来了，她把吴观一起拉上了车，同时对司机说：“盯住他们！”

载着公子的那辆车居然朝郊区驶去。莫希拿起手机，不知给谁发了位置共享。

在郊外废弃的破屋里，公子手脚被捆着，嘴巴里塞着一团布，酒早就被吓醒了，眼睛里满是惊恐。在他身旁，正是老郑和吴辛二人。

当警车鸣叫着赶来，莫希竟然走上前，跟着警察破门而入，那动作帅气极了，吴观惊呆了：难道莫希不是大学生，而是警察？！

警察们一拥而入，吴辛本能地将一把刀抵住了公子的喉咙：“别过来！再过来我就拉他垫背！”

而老郑则掏出了一把枪对准了人群中的吴观。“就是你小子坏的事！”他咬牙切齿地说。

正要扣动扳机，吴辛忽然转过身将刀刺向了老郑。老郑吃痛，手一松，枪掉到地上，警察们一拥而上，把他们给擒住了。

我一定可以再见到她

又一个周日，大鹏他们又跳起了街舞。吴观走向广场。此时，一袭长裙的莫希又出现了。

莫希是来向他们告别的。莫希是省警校的一名学生，在张叔的派出所实习。福茂国际是她姑妈的家，因为离广场近，张叔让她周日便衣巡视一下广场，同时也看顾一下经常跳舞的吴观。如今，实习期满，她要回学校了。

吴观投入地跳着，变换着各种动作，就像在跳巴黎最后一支探戈。

“吴观，做一个大厨也不赖。以后我来这个城市，你要请我吃饭哦。”莫希说。

吴观点点头，在心里回答道：我会等你来！

抉择

@ 祝培朔

吴观走向大鹏和公子，融入他们的节奏。当舞蹈进入最后一个阶段，吴观眼前浮现出父亲那张似笑非笑的脸。都说父爱如山，自己的父亲这座大山，就像缺了半边的断崖倾斜着，爷爷、母亲、小吴观像三棵树，拼尽了全力来支撑它，然而，太重了，他们渐渐扛不动了。爷爷心力交瘁，母亲也无奈离开了，吴观并不怨母亲，父亲坐牢期间，是母亲忍辱负重，在家照顾被气得卧床不起的爷爷和未成年的吴观。

一走神的工夫，他单脚落到地上，踝骨骨折，大家关心地围上来，赶紧送他上医院。

等他做完手术，爷爷也赶来医院陪护他，大家落寞地告辞，少了主力，夺冠是再也不用想了。但是吴观叫住他们：“复赛咱们一定要参加，也一定要夺冠！”闻言，大家转过身来，迎上他坚定的眼神。

夜深了，吴观吃了止痛药，睡眼蒙眬，忽然感觉旁边有人，睁眼看到吴辛站在病床前。他说：“爸，我受伤了，是公子第一时间让家里打钱过来，交上医疗费。咱们不能忘恩负义呀！”

 民防小知识 3. 二、三度冻伤，不可用雪擦、火烤或温水浸泡，否则会加重冻伤。

吴辛冷笑一声："嫩了不是？如果那钱在咱们手里，我们自己第一时间拿出来交费，谁也不用求！儿子，钱能改变命运。"

"那钱是人家挣的，凭什么给我们？"

吴辛冷笑两声，将嘴凑到吴观耳边："记住上次叮嘱你的话，抓紧时间摸清公子底细。否则，就把莫希弄到乡下卖给光棍。你看着办吧。"

吴观正要争辩，一起身，脚疼得他大叫一声躺回床上。吴辛奸笑着出了门，老郑的一张枣核脸在窗口一闪消失了。

第二天一大早，莫希就提着一只瓷罐来了，她满是关切地说："快来喝排骨汤，吃个猪脚。能尽快好起来。"

吴观感激地冲她点点头。想起父亲昨晚的话，他只觉得万箭穿心。

由于吴观年轻恢复得快，两周后，骨折部位已初步愈合，他已经能拄着单拐自己到卫生间去，被转到轻症病房。爷爷找了一份零工，就不常来看他。莫希也因为家里有事几天没来了。吴观一个人在病房的时候，就跷着一条腿，围着床练习街舞。傍晚，大鹏他们来看吴观，发现他竟然能用这种方式继续和团队一起表演，又是高兴，又是心疼。

有一次，当他们来看他，吴观忍不住问公子："你整天都是一个人出入吗？"

公子说："不是。每周都会有司机接送，在学校的五天，家里人不来打搅我。这是我努力争取的结果。怎么了？"

吴观看了公子一阵，说："记得出来进去的时候，都要有伙伴，不要单独一人。"

公子呵呵笑道："当我是小孩呀？！"

大鹏闻言，狐疑地盯着他俩。吴观欲言又止，他看到窗外一个人影一闪，很像老郑。

吴观的心一紧，他了解父亲：家事和亲情都不上心，一旦认定一个一夜发财的机会，他听不进任何劝告，一头撞到南墙上，也不知回头。

他又想起当年的自己，独自徘徊在街上，一群同学跟在他身后喊："龙生龙，凤生凤，老鼠的儿子会打洞。杀人犯的儿子叫吴观，长大以后把牢底坐穿。"

泪流满面中，他做出了一个重大决定，然后拨通了张叔的电话——这个号码他一直都记得。

作者系河南省洛阳市第一高级中学

高二（1）班学生 辅导老师：丁丽

图：陈明贵

相声二则

@张寿臣口述　陈笑暇 张立林整理

喝酒

我们院儿住着一位开当铺的王掌柜，山西人。有一天，王掌柜请客，我出门儿，走在王掌柜窗户根底下，听里边王掌柜在说："喝，该你喝了，我都喝了二十盅啦。"

我心里纳闷了：都说王掌柜抠门儿，钱在肋条上穿着，听喝酒这意思，王掌柜不但财大，酒量也够大呀。我得找个机会，会会王掌柜。

过了两天，在院里正好碰上王掌柜。我说："王掌柜，明天晚上我请您喝酒。"王掌柜满口答应。

第二天，我准备了几个菜，买了两瓶子二锅头——他能喝嘛。把王掌柜请过来，刚喝了三盅，王掌柜脸就红了，说话也不利索了："我说张老弟，我不能再喝了，再喝我就走不了啦。"

我说："那天您说话我听见了，喝二十盅还没事呢，这刚喝三盅就不喝了，您瞧不起我。"

王掌柜说："这是哪儿的话，那天喝酒不是用的这个盅。"

我说："即使您那酒盅小，二十盅，也够瞧的。"

王掌柜一听笑了："我用的不是大盅，也不是小盅。"

"那您用的什么盅啊？"

"我用的是猪鬃。"

"猪鬃！那怎么喝呀？"

"把酒放在大碗里，用猪鬃蘸一下，用嘴一抿——啧，一鬃了。"

这么个"一鬃"啊！

做文章

有一个秀才，考期临近了，文章做不出来，愁得饭也吃不好，觉也睡不着，急得在屋子里边转磨。

他媳妇在旁边看他急成这样子，也不知怎么劝他好，就说："这个做文章一定很难，我可不懂啊，我琢磨你这做文章，可能跟我们女人生孩子差不多。"

秀才一听不乐意了："你懂什么呀！做文章比生孩子难得多。"

他媳妇问："怎么说？"

"女人生孩子，肚子里有；我这肚子里头，啥也没有啊！"

摘自中华相声网

民防小知识 4. 二度冻伤的水疱可在消毒后刺透，使黄水流出再包扎。

人猿泰山之地宫探险

@黄庆会

一部人猿泰山，道不尽英雄与传奇。在本期的泰山续写中，泰山意外地走出非洲丛林，来到了神秘东方古老中国，开启了泰山版鬼吹灯。

突遇意外

泰山和大象好朋友意外遇到了一伙亡命之徒，不慎中了对方的麻醉枪，醒来后，发现自己身处一个昏暗的小房间，被关在一个狭小的笼子里。泰山观察了一下笼子，然后浑身发力，想要掰开铁笼。

突然，房门被轻轻推开，一个十来岁的瘦弱男孩走了进来，他黑头发、黑眼珠、黄皮肤。泰山看到来人，怒问："你是谁？那些用枪打伤我的人呢？"男孩告诉泰山，他被那伙人抓到了船上，现正在海上航行，那些人不是商人，而是穷凶极恶的海盗，为首的"刀疤脸"扎克船长就是匪首，他们无恶不作，现在他们准备去古老的中国寻找宝藏。男孩自称阿华，和爷爷相依为命，爷爷本来是这艘船的船长，结果被这伙强盗霸占了船只，还强迫爷孙俩在船上当苦役。

阿华正说着，房门被重重地踢开，几个身材粗壮的男人骂骂咧咧走了进来，在昏暗的灯光下，“刀疤脸”冷冷地看着泰山，说：“他就是那个人猿？”在扎克旁边的一个光头海盗献媚道：“是的，船长，这次我们发财了，抓获了大象和人猿，都是可以给我们带来金币的宝贝啊！”扎克用鼻音“哼”了一声，泰山也发出冷笑。

见状，光头海盗冲上前，用手里的铁棍狠狠打在泰山身上，泰山躲闪不及，被打得遍体鳞伤，但他一声不吭，用仇恨的目光紧紧盯着这伙强盗。打了一会儿，他们悻悻地走了，扎克则吩咐阿华，让他把铁笼锁好，不许给泰山吃东西。

泰山一直昏昏沉沉的，也不知航行了多久，其间多亏善良的阿华和爷爷悄悄给他送来食物，一个星期以后，船只终于靠岸了。

阿华遇险

到了陆地，扎克以大象性命要挟泰山一起上岸探险。泰山只好和众人辗转到了中国西北的一座城市。因为扎克在阿华爷爷身上发现了一张神秘的寻宝图，上面标记着在这个城市的地下埋藏着一座古老的宫殿——幽灵城，里面储藏了数以万计的奇珍异宝，扎克便威逼阿华爷爷带他们前来寻宝。阿华爷爷说，传说中有一个雄心勃勃的皇帝统一了中国，为了标榜丰功伟绩，便在地下修建了幽灵城，里面放满了他从各地搜罗来的奇珍异宝。他死后，还杀死了工匠殉葬。从此以后，没有人知道幽灵城到底在哪里，里面是否真的藏有金银珠宝。

不知走了多久，他们离城市越来越远，大

民防小知识 5. 如疼痛，多喝热饮料（姜糖水、感冒冲剂），也可服两片去痛片治疗。

家停下脚步，到处打量，光头海盗拿着地图在一块巨石旁边对照着，突然他大叫起来："头儿，我找到了！"扎克半信半疑走过来，光头海盗指着巨石右下方，隐约看到三个很小的汉字，扎克忙叫来阿华爷爷，让他看看上面写的是什么，阿华爷爷仔细辨认后说："是幽灵城。"海盗们惊喜万分，扎克若有所思地说："终于被我们找到了，但是从哪里进去呢？"

正说着，突然一只老鹰扇动着翅膀朝他们飞扑而来，大家赶紧躲开，可是走在最后的阿华却被老鹰一把抓起，飞到空中去了。老鹰越飞越远，消失不见了。光头海盗吓得一屁股坐在巨石旁边的地上，只听"砰"的一声巨响，巨石旁裂出一道长长的口子，大地被分成了两半，随即裂口越来越大，逐渐变成一个大洞，众人躲闪不及，纷纷跌落到深深的黑洞里。

泰山觉得整个世界都消失了，他的身体急速下落，周围的一切都天旋地转起来，自己像一块小石头以飞一样的速度直线落入无底的深渊。

进入幽灵城

不知道下落了多久，随着几声"咣当"响，他们重重地落在了坚硬的地面上，似乎落到了洞底，四周黑乎乎的。扎克站起身来，从皮靴里摸出一个小手电，给黑暗的洞底带来了一丝光亮，大家抬头看看洞口，根本望不到头，细细打量四周，洞壁凹凸不平，缝隙间是密不透光的苔藓，到处是小动物腐烂的尸体，发出一股股恶臭。泰山走上前，试探着敲打了几下，那处墙壁竟慢慢向后退去，露出一扇门来。扎克大喜，命令泰山走在最前面，其他人跟着进门探个究竟。

一进洞门，一股诡异的风便呼啸而过，洞内只有一条狭窄的路，路的两旁是缓缓流动的暗河。路面宽窄不一、湿湿滑滑，生满了薄薄的绿苔。走了几百米，前面突然开阔了许多，一个平整的大厅出现在他们面前，大厅里面密密麻麻站满了身穿盔甲全副武装的武士雕像！

扎克推开众人，冲到前面，看到眼前震撼的一幕，得意地笑道："哇，终于被我找到了，这些应该就是守卫地宫的士兵！"光头海盗更是自告奋勇，走到前面，准备穿过武士阵。

光头海盗刚刚踏进士兵阵里，突然发出一声惨叫，只见他的双腿仿佛被人重击了一样，跪倒在武士雕像面前，很快就没了声音。

扎克又让泰山打头阵，竟平安无事地穿过了武士阵。道路越来越狭窄，一个红头发海盗脚下一滑，掉进了暗河，他叫起来："救我！"扎克皱着眉头，伸手去拉他。这时，只听到泰山指着不远处喊道："不好！有危险！"大家顺着他指的方向望去，只见河里几条黑褐色的庞然大物正朝他们快速游来，红头发海盗颤抖着叫："鳄鱼！"

一条鳄鱼已经飞快地游了过来，张开血盆大口朝红头发海盗咬去。而扎克则径直往前走，任由几条鳄鱼围着红头发海盗，撕咬着他的身体，鲜血染红了河面……

大家终于来到一扇泛着暗光的铜门前，扎克命令泰山和一个海盗去推门，结果从铜门中射出数支利箭，将那名海盗当场射死，泰山眼疾手快，躲过了利箭。扎克不再轻举妄动，这时，门突然打开，从里面走出一个人来，大家定睛一看，是阿华，只见他面无表情地说："我等你们半天了。"泰山关切地问："你不是被老鹰抓走了吗？有没有受伤？"阿华摇摇头："老鹰没有伤害我，把我带到了这里。"扎克有些疑惑："那你见到幽暗魔王了吗？"阿华摇摇头，脸上划过一丝不易察觉的冷笑，说："走吧，我带你们进去。"

魔王现身

进入铜门，所有人都惊呆了，里面是一座富丽堂皇的宫殿，堆满了金银珠宝，扎克看呆了，回过神后便疯狂扑向那些珠宝。

平时懦弱的阿华此时却冲到扎克面前，阻止道："放下这些珠宝，它们不属于你！"扎克不屑一顾地推开阿华，呵斥道："滚开，臭小子！"阿华毫不畏惧，一把拉住扎克，扎克火冒三丈，一脚朝他踢去。阿华捂着肚子，发出痛苦的声音，扎克威胁道："再捣乱，就杀了你！"

泰山从胸腔中发出狮子一般的闷吼，如闪电般快速跃起，踢落扎克手中的刀，敏捷地抱起阿华，往大门外走去。扎克又快速掏出一把手枪："人猿，休想离开这里！"泰山并不理睬，扎克扣动了扳机，这时突然山崩地裂，一声巨响，整个山体摇晃起来，铜门"砰"的一声重重关闭了。

扎克突然眼露凶光，用枪瞄准阿华爷爷，说："出口在哪里？你肯定知道。"阿华爷爷摇摇头。扎克说："那好，就先送你回老家，反正都出不去了。"话音刚落，无情的子弹就射向了阿华爷爷，忽然

民防小知识6. 确保易发生冻疮的伤处完全干燥（包括趾间）。（上海市民防办供稿）

从倒地的阿华爷爷的身体中冒出一缕青烟，在空中弥漫开来，最后形成一个高大的人形，头戴皇冠、身穿龙袍，不言自威。扎克恐惧地喊道：“幽暗魔王！”

那人形冷冷地说道：“没错，我就是幽暗魔王。你们这伙匪盗，欺我皇孙，还夺我珠宝，该当何罪！”扎克吓得连连后退。

幽暗魔王对扎克说：“我在这里住了几千年，很是寂寞，你们正好可以来陪陪我。”说完又转身面对泰山，将一颗夜明珠递给泰山，说，“你是阿华的朋友，这颗龙珠送给你，它可以实现你的三个愿望。”

泰山不假思索地说：“我只想和我的大象朋友一起回到丛林。”眨眼工夫，泰山已经重返丛林，大象在他身边叫道：“泰山，快醒醒。”泰山一脸茫然：“怎么了？”大象说：“你刚才睡着了，在大喊大叫。”

“难道我刚才在做梦？”但泰山低头却发现手里多了一颗闪闪发光的夜明珠……

图：黄煜博

泰山续写接力赛，
下一棒是你吗？

线上增刊“码”上就看

1月号百宝箱

1元

千城故事

千面青春千座城，北京、上海、香港、厦门、深圳、杭州、南京、拉萨……每一座城都有讲不完的青春故事。你最爱哪座城？哪座城里留下了你最爱的故事？

免费

旅行攻略包

春节小长假马上到！你期不期待，开不开心？旅行计划是否做好？几份春节旅行目的地攻略打包送你，请收下，别客气！

免费

1. 本期音频故事大放送，想听就听！

2. 国内首次全译泰山（全25种24本）已出16本免费抢先看！

5元

一期一名著

有阴谋的婚姻，需冒险的爱情，英伦美人何去何从？每期一本世界名著，本期请看《白衣女人》的故事。

免费

故事会读者圈，
邀你进来坐坐，
吐槽聊天！

带着爱，出发

有一对兄妹，爸妈平时对妹妹管得很严，晚上只允许她看一小时电视，然后要么看书要么早早睡觉。哥哥读高中住校，平时不回来，因此每晚看完书，她都要找哥哥视频聊天。

但是前段时间，哥哥因为高考学习压力很大，心情不好，不想陪妹妹闲扯。于是，哥哥对她说："你要是能忍住两周不找我聊天，我就帮你买你喜欢的小魔仙套装。"

妹妹犹豫了好久，最后答应了。

其实，哥哥也就清静了一天，隔天妹妹就在视频里问哥哥："哥哥，两周到了没有？"哥哥说没有，她就挂断了。

第二天，她又来问："哥哥，两周到了没？"哥哥说没有，还有好多天呢。

隔天她又问……过两天她继续问……每次都是失望地挂断视频。

一周刚结束的时候，她又发视频请求过来。哥哥当时正烦着呢，就直接挂断了。她又打过来，哥哥又挂断，她再打哥哥再挂断……不一会儿，她发过来一条语音消息。

哥哥放到耳边听，是一个颤抖着要哭的声音："哥哥，我不要小魔仙套装了，我要跟你聊天……"

是啊，这世上有一种东西，它需要时间与陪伴，它叫亲情。

请把这浓浓的亲情带在你身边，好好珍惜生命里关于亲情的感动、关于爱的回响。朋友们，春节里，我们为爱回家，如今，愉快的假期已经结束，新的一年又开始了，就让我们一起收拾好自己的心情，为爱重新出发吧！

詹明瑜 《故事会》蓝版编辑
MINGYU ZHAN / Stories Editor

故事会 Stories Digest 文摘版
2019.02 总第54期

社长、主编：夏一鸣
副社长：张凯
副主编：高健
本期责任编辑：詹明瑜
发稿编辑：高健 田芳
蔡美凤 胡捷
美术编辑：孙娌
电话：021-64668742
021-54561119
邮编：200020
地址：上海市绍兴路74号
主管：上海文艺出版总社
主办：上海文艺出版总社
出版单位：《故事会》编辑部
发行范围：公开

出版、发行电话：021-64313938

发行业务：021-64313938
发行经理：钮颖
媒介合作：021-64338113
广告业务：021-64334376
新媒体广告：021-64450660
广告经营许可证：
沪工商广字3100320080016号

国外发行：中国图书贸易总公司
印刷：上海四维数字图文有限公司
发行：上海邮政报刊发行局
邮发代号：4-900
国外代号：MO9178
定价：5.00元

卷首

焦点

笑点

看点

盲点

故事会文摘版欢迎投稿

稿件要求：来自最新的报刊、书籍或网络，故事性强，文字明快，主题健康，视野开放，纪实或虚构均可，体现“新、知、情、趣”的特点，同时欢迎第一手的翻译作品。推荐作品须注明原文出处、原作者姓名，确保转载不存在侵害版权的行为，并请留下推荐者真实姓名及通信地址。作品一经采用，即致推荐者 50 至 200 元推荐费，并向作品著作权人支付稿酬。

故事会文摘版 投稿信箱
wenzhaiban@126.com

故事中国网：www.storychina.cn

故事会文摘 gsh-wz
故事会微信 story63

姥姥

@董半仙儿

14岁时，懵懵懂懂，周围还都是些一米六、一米七的小萝卜头男同学，突然就被同学的18岁、一米八一的帅哥哥追。这里把帅哥哥称之为W。

W每天晚上给我打电话，一聊就是几个小时，我天天困得第二天起不来床上学……

几天后，W约我周六一起吃午饭，再去动物园玩。因为周六老妈加班，老爸忙生意，就我自己在家。等爸妈出门以后，我上午11点从家里出来去快餐店赴约。

吃完饭，去动物园玩。然后去游乐场坐摩天轮，从摩天轮下来以后我们又去了动物园，严肃而羞涩地在周六的下午连个手都没有牵。后来，W打车送我回家，我直接下车赶紧跑回了家。

没两分钟，我妈进家了。我心里不由得感谢老天的眷顾！毕竟这种巧事不是谁都能赶上的。

我妈进家第一件事换拖鞋，第二件事就是摸电视机，第三件事就开始审问我。

“说吧，今天你跟谁去玩了？你王阿姨在动物园看见你跟个男孩在一块儿！你竟然敢早恋了？！”

说完，不给我解释的时间，直

接就动手了！任我怎么辩解自己没有早恋，我妈还是把我爸一个电话给叫回了家。

在我妈又掐又拧又上巴掌、我爹皮鞭抽了不知道多少鞭子以后，被酷刑逼供折磨得伤痕累累的我，终于招出了 W 的电话。

我爸用我家座机打过去，听见 W 声音就开始骂。我妈揪着我的耳朵来到了座机前，让我对 W 说出恩断义绝、此生不复相见的话！保证完，又发了毒誓此生不再联系，我的亲爸亲妈才放过了我。

第二天周日，每周日是姥姥家大集合的日子，我三个姨都会回娘家，我妈排行老四，我是姥姥家最小的孩子，照例跟着我妈回姥姥家。

我闷闷不乐顶着一张被打肿的脸和一身的青紫以及无法言说的委屈进了姥姥家门。

跟谁也不打招呼，我往沙发上一坐便开始酝酿悲伤的情绪，来祭奠一下我还未开始就死去的爱情。

我姥姥先发现我不对劲的，便过来坐我旁边，小声问我："你这是咋了？看着不高兴啊！"

我一肚子气，正愁没处发泄，可算能跟姥姥诉说我的委屈，说出我挨打背后的故事了！

"你四闺女快把我给打死了！"

"咋又打你了？你又上课说话让请家长了？"

我委屈地摇头！

"那是又偷看电视让逮住了？"

我又摇头！

"考试考得不好？还是又在学校做生意卖零食了？"

"都不是！我……"

姥姥见怎么问我，我都沉默不说话，就把正在跟我三个姨聊天的我妈叫到跟前，然后我三个姨也跟着过来了。

只见我姥姥厉声问道："四妮儿，你为啥又打姣姣了？"

我妈连忙交代："她这么小就早恋交男朋友了！可不该打嘛！"

果然！只见姥姥生气得一下就站起来了！完了，我心想，这在姥姥家还有三个姨在场，这暴风雨般突来的一顿骂看来是少不了了！算了！打都打了！还怕一顿骂吗？让暴风雨来得更猛烈些吧！

只见姥姥指着我妈就开始教育："爱情是没有年龄界限的！你自己找得不好，还不能让我外孙女先下手为强？"

我、我三个姨、我妈，顿时惊住了！愣了几秒，我妈为自己辩解："可是姣姣才 14 岁啊！"

我姥姥火力全开："14 岁怎么

啦？你自己14岁时就没有喜欢的小男生？你14岁收到的情书还少吗？”

我二姨“扑哧”一声先笑了！

我姥姥又凶我二姨：“你还笑呢！你10来岁时喜欢邻居家的小林，人家上山下乡走了，你躲被窝里哭了几宿，我说过你一句吗？！”

我大姨上来劝和：“好了，妈，你别骂她们了。”

只见姥姥把矛头又对准我大姨：“还有你，好好的仕途走得这么顺利，李建设（我大姨夫）说不想你走仕途，你就真辞职去了报社！为了爱情你们都犯过傻，我说过你们一句吗？”

我三姨倒是机灵连忙表态：“我支持姣姣恋爱！爱情就是没年龄界限！”于是，姥姥放过了她。

然后姥姥对着她四个女儿说：“你们去买菜做饭吧。给我外孙女买只烧鸡，补补委屈。”

等我妈她们一出门，我姥姥开始给我讲起了她遗憾的初恋，还有我三个姨没遇到我姨夫们之前的恋爱故事。姥姥还问我W帅不帅，如果真喜欢，就跟W在一起，她给我做主。

当然，我自己心里边知道对W就是有一些懵懂的好奇，还有对他帅气脸庞犯的小花痴，谈不上什么喜欢不喜欢的，所以后来就没有再跟W有过任何联系。W托我同学给我写的信，我也是直接拒绝，一封不看。

后来，我这个学混子上了市重点高中。省重点32班的班草追我，给我送了一大盒巧克力，我背着我妈，偷偷拿给姥姥吃，小声跟姥姥说：“这是帅小伙买的。”然后看着姥姥戴着假牙小心地用后牙咬下一小块巧克力，慢慢让它在口腔里融化，偷笑着跟我眨眨眼：“这巧克力可真好吃啊。”

后来，我跟小班草不了了之，我就自己买巧克力给姥姥吃，我俩一边看韩剧、讨论剧情，一边吃着巧克力，姥姥还会跟我说：“这可没有帅小伙买的好吃啊！”我还生气，这明明是一个牌子的巧克力嘛！

后来，姥姥被查出了肺癌，没两个月就突然去世了，到现在已经离开我八年了。

再后来，我成年了，谈恋爱不用再背着我妈了。我遇到过各式各样的人，也收到过各式各样的礼物，却唯独没有高一那年，跟姥姥偷吃帅小伙送的巧克力时那样的让人难以忘怀。

洛奇狮摘自知乎网

图：豆薇

1. 答案：动物根据其各种特征，可以分为门、纲、目、科、属、种6个主要等级。

瞧这父子俩

@单 荨

剪了个短发

我的名字叫祝安。

祝先生是我的父亲，而祝公子祝宸是我的弟弟。

高考后，我破天荒地没有出去打短工，我把百分之三十的时间拿来写稿子，百分之五十的时间拿来看书看电视，剩下的百分之二十的时间竟然是在和祝公子的互相调侃中度过的。

我在小区楼下那间开了一年半仍然没有关门的发廊剪了短发，发廊小哥给我剪了一个他自认为很适合我的发型，还特别满意地夸我十万分可爱。

谁知道当我回到家出现在近视的祝老先生面前的时候，他以为我是我的同学，张口就招呼我坐下喝茶，还说祝安应该快回来了。我的脑子里瞬间冒出了三个问号。

“谢谢你，祝安，你总是能在生活里给我们带来无穷多的乐趣。”

我弟弟祝公子抓着我的手无比深情地说。等我反应过来的时候，祝公子已经笑得东倒西歪了，还冲我比起了剪刀手，“好样的，祝安，你这个发型我起码能笑两天。”

我立马哭丧着脸跟祝老先生抱怨：“为什么我会有这样的弟弟？长得又比我丑，还没有我善良。”

“是是是。不过，祝安啊，你这次的发型真的有点过火了，连为父都受到了惊吓。”说完，祝家父子又笑成了一团。

> 世界上的深情有很多种，但是我觉得，亲情算是最细水长流的一种吧。

一杯金橘百香果

学校门口的长街新开了一家装潢得很小清新的奶茶店，这里的菜单蛮有意思，我吃惊而感兴趣地从“海角七号”看到“不能说的秘密”再到“失恋三十三天”，甚至还发现了“花样年华”和“纵横四海”这样的饮品名字。

但是祝公子看了一眼菜单之后觉得一头雾水，于是干脆直截了当地对服务员小姐说：“请给我一杯金桔百香果，谢谢。”

我摇摇头，无视了祝公子的毫无情趣，让他自己先找个位子坐下，然后自己再兴致勃勃地又点了一杯“霸王别姬”和部分招牌小吃。

祝公子选了个靠窗的角落，我走过去在他对面坐下来，然后开始跟他说话：“你以后能不能浪漫一点，别那么直白啊，要不然会追不到女生的好吗？”

祝公子并不想和我探讨这个话题，随口敷衍地“哦”了一声。两秒钟后，我眯着眼睛朝他一个劲地坏笑，然后张口问道：“难不成你已经有喜欢的姑娘啦？”

“是啊。”祝公子的坦诚着实令我吃惊。

“什么样儿的？”我迫不及待地追问，还特意换了个位子坐到祝公子旁边，好让自己听得更加清楚明白一些。

“关你什么事儿？”祝公子微微挑眉，随即别扭地望向了车水马龙的落地窗外。

“嘻嘻。”我一副孺子可教的表情看着祝公子，然后心满意足地喝了一口深蓝色的饮品，冰凉的，超级酸。

那天晚上回到家里，我开始收拾北上的行李，可是因为心中诸多不舍所以心情越发沉重起来，甚至几度强忍快要落下的眼泪，祝先生一边煮晚饭一边像个妈妈似的叮嘱我带上这个和那个，然而眼尖的祝公子盘腿坐在沙发上，故意将电视机的音量调得很高，却又扯着嗓子大声地喊：“祝先生你别说了！祝安都要哭了！”

祝先生怔怔地朝我望过来，然后温柔地笑了。但是我哭了，而且在跑去洗手间大哭之前，我冲上前扯了一把祝公子的耳朵骂他混蛋。

几个生番薯

秋天里我在北方的城市收到了祝公子寄来的快递，这个十分接地气的快递里有猪肉脯、绿豆饼甚至还有青橄榄和几个番薯等等。我将它们作了个简单的归类，能即食的放桌上，还要再料理一番的放地上，随后我给祝公子发了个视频邀请。

“你给我寄了几个生番薯到底什么意思哦？”我开门见山。

“因为寄蒸熟的番薯会坏掉。”祝公子面无表情。

“……”

“祝先生想让你买个锅，自己动手，丰衣足食。”

“还是祝先生想得周到。”

“东西都是我买的好不好？快递也是我寄的。”

“所以呢？”

“夸我。”

“你什么时候变得这么矫情了？”

“祝先生，你女儿没夸我，周末海底捞走起。”祝公子才说完，祝先生就从他身后冒了出来，笑嘻嘻地解释说：“刚和祝宸打了个赌，我说你肯定会夸他几句的，要不然这周就请他吃大餐。”

“爸，我也要吃！”

“给你折现，成不成？”

“不要。下次再打赌，赢了的话就让祝公子端着一锅火锅来找我吧。”

在这个凉风四起的黄昏，我坐在新学校的寝室里看着祝先生和祝公子满屏幕的笑容，顿觉满满的暖意。世界上的深情有很多种，但是我觉得，亲情算是最细水长流的一种吧。

摘自《中学生博览》

图：点点

【编者的话】人类之间，有着连绵的情感：团结的朋友之情，义气的兄弟之情……但是，最深刻、最有凝聚力的，是亲、是爱、是亲情！亲情是世界上最伟大的力量，无论你怎样，家人始终在那里。新的一年，是期待与希望的开始、拼搏与进取的开端，春节里，在与家人的团聚中，愿我们都收获了满满的勇气与力量，新的一年继续出发吧！

理发师的手艺

@ 琢磨先生

一次出差路过南京，闲来无事，看到酒店旁边有个理发店，我心想头发也有点儿长了，就去理一下吧。

一进门，几个姑娘就大喊："欢迎光临！"

吓我一跳，定睛看去，清一色跟空姐一样制服的姑娘，个个脸上洋溢着热情的奸笑。

我说："我就理个发而已……"

一个姑娘说："您是要 180 元的、280 元的，还是 380 元的啊？"

我说："有什么区别吗？"

她说："180 元的是高级技师，280 元的是顶级技师，380 元的是技术总监。"

我说："你这等于没回答啊，手艺有什么区别啊？"

她说："180 元的很熟练，280 元的非常熟练，380 元的相当熟练。"

其实吧，这种差别定价策略真的很棒，手艺可能根本就是一样的，但是因为差别定价，你总不好意思选最便宜的，可能也比较少选最贵的，所以往往就是选中间的价格。180 元的放在这里，往往就一个目的，让你去选 280 元的。

2. 答案：据动物学家统计，目前地球上已知的动物大约有 150 万种。

于是我自认为很聪明地对那位姑娘说："我都这么大年纪了，180元的就行。"

她说："好嘞，您先洗个头。"

我刚躺在洗发台上，姑娘就开始说："您这个发质受损了啊。"

我说："那该怎么办呢？"

她说："要护理，得用纯天然植物洗发水。"

我说："哪里有卖呢？"

我刚说出来就后悔了。

她立刻就说："我们这里就有啊，有三种，80元的、180元的和280元的，您要哪种？一会儿我给您准备一瓶。"

我说："我想要免费的。"

她说："那您可以办张会员卡啊，长期来就可以免费了。"

我说："咱还能好好聊天吗？"

她笑着把我引到理发台前。这时过来一个特别时尚的理发师，戴着耳环，穿着破洞裤，说："先生您想理什么样的发型？"

我说："帅的。"

他说："好嘞，包在我身上。"

我望着镜子里的自己，幻想着无数种可能，理完了可能是李好，可能是吴彦祖，可能是谢霆锋，也可能是刘德华。

然后他就在我头上一通地摆弄，一会儿用夹子，一会儿用剪刀，一会儿用推子，各种折腾，足足用了一个多小时。理完我睁开眼见证奇迹的时刻，赫然看到一个王宝强。

我问他："你觉得帅吗？"

他说："帅！"

我说："我还以为你手艺不好，没想到是眼神不好。"

他说："帅哥，根据您的特点，这已经是最好的发型了。"

我说："你的意思是，出厂设置有问题，对吧？"

他说："接受现实，是一种积极的生活态度。您一定要对自己有个正确的认识。"

我又照了照镜子，对自己有了正确的认识：一个对发型永远都不满意的人，永远不承认自己的脸型不好。

刷完卡，走出理发店，觉得满大街的人都在议论我的发型，于是我就溜达进旁边一家眼镜店想买副墨镜。

服务员说："适合您脸型的有三款，1800元、2800元和3800元，您选哪一种？"

"呃……"

心香一瓣摘自《以幽默的方式过一生》

中信出版社

图：小黑孩

水果为什么要餐前吃？

@ 陈志宏

“老爸，我问您一个问题，您肯定答不上来。”女儿清嗓正音，煞有介事地说，“请听题，请问水果为什么要餐前吃？”

我脱口而出：“有利于消化啊！”

转念一想，也不尽然，有些水果还不能空腹吃呢，比如菠萝、山楂、橘子和柿子等。那女儿为什么说得那么肯定，水果要餐前吃呢？真是个无厘头的问题。

女儿抛出“水果问题”前后的那段时间，她迷上了下五子棋，每天都要找我下。这是一款再简单不过的棋类游戏，不论纵横还是斜杠，只要五子连成线就算赢。

二十几年前，我和同事都住在单身教工公寓，闲来无事，几个单身汉摆好棋盘，便开始下五子棋。那时我便知，只要对方三子连成线，不去拦截，就必输无疑。换句话说，若要赢棋，连成五子是目的，凑成三子是手段。必杀技是连成双三，对方拦截哪个都不好使；绝杀技是三四连，看到这样的连线，对手满心惶恐，只有举手投降的份儿。

女儿还小，没玩过什么棋，第一次玩五子棋，玩着玩着，竟为之着迷。这得益于我的主动避让，甚至指点她怎么布局连线，尤其是那一招制敌的三三式、三四式。

小孩子赢得起，输不起，若是满盘皆输，就离掀翻棋盘不远了，那就不好玩了，无趣得很。女儿更小的时候，输了还会哭鼻子，以示抗议，甚至骂骂咧咧，以泄怨愤。好在这些年的挫折教育初显成效，五子棋一败再败，女儿也不气馁，更没有以哭示威，反而有点儿越挫越勇、屡败屡战的意思。

毕竟不在一个档次，女儿的认知水平、逻辑推理能力都有待提高，所以，输也正常。女儿在输赢面前的态度，让我十分满意。

> 棋艺退居其次，赢输的关键，成了先后的较量。

人生在世有输有赢，输赢不定，是再平常不过的事了。只要努力过，奋斗过，结局并不是那么重要，享受过程的美，才是紧要之事。

短短数周，女儿棋艺大增，我已不是她的对手，一次玩五局，她赢三四局已是家常便饭，甚至，五比零的大比分战况，也比比皆是。压根不是承让，女儿落子，虎虎生威，其势之猛，其力之大，着实让人吃不消，不由得让我惊叹，她怎么一下子就这么厉害了呢？

我细细思量，问题出在剪刀石头布上面。一直以来，下五子棋女儿执白我执黑，以剪刀石头布定谁先行。我永远的剪刀，女儿不变的石头，结果是她先出子，每局的赢者，下一局自然先行。

发现这一秘密后，我变换手指，出布，抢占先机。果然，我率先五子成线，赢了！抢先一步，胜人一筹。原来，棋逢对手，棋艺退居其次，赢输的关键，成了先后的较量。

学术上，将之归结为“首因效应”。

为人处世，莫不是抢先一步，顺势而为。在机遇面前，抢先一步，步步为赢；在交际领域，先入为主，盘踞人心；在斗争方面，先发制人，一招毙命……

有一次，女儿又一个五比零完胜我，她得意地笑了，带着胜利者的傲娇，对我说：“老爸，您现在知道为什么水果要餐前吃了吗？”

我说：“不知道啊！”

女儿说：“餐后想吃，就没有水果了啊，因为，早被别人吃进肚子里啦。”

没毛病，好像是这么回事！

摘自《知识窗》　图：恒兰

吃蛤蟆

@ 爱玛胡

他是个货车司机，40 多岁的壮汉，平时没生过病。这天开车时突然胸闷、出汗、眼发黑，就来了。门诊查心电图有问题，不敢怠慢，收住院了。

急性心脏事件是临床医生最重视的，我立即吩咐住院医师复查心电图，查心脏损伤标志物等，给他上了治疗。

一会儿心电图回报："还好，心脏只是缺血，心电图无动态变化，没有发生心肌梗死。"再问他本人，答："感觉好多了，刚刚那样大概是饿了。"

他说，想出院。我出于慎重，还是劝他留院再观察观察。正在这时，检验科打电话来了："检查结果一塌糊涂，肝功能、肾功能、心脏指标都有问题。"

大家都很吃惊：什么疾病会导致这么多器官损伤？难道是肌肉溶解症？

再回过头去追问他，他才说，前两天开车时，路上突然蹿出来一

3. 答案：因为野生动物吃的通常是生的食物，一般不会有残渣。

辆自行车，他紧急刹车时胸口撞到了方向盘上。

外伤？撞得多重？怎么处理的？他才像刚刚想起来似的说，他吃了十几只野生蛤蟆。

问他为什么吃，他说是偏方，治疗外伤的。怎么吃呢？做熟了吗？他笑起来：“就活生生地吃，小蛤蟆，一口吞下去，不敢嚼，瘆人得很。”

不说别的，光蟾蜍素就是剧毒。凭医生几十年的职业判断，他这事儿大了。

“

不说别的，光蟾蜍素就是剧毒。凭医生几十年的职业判断，他这事儿大了。

这时，他家人也来了，老老小小一大群，一看他就是家里的顶梁柱。问起吃蛤蟆的事，他们很笃定：“不会有事的，本地人都是这样，偏方治大病，蛤蟆治外伤。”

向家属交代病情，提及有生命危险，一屋子老弱妇孺全掉了泪。唯一例外的是他儿子，20岁左右，一副学生气，明明青涩，此刻却独撑大局：先谢谢我们，请求我们尽力治疗，又转头安抚他的母亲、祖母、姐妹们。

该上的治疗都上了。第二天他便偏瘫昏迷，脑CT显示多处病变，性质不明。我们无能为力，将他转到了本地最好的医院。

过两天，心里惦记，我打电话给他儿子问病情。他儿子很镇定地先谢谢我关心，再告诉说：他父亲还在昏迷中，做了许多检查后得出结论是寄生虫病。

“什么寄生虫呢？”

“不是一种，是好几种，好几十条虫子。医生说……没得救了。”

说到最后一句，他语气颤抖起来。

说节哀还为时稍早，我只能说：“你要坚强些，以后家里就靠你了。”

他轻轻“嗯”了一声。

林冬冬摘自《病人看病医生看人》

当代中国出版社　图：点点

【小贴士】春节里，鱼、虾、肉、蛋、蔬菜、水果，各种各样的美食不在少数，你也没少吃吧？但哪些能吃？哪些不能吃？你分得清吗？正如文中提到的故事一样，吃之前，这些事情要注意：养生与偏方并非一回事，特别是偏方，用前先咨询。点击二维码，了解详细内容吧。

提到我妈，我只想“呵呵”

@ 王语彬

说她人如其名，我只有“呵呵”

提到我的妈妈，我很无语，如果非要我出个声，那我只有一句：“呵呵。”

我的妈妈叫陈思。大家千万不要说什么人如其名这样的话，以为叫“陈思”的人就时常思考，或者是一个沉静得安之若素的人。这些跟我的妈妈都毫不沾边。

我妈妈的一天是这样开始的。从早上六点半叫我起床开始，她便唠叨了，重复着自我上学五年来几乎每天要说的话：汤汤，起床去早读，马上，go go go。大声读出来，叫我听见哦……读完了？读完了赶紧到QQ群里背一遍……背完了？背完了刷牙洗脸，刷牙要超过两分钟啊，脸好好洗两把，你看你那眵目糊都还在眼角……

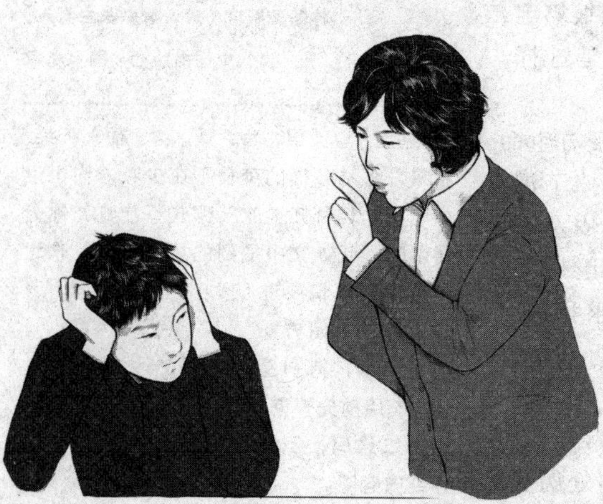

唠叨这些时，她正在厨房做早饭，一会儿跑我屋来看看，说两句，又去炒菜了……总之，就是事事唠叨，件件不落，直到我背上书包出门，她幼稚地装腔作势地来一句“宝贝再见喽”，才结束。

中午放学回到家，从

见到她开始，这个唠叨便从头再来……周而复始，从不改变，也从不改进。

说她苦口婆心，我只有“呵呵”

我的妈妈是个文学编辑，大概就是那种给别人改文章的人。所以，你们懂的，她看不上我写的任何作文，说我写的不是没有中心思想，就是语句不通；不是太幼稚，就是装成熟；不是没有好词好句，就是没用比喻、拟人、排比；不是开头不好，就是结尾太糟……“额”那个神呀。

总之，我写的作文在她眼里狗屁不如。

有几次老师选了我的作文去参赛，她竟给老师发微信说了一堆我作文的毛病，最后建议老师不要拿出去，因为没戏。

但她又从来不指导我写作文，也不给我改，只在检查作业时这个那个有的没的指一堆毛病出来。

我妈妈似乎很自豪自己是个编辑，有时会不动声色地炫耀自己编了什么作家的文章，出了什么作家的书。

但有时她在苦口婆心地教导我时，会没头没脑地忽然来那么一句无厘头的话：“少壮不努力，长大当编辑。”我晕，究竟当编辑好还是不好？她究竟是自豪还是自卑？天知道。我怀疑她就是为了在我面前显得头头是道而堆砌句子。

说她头头是道，我只有“呵呵”

我的妈妈有种本事，就是极尽旁敲侧击、含沙射影之能事地对我进行各种各样各个方面的人身攻击。她不说我一个不好的字，但说的每一个字都像剑一样直指我心。

比如，一家人好容易抽空看个电视，她装作和爸爸聊天的样子说：“你看这个谁谁谁，人家现在这么优秀，你觉得他是整天在家看电视就变得这么优秀的吗？优秀的人不看电视，人家在电视里让别人看……”我“勒”个妈呀。你们想想吧，我还能看成电视吗？

在这方面，她的道理是一堆一堆的，而且正着反着倒着，都是她有理。

什么吃青菜会漂亮咯，吃萝卜对皮肤好咯，练琴最少一坐两个小时咯，运动有助长高咯，练习书法有助凝气聚神咯……都是她的道理。

而且每一个道理她张口就能举出一堆例子，让我一时半会儿都想不出反驳她的理由。我暗下决心，一定多多看书，多了解各方面的知识，总有一天我会让她张口结舌，无话可说。

说她童心未泯，我只有“呵呵”

其实我的妈妈有时挺幼稚的。

今年七月份时，她捡了一只小猫咪，为图省事给它取名小七。

小猫咪一天天长大，在家里跳来跳去，她每天都要感叹一番，简直是一日三叹，说：“唉，我要是有小七那样敏捷就好了。”有时她跟小七互相凝视，喃喃自语：“小七，咱俩换一天吧？你当我，我当你。”

切，我对此嗤之以鼻，简直是痴人说梦，异想天开嘛。

还记得我上幼儿园时，当时已经五岁多，她跟我在楼顶天台上玩，我扶着栏杆向上攀爬，其实我也不会爬多高，谁不知道那样危险啊。

她阻止我说：“汤汤，别爬，小心蜘蛛侠给你抓走啊。”我“勒”个妈呀，蜘蛛侠是虚构的好吗？再说蜘蛛侠是正面人物，专门帮助救人的好吗？

有时候，她很过分地骂了我后，会自责，事后向我赔礼道歉，然后还会装作有意无意的样子问我：“汤汤，你恨妈妈吗？”

我看她真情流露，便实话实说：“当时恨，过去便不恨了。”

她大吃一惊，随后肩膀垂下来，声音变得小心翼翼：“你真的恨我吗？”

看她那大惊小怪、诚惶诚恐的样子，我只好安慰她：“当时你吵得那么凶，有时还揍我两下，难道那会儿你让我爱你吗？我知道，你都是为我好，我就那么不喜欢你一下，有什么奇怪的。”

> “世界上永远会有“妈妈”这个物种，仅此一点，这个物种应该是值得我们这些妈妈的小孩怜惜的。

她听了这话，想了想，才算放心。

我不想在最后说一句“虽然我的妈妈怎样怎样，但我还是爱她怎样怎样”这样的话，毕竟，世界上永远会有“妈妈”这个物种，仅此一点，这个物种应该是值得我们这些妈妈的小孩怜惜的。

不要问我为什么会在这里用怜惜这个词，我也不十分清楚。这是我刚学到的一个词，只可意会，不可言传。

摘自《中国校园文学》

图：小柯

4. 答案：胎生动物和卵生动物等。

魔鬼演讲课

@ 彭冬儿

演讲课上，我是班上唯一的中国学生。

教师克莱尔是个瘦小精干的女人，长着一对鹰一样的眼睛。米黄色短发贴着脑袋一丝不苟地立着，细黑框眼镜架在坚挺的鼻梁上，永远穿着一套浅灰色西装，配宝蓝色袖扣。她是位退休律师，但派头十足。

“上我这门课保证作业多、压力大，现在退课还来得及！”她上来就抛出直截了当的开场白。原本看到一屋子美国人，想到要和他们一起上演讲课，我的手心早就开始冒汗。但听了她的话，我反倒有不得不留下的理由了。事后想想，“逞英雄”是我很大的弱点。

周三早上，我往教室走，看到克莱尔站在走廊尾端。“早上好，Winter！这节课分几个房间上，你左转进第二个房间。”我预感自己正走入一个巨大的阴谋，心一紧，连呼吸都急促起来。

房间里只有一盏小灯和一张窄窄的桌子，座位上的五个人不安地搓着手，颇像“二战”时期被关在暗房里试图破译德军密码的情报员。

忽然身后传来响亮的说话声：“请打开座位下面的黑色文件夹，里面是你们今天要完成的任务。”克莱尔冷峻的声音从嵌在墙里的音箱中传来，我紧张地抖了一下。

打开文件夹，上面写着：“洛杉矶市水源受到污染，你将以市长的身份召开一个新闻发布会。”既有角色扮演，还要用英语即兴演讲，我紧张得左腿有些发麻。

第一个上去的美国同学平时总是“叽叽喳喳”说个没完，这会儿也慌张得呛住了，只顾得上说：“呃……呃……很抱歉，我们会尽快调查。”看他说得磕磕巴巴，我好胜的天性又爆发了，站起来走上前去，虽然脑子里仍一片空白。站定三十秒，忽然来了灵感，我煽情地说：“各位媒体朋友，很抱歉发生这样的事。但请大家相信，现在洛杉矶市民的饮用水是安全的，我每天也和大家饮用同样的水。市民的福祉永远是第一位的！媒体朋友若还有疑虑，尽可发问，我会一一解答……”我把问题抛出去，也早就料到下面坐着的同学耷拉着的脑袋都快撞到地面了，不会问出什么别出心裁的问题。这样一来一回，五分钟的演讲也就成形了。

隔周公布成绩，我的“情景演讲”拿了A。评语是：“靠机智而非技巧取胜！”说得十分中肯，我发现克莱尔竟有些幽默感。

接下来的几周是谈判技巧演讲。三个人一组，就一个商业提案进行谈判，互相打分。

因为提前准备过，讲述部分倒不令人惊慌，但每天下午四点克莱尔都会准时放出一篇有关“演讲与口才”的论文题目，让我整整痛苦了三周，我的睡眠时间也压缩到每天不足四个钟头。那阵子，我永远像踩着棉花团走路，浑身软绵绵的，只能勉强保持存活。

好不容易熬到倒数第二节课，大纲上写着“总结”。克莱尔给出简短陈词后，话锋一转：“现在让我们展示一下自己一学期的训练成果。每个人从门口的盒子里抽一张纸条，作即兴演讲。大家不用紧张，这次演讲不评分！”

“Winter，你先来。”克莱尔的眼睛直勾勾地盯着我。

我忽然觉得头像要炸开一样，手开始不由自主地抖，心跳也不规律起来。我僵硬地走到门口，手伸到盒子里摸了一张纸条，上面写着：“你是美国总统，要向国会提交医疗改革法案。”

我的额头上开始冒冷汗，一边走，一边用剩下的几秒钟在脑子里迅速组织演讲架构，但只零星地冒出一些短语。“早上好,议员们！”我猛吸一口气，毫无意识地吐出这句话，接着教室天花板忽然旋转起来，眼前一片黑暗。后来发生什么我都不记得了，只隐隐听到有人叫我的名字。

醒来的时候，我脸上套着氧气罩，躺在救护车里，身边围着学校紧急救护组的人。大家看我醒了，赶紧帮我量体温，又关切地问我哪里不舒服。一通检查之后，结论是：严重缺乏睡眠。

两天后，我坚持去上了克莱尔的最后一堂课。一进教室，她就迎上来，眼神温和，语气却依旧冷静：“没事吧？”“没事，睡少了。”我不想露出柔弱的样子。

“Winter，你好像还欠我们一样东西。”我刚坐定，克莱尔就点了我的名。她怎么还好意思逼我做完这件事？我憋了一肚子气走上讲台，故意把嘴咧得大大的，给了她一个挑衅的微笑。生气时脑子反而特别有逻辑，我心也不慌了，逗趣道：“总统大病初愈，提案继续……”同学们都笑了。

> “
> 有些路走的时候确实觉得累，可回头看看，每个脚印都是为走得更远而踏。

五分钟的演讲被我塞得满满当当，一个磕巴也没打。克莱尔淡淡一笑，带头鼓起了掌。我很诧异，同时又为自己终于完成任务而暗暗感到自豪。

学期结束时，我收到了克莱尔的邮件，里面写着：“Winter，我知道作为一个国际学生来上我的课是很难的一件事，你做得很好！”我这才知道她一路都在看着我。

时隔这些年，每每有人惊异于我英文纯正，我都会想起那年的魔鬼式演讲课和克莱尔冷峻的面孔。有些路走的时候确实觉得累，可回头看看，每个脚印都是为走得更远而踏。

珠珠摘自《课外阅读》

图：黄煜博

目标

@漫画条子光

5. 答案：没有腿的动物，大部分为鱼类和部分软体动物，蛇也没有腿。

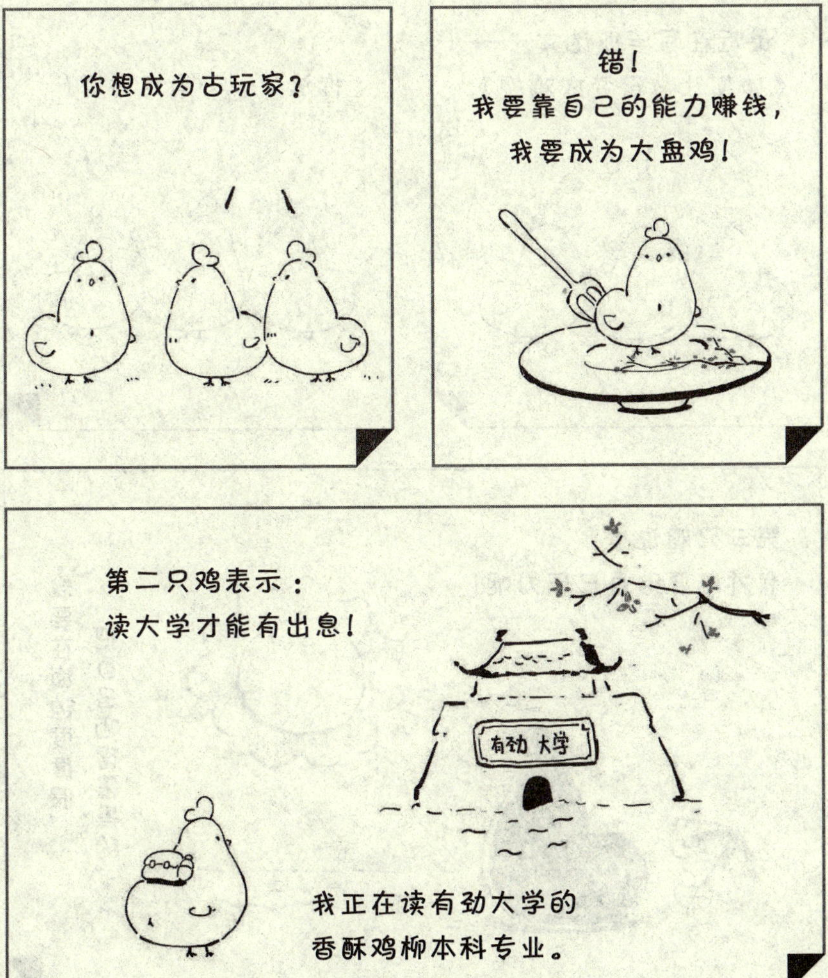
你想成为古玩家？
错！
我要靠自己的能力赚钱，
我要成为大盘鸡！
第二只鸡表示：
读大学才能有出息！
有劲大学
我正在读有劲大学的
香酥鸡柳本科专业。

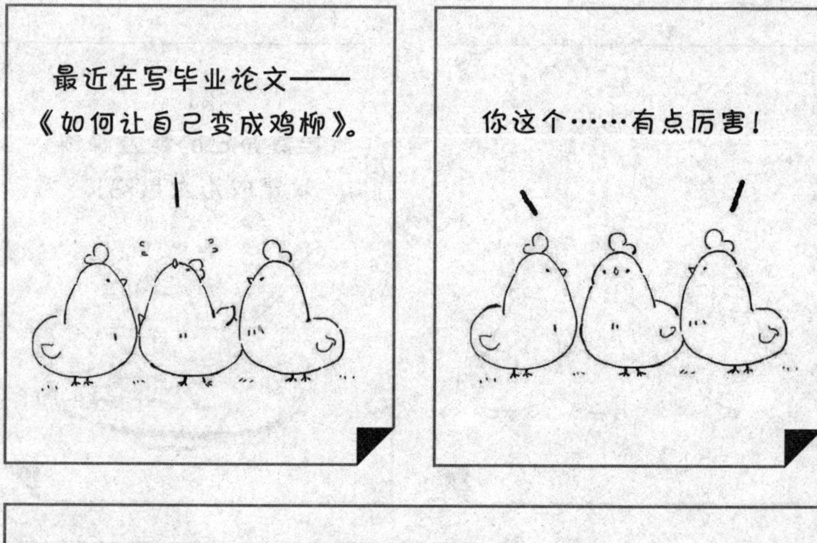
最近在写毕业论文——
《如何让自己变成鸡柳》。
你这个……有点厉害！
第三只鸡说：
我才不要给自己压力呢！
我要在海边度度假，
把自己晒得黑黑的。

平平常常摘自新浪微博漫画条子光

绝妙文案

@彭冬儿

两人出生在同一个小镇上，是高中同届不同班的同学。高二那年的校运会，女孩正好站在终点附近。

男孩说他没想到能拿名次，就想着这个女生真好看。后来，个性阳光的他，写了小纸条递给女孩。女孩是个听话的孩子，妈妈说过“不能早恋”，她拒绝了男孩。

高三结束，两人再无联络。

读书、毕业、创业，七年过去了，两个颜值都颇高的男女，再见面时，竟然都没有意中人。

在家乡小镇的电影院，男孩附在女孩耳边说：“我还是想把你追回来。”石破天惊。

过完年，男孩回深圳，女孩回嘉兴上班，开始了长达两年的异地恋。十次见面，值得历数。

夏天，第一次见面，男孩来嘉兴。秋天，第二次见面，女孩坐11个小时的动车去了深圳。圣诞节，第三次见面，女孩去深圳陪男孩过节。一年过去了。

第四次见面，又是过年，女孩去了男孩家，男孩的家人非常亲切，把她当成了自家人。第五次见面，端午节小长假，女孩拎着粽子坐飞机去深圳，有了小夫妻的感觉。

第六次见面，浪漫九月。他们一起飞到马来西亚，在沙巴的沙滩上留下了爱的足印。

第七次见面哪都没去，就像过日子一样待在家里。第八次见面，又一个春节长假，男孩进了女孩家门。在父母见证下，订了婚。

第九次见面是五月的上海，商量结婚的事情。第十次见面在两个月以后，领证。这天是女孩生日。男孩关了深圳的餐馆，开到了嘉兴。

我恍然大悟，唯一一幅配图的背景是，餐馆；小夫妻俩戴的是，厨师帽。我才明白这是一则广告。

不能不说这是一篇绝妙文案，通篇不提店里的菜肴，但让人看到了坚持、信任、爱。有了这些，还有什么做不好的呢？

刘振摘自《今晚报》

6. 答案：陆龟、大熊猫、扬子鳄、华南虎、黑颈鹤、金丝猴、藏羚羊等。

交学费的人生

@熊秉元

从武汉搭机回杭州，落地后上出租车。

司机是个 40 岁左右的人，很健谈。问他搭车的客人里，什么人比较难伺候？他说："当然是女人，而且越年轻越麻烦。"

谈到搭车，我描述了一个在台湾听来的故事：一个年轻女子要包车，讲好由台北到高雄办事，当天来回，车资新台币 9000 元（人民币约 1800 元）。折腾了一整天，深夜回到台北，车子停在一个公寓大厦门口，女子说要上楼去拿钱，就此一去不复还。年轻的司机身心俱疲，回家被太太数落，在床上足足躺了三天。讲完，我补了一句："他交了 9000 块的学费。"

他放声大笑，似乎觉得"交学费"这种说法很新鲜。谈到搭车不付钱的经历，他兴致来了。"几年前，有三个年轻人搭我的车，路程很短，只有 15 元。到了之后，三人说：'老子坐车从来不付钱，坐你的车是给你面子。'我把车子往路边一停，随手抄起一个长长的铁扳手，下车就把那个带头的人往死里打，打得他满头满脸是血。第二个拿木棍朝我打，我扬起左手去挡，手上骨头全碎了。我也朝他的膝盖用力一挥，他立刻倒地哀号。第三个看了，吓得在旁边发抖。”

他给我看，左手内侧的疤痕大概有 20 厘米长。“装了铁片，因为骨头都碎了。公安和车队的领导都来了，问明原因，也没有怪我。后来，双方各自疗伤，彼此不追究。我在家里整整休养了一年，花了三万元医疗费。”

我问他：“如果重新来过，会不会有不同的做法？”他斩钉截铁地说：“会。事情发生之后，立刻就觉得不好了。如果再来一次，15 元不给就算了。那件事情之后，我再也没有和人发生过冲突。”

这个学费交得很贵，学到的课程显然也更珍贵。

他谈兴渐浓，话匣子又开：“我们车队的队长，人很魁梧，个子很高，一米八以上。有一天载了一对母子，儿子瘦瘦的，50 来岁，坐前座，老太太在后座。大概是乡下来的，老太太似乎不太懂得如何操作车门车窗，有点笨手笨脚。队长咕哝了几句，儿子轻声表示歉意：‘老人家从乡下来，不懂。’到了之后，老太太下车动作慢，忘东忘西的。队长下车，指着她唠叨。儿子下车后，没说话，用指头往车玻璃上轻轻一点，厚厚的钢化玻璃立刻凹下了一个洞，碎裂了；他又往队长的胸前轻轻一碰，队长的肋骨断了四根。然后瘦男子掏出一沓钱，一千多块，塞给队长，请他多包涵。从此，队长像变了个人似的，对别人再也不颐指气使，好得不得了。队上所有的人都看得清清楚楚。”

我问他，当时他在家里养伤，父母怎么说，有没有怪他、劝他。他说：“我从小就没有父母，穷人家的孩子。所以在成长过程中，一路上靠打架保护自己。现在，我把儿子送到少林寺武术学校，一年学费就要三万多。”

不经一事，不长一智。当然，这是后见之明的说法。

无论如何，由自己交学费的经验里或多或少可以得到一些启示；至于由别人交学费的故事里能不能得到一些启示，显然是另一个问题了。

摘自《经济学家茶座》

图：豆薇

扫描二维码，
了解更多
关于出租车的故事！

按揭一生的爱

@苏梦得

一

叶子来我家时，我已经很大了。我很大是指我已经会做饭洗衣服了。

叶子一直不说话，只睁着大大的眼睛，警惕地看着一切。我使出我的独门绝技——金鸡独立来，我“独立”了半个小时，还不断地做鬼脸，她终于笑了，清晰地说：“哥，我饿了。”这是叶子第一次叫我“哥”。那年我11岁，叶子4岁。

我背着叶子出去玩，总是被人指指点点。叶子不知道他们在指什么，她总是在我颠颠跑着时，伏在我的背上沉沉睡去，有时，还流口水。

我知道他们在嘀咕什么。叶子的父母因贩毒被判了死刑，而这是我父亲侦破的最大一起案子。他为此立了功。可他越立功，母亲越要离开他，母亲说：“我再也不过这样担惊受怕的日子了！”

母亲再婚的消息传来时，正是中秋的夜晚，一轮圆月挂在天边，遥远而冷寂。父亲喝了很多酒，哭了。我不知道说什么好，我从没见过父亲哭，而且那样无助和伤心。一只小手伸过来，轻轻地抚摩父亲粗糙的脸，叶子说："大爸，不哭。"父亲抱过她，用手抹了把泪，说："不哭，大爸还有叶子和小林呢。"

叶子一直喊父亲"大爸"。父亲说，那天，当他们冲进叶震天家里时，叶子正蜷缩在角落里，她已经一整天没吃东西了。他们搜集了证据后撤退，谁都没注意到这么一个小东西正无声无息地跟在他们身后，她紧紧地抓住父亲的衣服，仰着头看着高大的父亲，一句话也不说。"像只倔强的小猫。那眼神让人心里真不落忍。"父亲说。

父亲带了叶子回家。母亲走后，家里一直很沉寂，而叶子来了，才开始有了喧闹的声音，父亲说"又有了人气"。每次听到她脆生生的"哥，我回来啦""大爸，我回来啦"时，我就会从面前的一堆旧电器中抬起头，笑意瞬时笼罩了脸。

二

叶子出落成大姑娘，走到哪里都吸引人的目光。和她一起上街，她还是和从前一样紧紧挽住我的胳膊，于是，所有人的目光就都落在了我身上。我轻轻挪开她的手说："叶子，别这样。"叶子不解地说："这有什么？以前你还背我呢。"我说："那时你小，现在你长大了。"叶子怔怔地看着我，忽然恨恨地说："我知道你为什么这样，因为含香！"

我想摇头却点头了。含香是邻居大妈为我介绍的对象。我已经23岁了。大家都说，该谈恋爱了。含香在一家商场卖文具，见第一面，我就答应了。大妈说，含香人很好，只是家境不好，父母在农村，说闺女结婚，姑爷得出钱给家里盖房子，我又毫不犹豫地答应了。这几年修理电器也攒了一些钱，除了预留给叶子上大学的费用外，我可以把剩下的给含香。

叶子看着我，眼睛里突然盈满泪水，头也不回地跑了。

三

那一年，事情格外多。先是喜事。叶子考上北京的一所名牌大学了。晚饭时，喜气洋洋的父亲突然对我说："你也该和含香结婚了。"叶子把碗一放，说："我去同学家玩。"

很晚了，叶子还没回来，我不放心，到路口等她。等了一个多小时，看到叶子时，她正惊恐地奔跑着，后面跟着两个男人，他们叫着："美女，别跑了，跟哥玩玩！"怒火一下子从我胸中喷薄而出，我抓起一块砖头冲过去，不管不顾地奋力厮打着，我听到叶子在尖叫，我

7. 答案：冷血动物在生物学上的名称为变温动物。

却渐渐体力不支，我被那两个人按在地上，拳头落在我的胸口，我反抗着，挣扎着……一声低沉的怒喝：“谁敢在老子门口撒野？”

是父亲！他高大的身躯铁塔般伫立在夜色里。那两个家伙拔腿就跑。

叶子把我扶起来，父亲轻轻地说：“回家吧。”一分钟前那铿锵的气概已无影无踪，高大的身板竟然已经有些佝偻了，月光下，白发格外刺人的眼，他老了。

叶子洗漱后睡去，父亲在院里坐下，对我说：“喝两盅吧。”我点头，父亲叹口气说：“我知道你心里放不下叶子。可是，孩子，叶子上的是名牌大学，迟早要飞出去……”父亲的眼睛开始浑浊。我把杯里的酒一饮而尽，说：“爸，别说了！我知道，从小就知道。”父亲握着我的手“呜呜”地哭了，像个孩子。

叶子4岁时，曾问我：“哥，为什么你的腿不一样长？”那时，我总爽快地告诉她：“因为这样才能练金鸡独立的功夫给你看啊。”叶子说：“为什么你走路一颠一颠的？”我说：“因为这样你在我背上才容易睡着啊。”

> “
>
> 钱，总是按揭得完。可是，哥，大爸，我欠你们的情，按揭一生都不够呢。
>
> 傻丫头，感情真要有按揭的话，一生就够了。

四

叶子上大学后，我就结婚了。含香还好，只是她的父母像填不满的无底洞：“你一个瘸子，要不是城里人，我们会把含香这样水灵灵的大姑娘嫁给你吗？”久而久之，含香也开始不满了。她说：“你为什么对叶子这么好？不就是个死刑犯的女儿！”我“啪”地打了含香一个耳光。

这一个耳光彻底打跑了她。我把一切都瞒着，我对叶子说，我们很好，勿念。

叶子顺利毕业了，进了南方一家著名的大公司，可我知道她的理想其实是当老师，过平淡从容的生活。我问她为什么要这样选择，她在电话里沉沉地说：“因为我需要钱，很多很多钱。”我急了，说：“你要那么多钱干什么？”她说：“因为我要治好你的腿！你和大爸以为我什么都不知道吗？你们错了。我什么都知道。为什么我的父母是那样的人？为什么他们要作这样的孽？”她的嗓音越来越嘶哑，最后，她说，“为什么你会选择含香而不是我？我知道，那是因为我不配你。”我愣住了。

我捶着自己的腿，我没有告诉叶子，我已经和含香离婚了。现在我和父亲还有我10个月大的儿子小龙生活在一起。

五

叶子拼命地工作挣钱，很快就按揭了一套房子。叶子说：“很大的房子呢！交楼后我就把你们都接过来。”

叶子“咯咯”笑着，她的声音从电话里传出来，小龙突然喊：“妈妈！”那以后，一听到电话里叶子的声音他都这样喊。我的心隐隐作痛，不过，我没制止小龙。他像我小时候一样渴望着母亲的一切。

春节时，叶子回来了，比以前更漂亮了。她抱起小龙亲个不停，说：“喊姑姑。”小龙却喊：“妈妈、妈妈。”叶子愣住，脸红了，我讷讷地说：“小孩子刚学会说话，妈妈又不在，你别在意啊。”

叶子放下小龙，直直地盯着我，像要看到我的心底，发火道：“你凭什么不要我？小龙都知道喊我妈妈！你看他和我多亲！”她握起拳头，不住地捶打着我。父亲看见了，叹口气：“唉，谁知道老天是这么个安排呢。”

叶子用胳膊圈住父亲，头紧紧挨住父亲的头，说：“大爸，走，过完春节咱就走，都到南方去。而且我已经给哥找了个门面呢。有手艺到哪儿都一样挣钱！”

父亲呵呵笑着：“南方的房子都是天价呢。住在那样的房子里我怕都不敢下脚呢，踩在地板上不就跟踩在钱上一样吗？”

我问：“按揭买房子要还很多年吧？”叶子将一只手抽出来，握住我的手，说：“钱，总是按揭得完。可是，哥、大爸，我欠你们的情，按揭一生都不够呢。”我还来不及说话，叶子又很快说，“所以，我们下辈子还要在一起。下下辈子，还要在一起，行不行，哥？”我握住叶子的手说：“傻丫头，感情真要有按揭的话，一生就够了。”我笑着看她，没有告诉她，我这按揭的一生，从11岁就开始了，叶子的话却在我耳畔轻轻响起：“哥，我的这一生，从4岁就开始按揭了。”

古耷摘自《哲思》

图：小柯

为倪匡买保险

@梁凤仪

三年多前，倪匡答应让我们出版社出版他的小说，既惊且喜：喜当然是皇牌压阵，让我跷起二郎腿名利双收；惊却真是如假包换的，因为每年七位数字的支票恭恭敬敬地奉上之后，万一有什么意外，岂非因加得减。

那倪匡又是个老顽童，百无忌惮，爱开玩笑，一拿过我的支票，就吓我说：“如果我有什么‘冬瓜豆腐’，肯定哭得最凄凉的女人是梁凤仪，因为稿费已付，稿件未交，哈哈！”

被他吓了一两次，也觉得非想办法对付不可。碰巧挚友是一家规模极大的保险公司董事，于是援引他的关系，为倪匡安排了一项特别的专业保险，以防有意外发生。

负责这家保险公司广告的人还兴致勃勃地跟我商量说：“倪匡名气大，如果可以拿你们出版社为大作家买重保险的消息发放出去，宣传效果极大。”外国艳星Pier Angeli当年为美腿买保险，就轰动全美。

当时我不大有把握倪匡是否会答应做购保宣传，其实连他这位大作家肯不肯受保也不知道，因为非要他本人签字验身不可。姑且一试吧！

谁知倪匡一听，保险公司愿意承受保额高达一千万元时，觉得好玩，便一口答应下来，乖乖地穿着整齐，在我们公司的高级经理陪同下，前往接受医生检查。

医生问他有什么嗜好，他答：“饮XO白兰地。”

医生问他每天饮多少，他答：“现在我这年纪的酒量已大不如前，饮得很少了。”

医生欣悦地再问究竟饮多少，倪匡答：“每日很难超过两瓶。”

差点儿把那医生吓死，慌忙填了报告给保险公司，推荐语写得极为简单：“此乃危险程度极高的一桩投保生意，建议万万不可接受。”

真是为之气结。生意当然不能不做，分明看到读者口袋里红红绿绿的钞票，却拿不到手，心有不甘。于是再叫挚友说项，宁愿少买，将保额减至一百万元，谁知他严词拒绝，说：“你的生意是生意，人家的生意也是生意，怎么能把生意风险硬转嫁到他人头上去。要么，我私人承受这单保险算了。”这就无法做宣传了。

替倪匡买意外保险还有一个小插曲。当日我们本着“自私自利”的心情，为买保险一事奔跑，想想也有点过意不去，于是在填写保险申请表格一项，受益人大字写明出版社后，再问倪匡要不要加上家人名字：“写不写倪震、倪穗？”

倪匡立即说：“写倪太，没有倪太，哪儿来倪震与倪穗。”

> “上了年纪的人，洞明世故人情，知道陪伴自己走过漫漫人生路，不会轻易背叛自己者，唯有身边的老伴。

这儿静静地告诉你，城内有半数的富豪都像倪匡，人寿保险与产业全数写给太座。

为什么？

我猜测最大的理由是上了年纪的人，洞明世故人情，知道陪伴自己走过漫漫人生路，不会轻易背叛自己者，唯有身边的老伴。再者，钱交到老妻手上去，她自然会转交子女，肥水肯定不会流过别人田，何必自行操心分多分少的问题。

聪明之至！

话说替倪匡买不成保险，只好硬着头皮向他陈述结果。我是苦口苦脸，忧心如焚；倪匡呢，抱着那瓶XO，哈哈大笑，更饮得不亦乐乎，毫无悔改之意。

此人真是倪匡！

江一城摘自《明天会更好》中国文联出版社

图：恒兰

8. 答案：除了哺乳类和鸟类动物，地球上的动物大部分都是冷血动物。

杨宇霆买炮

@ 李楚楚

沙俄驻奉天商会会长贝加尔，蓝眼睛、红胡子，六十多岁的年纪，要多狡猾有多狡猾。

他对东北军副检阅使杨宇霆的买炮要求一口答应，而一说价钱，把杨宇霆吓了一跳，一门最新式的斯托克斯式迫击炮，竟要三千块鹰洋，这不是明抢吗？

杨宇霆闷着一肚子气，回到大帅府，张作霖脑袋一晃说："我只给你一万块鹰洋，剩下的钱，你自己想办法吧。"

大帅有命，买炮这件事办不成，他这个东北军的副检阅使，可就白当了。

杨宇霆退出大帅府，拿着一万块鹰洋当定金，通知贝加尔，装船运炮。

二十天过去了，沙俄的"白令海"号火轮船在金州湾靠岸，二十门最新式的迫击炮装上马车，向奉天城运过来。

杨宇霆手里没有五万鹰洋的货款，愁得在院子里踱步，隐约听到检阅使府的东墙外，有人鼓掌叫好，好像有人正在打把式撂摊卖艺。

杨宇霆领着几个卫兵出府，卫兵正要赶走那对卖艺的父子，杨宇霆一摆手，道："慢。"

只见卖艺的父子，正在给大家练打弹弓。红脸的中年汉子，报号神弓刘；陪他练弹弓的孩子，名叫小石头。

神弓刘一抱拳，嚷道："今天初来贵宝地，先给大家来个绝活——凤凰换巢。"

小石头斜着身子，闭上左眼，把一个泥球放在紧闭的眼皮上，神弓刘不仅要用弹弓把这枚泥丸打碎，而且还要叫自己射出的泥丸，最后停在小石头的眼皮上。

杨宇霆屏住呼吸。神弓刘瞄了半天，"嗖"的一弹打出，只听小石头一声惨叫，捂着眼睛的手指缝中，鲜血直流。

人群中发出一片惊叫声，小石头倒在地上，痛得翻滚，神弓刘哭得呼天抢地，只好端起一面铜锣，叫大家帮忙筹钱，好给小石头治眼睛。

神弓刘转了几个圈子，铜锣里堆满了纸钞和铜子儿，有热心的人告诉神弓刘医院的位置。

神弓刘背起小石头，千恩万谢地走了。

杨宇霆带着两个马弁，跟在身后。

神弓刘父子转了七八条街，小石头从神弓刘的身上跳下来，跑到街边的一个水坑边，洗眼皮上的假血渍。

杨宇霆张嘴骂道："你小子玩假的，玩得还挺高明。"

神弓刘吓得跪地磕头，连连发誓，说下回再也不敢在奉天城中骗人了。

杨宇霆说："你小子不是想骗钱吗？那就把耳朵拿过来，本大帅再教你一招骗大钱的好方法。"

神弓刘迟疑着把耳朵贴到杨宇霆的嘴边，还没等杨宇霆把话说完，神弓刘就吓得一屁股坐到地上。

第二天，贝加尔亲自押着马车，领着十多个沙俄皇家卫队的炮手，来到大帅府门口。

杨宇霆说："都说沙俄的迫击炮厉害，交货之前，得先验验炮，真要是草鸡，大家还得说道说道。"

贝加尔呵呵大笑："尊敬的副检阅使阁下，我们俄国的火炮之所以不打折，是因为它的火力是世界上最强大的，您要验炮，请给我们伟大的皇家炮兵指个目标吧。"

二十门迫击炮一溜儿排在大帅府后院的荷花池边，杨宇霆选的目标是三里外一道待拆的老城墙，贝加尔问明城墙的方位角度，叫炮兵们调好了标尺，然后用俄语大叫一声——开始，二十门迫击炮齐鸣，“轰”的一声巨响，直震得荷花池水起了三尺波澜，脚下的青砖地直忽闪。

再看那段破城墙上，硝烟弥漫，沙石横飞，炮弹炸出的巨响，竟比打雷还要吓人。

杨宇霆一拍脑袋，大叫：“大帅啊，不好了，我记得离那段城墙三百米外是一个菜市场。”

张作霖望见那段老城墙已经倒塌一大半，急忙派卫兵去城根菜市场查看。

还没等卫兵出府，就听大帅府门外响起一片连哭带嚷的人声，大帅府门口来了两百名被吓得面无人色的百姓，他们有的拿着踩烂的瓜果梨桃，有的抱着被砸死的母鸡猪崽，有一百多名老百姓受了伤，满身上下都是鲜血，还有十几个人躺在门板上，双目紧闭，他们已经被乱飞的炮弹皮给崩死了。

杨宇霆一见试炮闯了这么大的祸，眼珠一转，指着贝加尔的鼻子叫道：“这批迫击炮，我只交了定金，没交够全款，说明大炮还不是东北军的。你炮弹打偏，炸死炸伤老百姓，跟我没任何关系。”他也不听贝加尔的招呼，拉着张作霖，便要溜回帅府。

那帮老百姓叫着冲上来，挥拳就要痛揍贝加尔。贝加尔一把抓住杨宇霆，连叫救命。

杨宇霆假装没办法，挥舞着双手，挡在贝加尔的面前，死说活说，直到贝加尔答应赔偿损失，这帮老百姓才不闹了。

杨宇霆取出从钱庄借来的五万块白花花的鹰洋，说他替贝加尔赔闹事百姓三万五，才算把这帮深受“炮害”的难民打发走。

贝加尔就像霜打的茄子，用马车拉着剩下的一万五千块大洋，蔫蔫地回到俄商会馆。

杨宇霆把“赚”来的三万五千块大洋，抬到大帅府的后厅，张作霖高兴得直拍巴掌，重赏领头闹事的神弓刘。张作霖看着荷花池边上那溜迫击炮，乐得嘴都咧到耳朵上了。

他对杨宇霆直竖大拇指，叫道：“两万五千块大洋，买了二十门迫击炮，简直就是白捡来的大便宜！”

常鑫摘自《民国碎片之军阀篇》

贵州教育出版社

图：小栗子

还记得那个穿着浮夸的西服，总是比着经典的"6+1"手势喊出"我们下期再见"的主持人吗？斯人已逝，芳香仍在。"2·14"情人节又到，谨以此文预祝大家情人节快乐，幸福永远！只要我们心中有爱，每一个平淡的日子也都是幸福的。

老婆就像塑料花，永不凋谢

@李　咏

1988年的元旦，我买了两张票，请哈文看演出，她还真来了。站在一片核桃林旁边，我说："哈文，我是个很认真的人，你别老羁押着我。我就看你挺好的，就愿意你当我女朋友。凭我这条件，你吃亏吗？要么你现在就宣判我死刑，我就再没这念想了，天涯何处无芳草；要么你就……"

本来我是打好腹稿的，说着说着就即兴发挥了，最后一弯腰，从地上拔起一朵野花，"你要是同意，就把这花接过去，不同意就别动。说吧，就这么点事儿，简单！"

闷了好一阵儿，她都没说话。最后，她一伸手，把花拿走了。

一朵野花，就这么改变了李咏的一生。

1989年春节，我这个丑女婿上门去啦。哈文提前透了口风给我，她爸是个大孝子，搞定她爸，首先要搞定奶奶，奶奶高兴，全家高兴。

坐火车到宁夏已是傍晚，第一件事就是拎着礼物去三伯家看奶奶。奶奶长，奶奶短，嘴儿是要多甜有多甜。奶奶喜欢得不行，拉着我的手不放。

大学毕业后，我被分到中央电视台，唯一的一个播音员名额啊，本来是一件大喜事。谁承想，我在顺义刚接受完十天保密培训，还没摸清楚央视大楼里面什么样，就直

9. 答案：蛇、鳄鱼、青蛙、蜥蜴、乌龟、鱼、昆虫、蝙蝠、章鱼、海星。

接被发派到西藏电视台播《西藏新闻》去了，一去就是一年。

对于一个在热恋中同时又满怀抱负的年轻人来说，这是多么沉重的一个打击啊。

那年我23岁，一个人在西藏，开始读尼采。又开始每天一封信，倾诉思念，倾诉孤独。

终于等到快要回来的日子了。而此时，近乡情怯。积蓄已久的思念、爱恋、渴望竟然全部化作了不安和不自信：一年没见，这姑娘不会早被别人骗走了吧？

我订好了回程的机票，却特意地没有告诉她时间。飞机在首都机场落地，我便开始一路马不停蹄。先回台里报到，报完到，我赶紧去“四联”理发，又变回原来的小分头。然后回去洗澡、刮胡子，换上新衣服、新袜子，连趾甲都剪得干干净净。

穿戴一新，坐地铁到西单，在华威商场买了一枚蓝宝石戒指，花了我九个月的工资。又在一家花店买了99朵玫瑰，仔仔细细包好，庄严地捧在怀里。

接着，我赶到长途汽车站坐小巴直奔天津。为什么不坐火车？火车倒是便宜，太慢，我等不及啊。

车到天津，已是暮色四合。我捧着99朵玫瑰站在路边发傻。上次来是白天，有人接送，现在这黑灯瞎火的，哪儿是哪儿啊？没办法，只好又打了一辆出租车，把我送到了天津电视台。

逡巡片刻，我来到哈文的宿舍门前，沉住气听了听，屋里没有声音。我举起手，“当当当”，在门上轻轻敲了三下。没人理我。“当当当”，又敲三下。“谁呀？”哈文的声音，有点儿不耐烦。

我直到今天还依然记得，那一刻，我心中忐忑。我怕啊，生怕她对着门外，喊出另一个男人的名字。不，别说名字，就算她兀自在屋里嗔怪地说上一句“真讨厌”，老子就能一脚把门踹开！我还是不吭声，屏着一口气。“当当当。”紧接着就听见“咚咚咚咚”一溜儿小跑。“吱扭”一声，门开了。

她还是短发，比过去胖了点儿，脸上起了几个青春痘。我皮肤黝黑，两腮凹陷，衬得一双小眼儿炯炯有神。一年里瘦了4斤，倒是不多，但全瘦脸上了。

“我回来了。”相视半晌，我说。流泪的不是我，而是她。她的泪水把我的心都化了。这99朵玫瑰，此时可真多余啊。想拥抱她，都腾不出手。

很快，我们便迫不及待地结婚了，结婚的意思就是我们再也不想分开了。

西藏一年，我们的感情真被折磨苦了，心被揪得疼了。所以接下来，我们如胶似漆地腻了十年。

到了第十个年头上，哈文主动提醒我，两个人过日子有些无聊，家里有些太清静，我是老李家的独子，总该有个后代云云。

然后就有了我们的女儿。

结婚17年，我对哈文是越来越怕。凡事她不允许而我做了，比如喝酒，就得央求所有目击证人替我保密、替我保密、替我保密。我怕她，只要她一瞪眼，一生气，我顿时就像老鼠见了猫，把自己缩到最小，或者干脆消失。我怕她，一百次争吵，一百次是我认错。我怕她，男人向自己心爱的女人认错是一种美德。我还给自己的美德想了个寓意深远的说法：成熟的稻子总弯腰，我弯腰，因为我成熟；我怕她，是因为我爱她。

我问朋友：“你把自己的老婆比作什么花？”怎么说的都有。“玫瑰。”“红玫瑰。”“百合。”“麝香百合。”

我慢悠悠地说出我的答案：“我的老婆，我把她比作塑料花。”闻者皆惊。

“塑料花很普通，但永不凋谢，摆哪儿是哪儿。”我解释道。

科学家深入分析人类荷尔蒙，得出一个令人失望的定律：所谓“爱情”，保鲜期不超过36个月。或许不少人都亲自验证了这一说法。

但是对我来讲，爱情是无限期的，就像塑料花的花期一样永恒。

摘自《咏远有李》长江文艺出版社

图：豆薇

飞机上的故事

@ 留几手

坐飞机，旁边有个老哥一直在看股票，我俩聊了几句。

他说今年行情不好，让我猜他亏了多少钱，我说："也就十来万吧。"老哥一愣，问我："你咋猜的呢？"

我说："虽然你穿着衬衫、西裤，看着很商务，但是却背了个瑞士军刀牌双肩包，大老板有背这个的吗？一看你就是个跑业务的，再看你只是戴了块阿玛尼这种杂牌子手表，三十多岁的人了，连个劳力士都没混上，说明收入很一般。

"你的衬衣是旧的，但是熨得很板正，领子也干净，这都是你老婆给你收拾的。你包上有个 Hello Kitty 小挂件，这应该是你女儿给你挂的。你自选股里都是一些5G、移动、芯片之类的公司股票，你觉得自己很懂，应该是 IT 企业上班的。方方面面综合下来，你的可支配资金也就 20 万 –30 万吧，结合今年的行情，亏损 10 万差不多了。

"再看看你这个黑眼圈和与年龄不成比例的稀疏发型，压力不小啊。你老婆应该还不知道你股票亏了这么多钱。

"刚才看到你手机界面上还有

炒虚拟币的软件，排在最后一位，说明是最近刚刚下载的。如果你股票再亏，你就打算去炒虚拟币放手一搏，但是那样你只会亏得更惨。”

说完，我点了下他手机炒股软件界面，上面显示总投入28万，当前亏损10.2万。老哥沉默了，过了很久都没再跟我说一句话，只是偶尔低头用食指关节揉一揉微微发红的眼眶，飞机餐的盒饭打开了，但是没吃。

又过了一会儿，老哥说：“兄弟，你这趟回北京是准备办移民手续的吧？卖北京的房子？是不是让了一百多万才出手？”

我也一愣，问道：“你咋猜的呢？”

他说：“你的阿玛尼T恤、大H皮带和宝格丽手表说明你的经济状况不错，起码曾经不错。但是又背了一个印着戈壁挑战赛的运动包，这是那些商学院的EMBA们热衷的活动。这一切说明你不是体制内的人士，应该是外企高管或者私企老板，但是这两年业务惨淡，才会有大量的时间去跑步而不是忙生意。”

顿了顿他又说，“你的登机牌显示你是纽约经停重庆转机回北京的，海航今天回北京就晚上这一班，你在重庆已经待了八个小时，更说明你现在一点儿也不忙，为了省一些机票钱宁可转机也不买直飞，可见现在你公司的状况真的不好，居然和我这样一个IT打工男一起坐了经济舱。

“你的手机屏保是老婆和女儿在别墅前面的合影，应该是你们在美国的家。刚才微信上，链家头像的中介还在用语音问你：‘哥啥时候到北京？’可见是回来办理房子方面的手续的。

“你应该不是做实业的，人很聪明，年少得志，好为人师，大概是搞私募或者P2P的，大钱是2015年前后赚的，那时候入手的北京的大房子，总价1000万以上。按现在的行情，满二唯一，比高点至少跌100万吧。”

我听完之后，默默点开链家，北京香颂带露台的那套大三居，比市场价低了120万，终于有了买主，我这次回来就是办手续的，老婆孩子都不在，自己坐飞机省点儿就省点儿吧，毕竟将来在美国怎么生活还不知道，也许是开出租呢。

我和大哥都不说话了，扭过头去，陷入沉默，谁的日子，又真正容易呢？

潘光贤摘自《看天下》 图：小黑孩

10. 答案：动物奶油是由牛奶提炼出来的，例如黄油等，味道醇香。

时间重叠的图书馆

@ 猫主义

我们坐在高高的书堆上面，
听《故事会》讲那有趣的事情！

猫主义

考试临近，图书馆里人满为患，转了两圈没找到座位，咖啡自动贩卖机还吞了我一个硬币。今日不宜上图书馆，我想，还是把书借出来带回寝室看吧。

我把查到的书号写在手心上，在 H 区第三排书架靠里面的倒数第二层找到了它。书装在一个蒙着灰绢的硬纸盒里，应该是孤本，盒脊上贴着明黄色的标签，上面用蝇头小楷写着书名——《虚字流变考》。我抽出书盒，倒出里面的书，有东西从书后面掉出来，“当”一声落在地上，跳跃几下，在墙壁和书架脚之间反弹几次，消失在左边。我追过去一看，原来是个玻璃弹珠。

弹珠滚到一只脚边，一位头发花白的老者，弯腰捡起弹珠，冲我伸出手：“是你的？”

“算是吧。”我快步上前接过弹珠，鞠躬道谢。

“坐吧。”老人微微一笑，再度埋首书中。他的样子有些面熟，或许是哪位老教授，我一时想不起来。

我顺从地坐在他对面的椅子上，疑惑地东张西望了一会儿，忍不住咕哝：“奇怪，这里怎么没人占位？”

“不读书吗？”老人说。

“啊，这就读。”我有些羞愧，不过老实说还是有些心不在焉。我捂住嘴，尽量不引人注意地打了个哈欠。

“要喝咖啡的话，那边有。”

把纸杯放在出水口，按下按钮，还没摸出硬币，咖啡机就“咕咚咕咚”吐出一杯咖啡。想到之前被吞的那个币，我也不算是占便宜，就当扯平了。

喝掉咖啡，我振作起精神，翻开《虚字流变考》。这是一本线装手抄的旧书，讲的是古文中虚词的演变，作者是一位名叫岑锡的明代进士。他在序言里说自己告老还乡后在家乡兴建了一所书院，本书就是在书院授课闲暇期间写作的。我们学校就盖在书院的遗址上。

书是本好书，但是并不好读。不知道是不是钻研文字学走火入魔，岑锡的遣词用字非常别扭，读起来极不流畅，很多句子乍看根本不通，仔细一读又没毛病。这种情况越到后面越严重，读到三十几页时，我眼中已经没有完整的句子，每个句子在我看来都是一些互不相干的单字，要读好几遍才能把它们串联起来读出句意。我的脑袋越来越疼，终于无法忍受，把书扣在桌子上，用拳头按摩太阳穴。这时，对面的老人也正好放下手里的书喝水。那本书看起来出奇地眼熟，我琢磨了好一会儿，才把封面上几个字在脑中拼成完整的书名——《虚字流变考》。咦？和我看的是同一本书？

“不太容易读吧？”老人轻声问道。

“确实不容易，”我说，“您也读这本书？我还以为这是孤本。”

“是孤本。”老人的回答让我摸不着头脑。他依然微笑着，没有进一步解释的意思。

突然之间我认出了他：“啊！您是——老院长！”

我尴尬地笑了，想起三年前入学典礼上老院长的样子，那时候他的头发全白了。我们这届入学不久，他就退休了，据说后来担任了图书馆馆长。可是面前这位老人显然年轻许多。难道是我的记忆出错了？

“岑锡的诗歌、韵文和笔记都很浅白流利，唯有这本《虚字流变考》异常佶屈聱牙。因为他想在书里表达一个观点：文字本身只是一些飘忽不定的符号，只有确定它们被组合在一起的时间，才能明白其具体含义。所谓的时间不仅包括作者写作的时间，还包括读者阅读的时间。所以他不仅频繁更换不同时期的写作方式和风格——往往上一句是先秦，下一句就是晚清，还总是在不构成语病的前提下，尽可能地打乱单字的位置，故意违反阅读习惯，让你先排列组合一番，最终才回归成他想让你读到的样子。当然，如果你不仔细推究，也可以读任何自己想要读成的样子，误读也有误读的意义嘛。”

我试着消化院长的话，结果还是消化不良，只能揪出他的一个语误：“没有晚清，岑锡是明代人，不会写出清代的文学风格。”

院长摇摇头：“你之所以这么想，是因为在你看来时间是一条前后连续、不可分割的线。其实时间也可以是重叠在一起的无数杂乱的碎片。在某一个时刻，你向咖啡机中投入一枚硬币；在另一个时刻，咖啡机给你一杯咖啡。当这两个时刻前后相继，整件事看起来再普通不过。但是很多时候，它们并不是连续的，只是你没有注意到罢了。”

我脊背发凉，手心出汗，摊开左手，一颗蓝绿色的玻璃弹珠，表面光滑如新。

院长的黑发似乎更多了些，缓缓摊开的左手里，也是一颗崭新的蓝绿色弹珠。

我惊叫一声推案而起，不小心打翻纸杯，杯里残存的咖啡流到《虚字流变考》的封面上，洇出一块椭圆形的深色污迹。与此同时，同样形状和颜色的污迹也在院长面前的《虚字流变考》封面上浮现出来。我感到一阵阵的虚脱和眩晕：“这是哪里？我在什么地方？”

“你在一片与这本书有关的时间里，就像这里的每个人一样。”

我环视周围，每个人都在读一本线装的旧书，每个人手边都有一颗玻璃弹珠，最远处的那人仿佛还在用毛笔向书上写着什么。我飞快地翻到书尾，文字正在最后几页的白纸上一笔一画地出现，墨迹未干。下一个瞬间，所有书页又一起枯萎朽烂，弹珠化为粉尘。

我后退一步，什么东西碰到了我的脚，是一颗破旧的蓝绿色玻璃弹珠。一个人正盯着它，从书架和墙的缝隙里走出来。赶在中年的我看到青年的我之前，我仓皇逃开，满怀惊恐和敬畏，把书和弹珠装进盒子送回原处，发誓永远不再借阅。

这是个已经被打破的誓言，无论在发誓之后还是之前。

【作者简介】猫主义，生于 1987 年，野生作家，半截诗人，虚空构造者，常识粉碎机。

迟到行为学

@二公子

（文中有十处差错，你能找出来吗？答案在文末）

跟一个法国人约了个会，被通知已经预定了久富盛名的传统法式大餐，而且就在当地最著名的大教堂旁边的老餐馆。

在网上瞥到了餐馆菜单的天价后，不由得打了个机灵，可不敢有半点怠慢。于是仔细研究了每道菜的来历，餐具的使用顺序，以及正确切法吃法。当日穿戴整齐，提前了一个钟头赴约。

谁知到了吃饭的点儿，左等人不来，右等人也不来。几次进了餐馆试图询问定位情况，都因为语言不通，鸡同鸭讲没有个头绪。又过了半个小时，教堂旁卖烟的、卖记念品的店都关门了，还不见半个人影。

乍暖还寒的季节，站在法兰西的冷风中，内心最难将息。打了两通电话，法国人也没接。这是个什么情况？

差不多过了约定时间一小时，法国人终于出现了！他熟练地跟待者打招呼，带我找好位子坐下来。还没点菜，我就提出，要是今晚家里有什么重要的事情，不吃饭也行。他说：

11. 答案：珊瑚是动物，特点为具有石灰质、角质或革质的内骨骼或外骨骼。

“没事啊，都好。”我又关切地问：“那路上你没碰到什么事吧？”“没事啊！开车过来挺顺的。”这下我可有点郁闷了，什么事都没有，迟到这么久也不解释一下？算了，肚子饿，先吃饭！

等菜过五味，酒精从胃部挥发到了耳根，我终于忍不住问了一句：“你怎么到得这么晚？”法国人愣了愣，随即说了一句让我思量半响的话：“我没晚啊，在这里，我们至少会礼貌性地迟到个半小时！”“这是礼貌？”“对啊！”

约了吃饭或者聚会，本来就是一件放松身心的事，说好了几点钟到，都是在这个基础上晚半个小时再出门，按时到意味着你提早了，让人感觉有压迫感，太没礼貌。把迟到当礼貌，咱从小没接受过这种教育。《唐律疏议》还说迟到缺勤要处笞坐牢呢。

不过在欧洲，不管大事小情，貌是只要有充足的理由就可以迟到，而且没人大惊小怪。办公室到点不开门笔笔皆是，连总统和政要活动也可以因为各种令人诧异的原因推迟，比如为了看场球赛啥的。在组织行为学里，这可以总结为在相似的环境中，有共性的群体有相似的行为表现。

不过人非圣贤，谁能不迟到。茫茫宇宙，迟到行为也不止于人类。哈雷彗星绕太阳一周在76年到79年之间，科学家估算下次彗星过近日点的时间是在2061年7月下旬。但哈雷轨道长，体重小，路途远，保不齐路上受到其它天体的影响，所以回归就存在些不确定性。据推测，哈雷彗星还是会回来的，可能按时，也可能晚个十天半个月的。

摘自《三联生活周刊》

图：小栗子

《迟到行为学》参考答案

1. 预定——预订
2. 久富盛名——久负盛名
3. 机灵——激灵
4. 定位——订位
5. 记念品——纪念品
6. 待者——侍者
7. 思量半响——思量半晌
8. 貌是——貌似
9. 笔笔皆是——比比皆是
10. 其它——其他

丸子的朋友圈

快递员小马

赶一天一趟的中巴车回老家村里，车上人爆满，好不容易挤上去，车要开了，一个大叔站在车门边，冲着司机大声说：“哎，老李啊，咱们刚刚一起吃饭，你比我还多喝了二两，我都觉得晕了，你还能开车，果然你酒量比我好啊！”

只见刚刚还爆满的车瞬间就空了，那个大叔慢悠悠地上了车，冲一脸茫然的司机说：“哎呀，不好意思，喝多了，认错人了！”

丸子：啧啧啧，果然机智……

王大脸真的不是女汉子

觉得在外修脚一次四十块有点贵就买了一套修脚刀！刀不贵，才二十三，刚才自己修脚划了无数口子，不得已，去医院包扎，花了一百二……

哲学系二师兄：这成本有点贵了啊！

大老板张富贵

一老头在公园打太极，一招一式很有力道。

我见了羡慕不已，问他：“大爷功夫这么好，怎么练的？”

老头说：“祖传的功夫！我站着不动，用你最大的力气打我试试！”

于是，我用力打了老头一拳，结果……被讹了五万六！

丸子：好奇害死猫！

哲学系二师兄

昨天，隔壁叔叔家传来了孩子撕心裂肺的哭喊声。我跑了过去抓住了叔叔的棍子，拍了拍他的胸口说：“叔叔，小孩子犯错难免的，饶了他吧。”叔叔气愤地说：“不行，这孩子早恋了，还给女同学写了情书……”

快递员小马：没啥啦，思想教育一下就行了，谁还没有年轻过？

哲学系二师兄回复快递员小马：关键是这孩子害羞，情书署的是他爸爸的名字……

丸子

去饭店吃饭，在洗手间洗手时，不经意将水龙头掰断了！水瞬间喷射出来，我吓坏了，惊叫着从洗手间跑出来，心想：这下完蛋了，肯定得赔不少钱吧！结果结账的时候，经理却再三感谢我帮了大忙，说：“要不是你把水龙头弄坏了，我们还不会发现水阀有问题，拧死水阀后，水表还呼呼转！必须免单呀！”

哲学系二师兄：竟有如此奇遇？！

金融小王子刘思聪

和朋友去银行汇款，他先进去填单，我去停车，停好后进银行，看到朋友的钱在口袋漏出一半，想恶作剧，假装偷掉，吓吓他，刚伸出手，被保安一脚踹出三米远。

快递员小马：这个玩笑开得有点大，后悔了吧？！

金融小王子刘思聪回复快递员小马：谁说不是呢，冲动是魔鬼啊！

郭美眉

你们知道女生对男生说的“心烦，陪我聊聊”，是啥意思吗？

大老板张富贵：啥意思？

郭美眉回复大老板张富贵：听好了，其实是“现在开始，我要持续负能量吐槽大约十分钟，你就安安静静耐心听着，我说啥，你就猛点头夸我说得太对，我骂谁你就狂拍桌说这个傻帽，我哭了你就递纸，我还哭你就刷卡，不要乱插嘴，不要分析这分析那，不要乱提一二三四条建议，敢说是老娘的错你就死定啦”的意思。OK？明白不？

快递员小马：明白！领教！

大宋皇帝叫外卖

@ 李开周

宋太祖过生日，被迫仓促叫外卖

首先我们要知道，宋朝也有“圣诞节”。当然，这“圣诞节”跟现在的圣诞节可不一样，那时候的“圣诞”，指的是皇帝过生日。宋朝十

几个皇帝，每个皇帝的生日都不一样，每个皇帝在位时，都有自己的“圣诞节”。到了南宋第四个皇帝宋宁宗这儿，“圣诞节”是十月十九。

话说十月十九那天，宋宁宗下旨邀请临安城内所有六品以上的官员进宫赴宴，其中就包括岳飞的孙子岳珂。

那是岳珂第一次参加皇帝的生日宴。因为南宋前期老是跟金国打仗，皇帝已经很多年没有搞过大型寿宴了。

那么长时间不搞，百官都忘了规矩，皇帝也忘了规矩。怎样拜寿？喝几杯酒？唱什么歌？跳什么舞？给皇上送什么生日礼物？大家统统不知道。幸亏还有档案可查，还有祖宗家法可以遵循。礼部官员一查档案，查到了宋太祖过“圣诞”时的宴会礼仪，于是就按照太祖创下的规矩走。

宋太祖是马上皇帝，性情豪爽又粗疏，他黄袍加身，面南为君，第一次过“圣诞”，相当任性。大宴群臣，有关部门奏道：“不行啊，

12. 答案：有野骆驼、野牦牛、野驴、藏羚、盘羊、白唇鹿、雪豹、黑鹳等。

皇上，您没有让我们提前准备，百官来了没啥可吃啊！那么多官员都过来，现做肯定来不及！”宋太祖说：“不用现做，去叫外卖啊！能买到啥就吃啥呗！”

于是乎，光禄寺的官员布置场地，御膳房的杂役摆上桌椅，内库里管酒的太监搬来酒水，同时又派出许多人到宫外酒店和饭摊上采购菜肴与主食。宫里布置好了，百官也进宫了，宋太祖吩咐开宴，大家共同举杯，过了一个非常热闹同时又非常寒酸的“圣诞节”。

皇帝寿宴叫外卖，成了宋朝“祖宗家法”

宋朝凡正式饭局，喝酒与吃菜是严密配合的，每喝一杯酒，至少要换一道菜。宋太祖让大家举杯的时候，第一道菜居然还没买回来！在此危急时刻，几个聪明的太监飞快地跑到存放宫廷果品的果子库，打开库房大门，搬出一大批苹果、橘子、核桃、大枣之类的干鲜果品，用小盘分装，飞速端给宋太祖和百官。所以呢，宋太祖皇帝生日宴会上的第一杯酒和第二杯酒都是就着果子喝下去的。

喝第三杯酒时，外卖竟然还没到。前两杯酒上果子，第三杯难不成还上果子？御厨急了，“取肥羊为醢以献焉”。现宰了一头肥羊，仿照生鱼刺身的做法，做了几盘生羊刺身。到第四杯酒，外卖终于送到，荤素冷热应有尽有，开始一道又一道往餐桌上端。

总而言之，宋太祖第一次生日宴会特别不讲究，但是这场不讲究的宴会却成了后任皇帝们过“圣诞”大多遵循的祖宗家法。

回过头来说宋宁宗，他的生日宴会准备充分，所有菜品都可以让御厨搞定，但是有祖宗家法管着，头几道菜还得叫外卖。据岳珂描述，前三道外卖分别是：第一道刺身，第二道肉干，第三道羊肉。群臣吃这些外卖，皇帝也吃这些外卖。只不过，宋宁宗用的餐具比百官高级：用小碟子来盛菜，碟子上面用玳瑁盖着，碟子下面用金盘衬着，外面还贴着黄纸，黄纸上写着品尝官的姓名。什么是品尝官？就是替皇帝试菜的人，试试菜里有没有毒。您想啊，那么大的生日宴会，头几道菜竟是外卖，万一食物中毒怎么办？万一有人想暗害皇上怎么办？必须让人试吃一回，才能保护皇上的安全。

摘自作者新浪博客

图：小栗子

永远不要嘲笑一个理想主义者

@王 朔

我第一次见阿峰是在长安城下街角边一个破败的小酒馆里，点了盘土豆丝加两瓶啤酒。

他很瘦，容颜憔悴。他说他刚失恋了，心情沮丧。我说别担心，这顿饭我请。

他说最近很迷茫，不知道何去何从。我说赶紧找个工作，再找个好姑娘嫁了吧。

他说心累了，什么都不想干。我说多吃点核桃，对心脏好。

他说："你懂的真多啊！"我说："略懂略懂，我也是刚百度的。"

他有点迟疑，说："核桃有点贵啊。"我苦笑道："其实我也吃不起，只是说说而已。"

说完我俩四目相对，眼角湿润，颇有些英雄惺惺相惜的味道。

那一刻，我知道我俩的心紧密地连在了一起。

他说想办一本杂志。我说好啊。我知道他一直对文学感兴趣。

他说想办一本好杂志。我说很好。我知道他是一个有追求的人。

他说想办一本全国发行的好杂志。

我说："呵呵。有很多人活得很累，而且很无奈，因为他一直在追求别人的东西或别人希望他追求的东西，而不是真正自己内心想要的东西。"

我们赞同一句话绝不是因为它出自某位名人之口，而是这句话本身是否能打动自己的心。我们要分清楚是他成功了以后说这句话，还是按这句话去做造就了成功。抑或他最终没有取得世人认为的成功，他就真的没有成功吗？也许这世界上本不存在什么“成功”，像鹰一样飞翔不见得高尚，像猪一样吃喝不见得低俗。

有的人说想像伟大的人一样伟大，其实他也知道自己不可能像伟大的人一样伟大，他不过是想让旁人知道自己想像伟大的人一样伟大，至于最后究竟伟大不伟大，谁真的在乎呢？

以上是我一边喝酒一边对阿峰说的话，我这人一喝酒就话多，我很羞愧。

我本还想接着阐述一下理想、梦想、做梦的差别，但酒喝完了，菜也见底了。

阿峰没有插话，一边听一边点头，临了问了一句：“你究竟想说什么啊？”

我愣了，我也不知道自己想说什么，呆了一呆说：“我主要是想说你遵从自己的内心去做想做的事，完成自己的理想，很好很强大。”

说完，我看着他，眼神很真诚，但有句话憋在嗓子里，欲语还羞。

阿峰点了点头说：“谢谢，也谈不上什么理想，只是个人喜好而已。”

听到这句话，我瞬间打心底最深处里对他肃然起敬了。多少人把梦想挂在嘴边，有几人敢承认那不过是个人喜好罢了。

不过我终究是个理智的人，于是语重心长地对他说：“办杂志是挺好，不过以此为生恐怕有点艰难吧？”

阿峰回答得很快很坚定：“没事！我还有点积蓄。”

听到他的回答，看着他坚毅的表情，我放心了，终于可以把刚才憋了好久的话说出来了：“那就好！那就好！真不好意思啊！我今天忘带钱了，这顿饭还是你请吧！”

田晓丽摘自微信公众号时代书屋

【名师有话说】每个人都希望遵从自己的内心去做想做的事，但是说起来简单做起来却难。“我”和阿峰，是一组对比式的人物。阿峰憔悴、迷茫、心累，却想着办一本好杂志；“我”什么都懂，想着请吃饭，知道找工作，懂得吃核桃，更知晓成功与不成功的理论；“我”的话很多，阿峰的话很少；阿峰面对真实的艰难，说“没事”；“我”终于说出“忘带钱”，请吃饭也没能实现。后来的结果，我们可以想象，阿峰也许拥有了他的成功，“我”可能仍然想着“一顿饭”的事。诙谐的结尾，留给生活中的你我无尽的思考。

点评者：湖北省监利一中特级教师、中国作家协会会员 陈振林

你不喜欢的事情里藏着礼物

@ 风停以后

开学伊始，女儿拿回一张竞赛报名表，问我报哪一科好。她平时最不喜欢数学，此刻我故意试探，拿起笔作势欲填："选数学吧，你不喜欢的事情里藏着礼物。"

小孩聪明伶俐，才不上当。她转转眼珠理直气壮地说："要给人礼物，就包好了拿过来呀，为什么要藏起来？"

我微笑："世上没有免费的午餐，要拿礼物就得辛苦做题。"

女儿一听做题，立刻变了脸色。数学是她的冤家，她的人生大苦。每次做完数学作业，她必定将书本通通翻扣过去，像送走瘟神般长出一口气。

我耐心地给女儿建议："数学也是有自尊的，你嫌弃它，它也会给你脸色瞧。不如下功夫多做几道题，它肯定会有礼物送给你。"

女儿还是一脸愁苦相，我也没有强迫她，想找个好的时机再谈这事。

那天放学，女儿一进家门就连人带书包倒在沙发上，凄凄惨惨叫道："妈妈，我可能活不到五年级了，希望你照顾好我的小乌龟！"

我放下手中的工作，陪在这个绝望的小人儿身侧，听她细述根由。各科竞赛的正式通知下来了，天知

13．答案：每一种生物在自然界都有自己特定的地位和作用，维持着微妙的生态平衡。

道是哪个环节出的错，她噩梦般领到了数学竞赛的准考证。数学老师说，这件事已无法更改，她得代表班级上阵一搏。

后来，她终于平静下来，打开数学老师赐予的卷子，一道一道写起来。她悲壮地说，肯定是要考倒数第一的，只是想多考几分，不要吓到阅卷老师。这小孩虽然怕吃苦，爱偷个小懒，但心思善良，肯体恤人。

“

她的路还很长，前方还有很多礼物，也须加倍努力。

世上事知易行难，女儿坚持了两天半就叫苦不迭，“哗啦啦”一把推开书本，说手指都快磨断了，扁起嘴就要罢工。我拉过她的手：樱粉色中指上有个透明的水泡，是握笔磨出来的。

我替她裹上纱布，给老师写了请假条：该生因手指磨断，无法完成今日作业。她一下害了羞，举手挡住眼睛，“呵呵”地笑：“我只是说着玩的……”

当然，我也是写着玩的。我知道，撒娇也是一种减压方式。

两周过去，她渐渐上了道，不再念苦，整个人变得沉静下来。竞赛日期渐近，她更加用功。晚上说梦话挥手娇叱道：“去去去，我不是倒数第一，我是倒数第二！”我有些触动，小朋友抱着必败的信念，却又如此勤勉，真是个勇敢又踏实的人儿。

竞赛结果出来的那天下午，我刚进门，女儿就扑进我怀里大哭，直哭得头上热汗蒸腾。她没有获奖在意料之中，但今年有了新规定，只公布获奖者的名次与分数，落选者信息保密。她吃了那么多苦，坚持了那么久，仍然不知道自己的成绩如何，怎不叫人悲从中来。哭够之后，她平静地去复习功课，因为期末考试马上就到了。

日子小鸟一样扑着翅膀，唧唧唧去了，啾啾啾来了，新的一日有新的事情，让人完全没有时间悲伤下去。忽然，期末爆出个大冷门，女儿的数学成绩跃至前十，吓了大家一跳。

女儿喜极而泣：“哇，这就是数学给的礼物呀，太好啦！”

这个夏天过去，她就要上五年级了，她的路还很长，前方还有很多礼物，也须加倍努力。

摘自《文苑·感悟》

图：小柯

审美

@少女范炸炸

一

男朋友的审美，的确有点一言难尽。去俄罗斯之前，我挣脱不过，决定和他在一起，他傻乐着领我去大悦城买衣服。

“太贵了，超过500块的衣服我都不穿的。”虽然这句话我没撒谎，但是实际上说这句话并不是彰显我的节俭，而是他选的衣服都太丑了。穿丑的衣服，我无所谓；穿又贵又丑的衣服，我心疼。

他说：“没事呀，西单后面还有个批发市场，我小时候经常去那儿买衣服。”如果不是他带着我去，我都不敢相信，在北京西单还有个服装批发市场。

我对逛街这种事简直深恶痛绝，家里的衣服几乎都是别人穿了不要的，或者别人给的。

他拎着我买帽子、围巾、手套，和买东西的大姐讨价还价。我在一旁打着哈欠，任他把帽子、围巾在我身上戴来戴去。

“好看吗？喜欢吗？”

"好看好看，喜欢喜欢。"

虽然还是丑，但是想到这价格，就懒得反驳他了。

最后大哥给我买了一顶红色的带着大毛球的帽子，一条米白色的围巾，一副黑色的手套，一共100块。

我戴着帽子、围巾、手套，穿着灰色的卫衣，和穿着卡其色卫衣的他在北京冬天里走："是不是还挺冷的？还得买套羽绒服。"

跑到批发市场旁边的波司登专卖店，他选来选去给我挑了一件红色的羽绒服。

我戴着红色的毛绒帽子、白色的围巾，穿着红色的羽绒服，背着大大的书包，身边站着一头高高傻傻的笨蛋："我像不像圣诞老人？"

他说："是圣诞老女人啊。"

二

跑到俄罗斯以后，大哥发现我去的不是莫斯科而是远东，他激动死了："哎呀哎呀，是海参崴啊，离我家好近啊。"听这口气，他家不是在北京，而是在满洲里！

他到海参崴时大概已经晚上十点多了，约我在一家热门餐厅吃饭，问我："怎么不戴我给你买的戒指啊？"说起他给我买的戒指，真的也是一言难尽。

"你开心的时候就开口向上，你不开心的时候就开口向下。"

第一枚戒指是在大悦城买的，那天他零七八碎花了300多块，觉得对不起我："钱没花到位。"非要再买点东西给我。

我说："那给我买本书吧。"

结果，那么大个商场里的书店，俄罗斯文学只有《钢铁是怎样炼成的》这么一本。我气不过，扒着柜子仔仔细细地搜，他倒是先出去了，一会儿拿着一个首饰盒回来了："欸，旁边有个买首饰的小店。我买了一只戒指。"

我们都喜欢玫瑰，于是他买了一枚号称是镀金的纯银开口的玫瑰戒指。

"你开心的时候就开口向上，你不开心的时候就开口向下。"

那时我才确认他真的是一个智障：那个戒指开口不分上下。

那天在海参崴，我在衣服兜里摸来摸去，最后居然摸到了那枚丑得不行的戒指，拍了照片。

回到南京没多久，那枚号称纯银的戒指就断了。

没关系，他又买了一枚，号称

是 TIFFANY 的大钻戒，那上面的钻石大概有眼球那么大。我朋友说这个戒指大概得 20 多万吧。

我吓得要立刻跑到北京去把戒指还给他。

他说："哎呀，也没多少钱，我花了6000多找人在香港代购的。"

学姐说："哎呀，有可能他6000块都没花呢，也许他就是花100块在淘宝买的？"

我想了想他和我在一起之后的表现，觉得这件事，绝无可能。他和我在一起不撒谎，大概也是因为撒谎这种事已经超出了他的智商，对他来说，撒谎实在太超纲了。

三

直男买了如此多的假货、丑货和劣质产品，但是依旧对送我东西这件事特别执着。

四月的时候，我们大吵了一架，他买了两个包给我：一个是网兜包，一个是 FENDI 的一款浴筐。

我强烈要求他退货，并又和他吵了一架。大哥可能也觉得真的丑得离谱，于是退货了。

四月到了末尾，他生了一场病，于是给我买东西这件事也渐渐偃旗息鼓了。结果，这几天好了一点，又开始给我买东西了。

昨天收到那几条裙子以后，我真的傻了眼：东北饭馆服务员小翠、东北澡堂搓灰老妹、东北走街串巷跳大神女神婆。好嘛，真是一个棒棒的东北特色服饰套餐。

大哥说："别急呀，我还给你后面两套衣服配了一条鞭子。"

我："大哥，不要鞭子了，不想抽你，直接配一把宝剑吧。我给你个痛快，一刀砍死你。"

哈哈哈哈。

四

想到这，我还是有点难过的。

从小到大，说我好看最多次的人就是他了。

我 140 斤的时候，他说："哎呀，你有一个提香式的肚子，特别法国、特别美呀。"

我 130 斤的时候，他说："哎呀，你的腿特别高更、特别大溪地、特别美呀。"

我刚认识他的时候，他说："哎呀，你脸肿得高高的，像轮满月，特别中国、特别美啊。"

回想下他给我买过的东西，再想想他夸过我的话，我忽然觉得非常心酸。

刘振摘自豆瓣网

图：小黑孩

14. 答案：猫头鹰、蝙蝠、老鼠、蛇、蚯蚓等。

我从不记仇，有仇我当场就报了

@ 黄呦嘻

1

!
那我就不客气随便坐了。
!
真酷！
真舒服！
5
6

2

怎么一路垃圾？
请问这些垃圾是您扔的吗？
是的呀，咋的啦？
垃圾桶就在您旁边，麻烦您扔进桶里好吗？
反正有清洁工，我怎么乐意怎么扔！
天女散花！
1
2
3
4

摘自微信公众号吾皇万睡

编辑邮箱

编辑部　wenzhaiban@126.com　　詹明瑜　2849918798@qq.com

田　芳　greygrass527@sohu.com　　胡　捷　gxy1987@foxmail.com

蔡美凤　836361585@qq.com

倒坐观音台

@张寿臣口述　张奇墀整理

永定门外头，叫“倒坐观音台”，现在这庙没有了，但遗址还有，庙冲北，倒坐嘛。观音台在民国十二年(1923)特别香火大，重修一回。怎么回事呢？门口搁着一辆车和一个卖花的挑子，拉车的冲着这庙里嚷：“您把车钱给我们呀，等的工夫太大啦！”把街坊都喊出来了，街坊问：“怎么回事呀？”

“有一老太太进这门了，坐车没给钱，等了半天啦。”

其实这庙不大，拉车的这么嚷了半天，那和尚能没听见吗？和尚出来就问：“怎么回事呀，施主？”

“有一老太太进这门儿了，坐车没给钱。”

“打哪儿拉来的？”“西直门。”

“多少钱呢？”“四十子儿。”

和尚说：“不对呀，这是庙，哪有老太太呀？没有呀！”

旁边儿那卖花的给作见证：“有，有一个老太太，她下车还拿我两朵花呢，也没给钱，也让我在这儿等着呢。”

“两朵花多少钱？”

“俩子儿一朵。”

“没有呀！你们里头看看去。”

“里头看看，我这挑子谁管呀？”“我这车谁管呢？”

街坊说：“不要紧，我们给你看着，你们到里面找去。”

转悠来，转悠去，转到西北犄角，西北犄角有这么一间殿，上头有块匾，写的“王三奶奶行宫”。再往屋里一看，这拉车的跟卖花的说：“哎，就这老太太！”

一瞧王三奶奶呀，在那供桌上坐着，手里拿着一朵花儿，头边插着一朵花，桌上搁着两摞铜子儿。数数钱：“哎，这是四十子儿，这是车钱！”“这四个子儿，花儿钱！”

嘿！这一宣传，了不得了，王三奶奶显圣了，这个庙的香火就旺了，这和尚卖香火就卖了两吨多。

我就不信这个，后来一打听我才明白，这个拉车的是和尚他舅舅，卖花的是和尚他姨夫，全是亲戚。

摘自中华相声网

15. 答案：黑猩猩与人类在基因上的相似程度达到 96% 以上。

【作者寄语】我始终认为，微型小说作家不必妄自菲薄。微型小说虽然体积微小，可它的意旨一点也不小。一个微型小说作家一生可以写出成千上万篇作品，只要有一篇能够传世，也就不会输给其他门类的小说作家了。这就是经典的魅力与价值。而经典是不分长短不论大小的，正如一首绝句绝不亚于一部长诗一样。

界河边

@申　弓

版图上，这里是国界。可走到这里，只有一条河。北岸是祖国，南岸便是异国了。

这条河到了西边这段，并不宽，跨开双腿，一跃便可过去。

李荷是这边的人，却嫁到了那边去。李荷虽然成了南边的媳妇，可李六叔一直没觉得分离过。每天傍晚，当李六婶做好了饭，他就要站到河边上喊："阿女，回来吃饭！"李荷每每应过后，不久即回到了身边，坐上了饭桌。吃饱之后，又回那边去睡觉，看看太阳还没有下山。

也有这样的时光，那边的亲家做好了饭菜，也站到河边上，双手弯圆成了个话筒状叫喊："亲家，过来喝一盅！"于是，李六叔也就放下手上的劳作，一步跨过去，直喝得面红耳赤脚步虚晃着回来。

不独是人，这边的牛，看到那边的草青嫩，便跑过去，吃饱回来；那边的猪看见这边的薯苗青，便也跑过来吃了个饱然后再跑回去。

日子是这样地过往着。这边种水稻，那边也种水稻；这边种花生，那边也种花生。但不知道是土质还是什么，那边种的红衣花生特别好吃，生吃时还略带点甜味。因此李荷每次回来，都少不了给父亲带些，父亲也特别爱用它来做下酒菜。回去时，也不时地给她带上些国产的万金油、风油精、退热散之类的小药品。带多了，李荷也分些给邻居和旁人，因此，这个中国媳妇挺受那边的欢迎。

第二年，李荷回来时，身边便多出了一个小孩，李六叔看着这小外孙，心里有说不出的高兴。

可是，曾经一段时间，这种交往受到了限制。那一年的七月十四过节，李六叔杀了只肥鸭，当他站到了河边，将双手弯圆了，叫喊李荷带外孙回来，那边却没有反应。

李六叔十分纳闷，怎么的了？第二天，他那头牛跑过去，回来时，他发现了牛尾巴上有个纸条，拆下看了才知道，原来是要打仗了，李荷及小孩都要往南撤离。

后来便不时地听到了炮响。

而每次炮响之前，总有个铁皮筒对着这边喊叫："要打炮了，快躲一躲！"李六叔听得出，那是亲家的声音。于是，他便牵上牛，带着家人，躲进了村西的山洞里，等那些"隆隆"的炮声消失后才又钻了出来。

那段时间，虽然每天都有震耳欲聋的炮响，村上的大人小孩倒也无事。只有那头黄牛，惦记着南边的青草，在一个早晨，不顾一切地跑了过去，不幸蹚上了地雷，"隆"地一下被炸出了肠，眼瞪着死在异国的土地上。

见不到女儿，见不上外孙，李六叔挺苦闷，每天黄昏总是在他站立喊叫的地方向南凝望，只见那河边的黄茅已齐人高了。他在家里备了不少的万金油，他也期望着李荷给他送回那略带甜味的红衣花生。

却是没有。

慢慢地，炮声停了。慢慢地，界河开始有人行动了。那疯长的黄茅被割除了，六叔还看见了一队橄榄服，手执探雷器，将一只只埋在河边的地雷清理了出来。

一天早上，李荷回来了，身边的儿子已长到了肚脐高了。远远地叫着外公奔了过来，把李六叔高兴得"呵呵"笑了起来。

李六叔又吃上了那略带甜味的红衣花生，女儿又带上了他备下的万金油回了南方。

挣钱

@申　弓

一

母亲有过宏大的发财计划，她要成为小城的首富。

母亲欲加入汽车走私，可她所接触的都是皮包公司光头老板。

母亲又设想办工厂，可行性报

告洋洋洒洒八大张，交上去却没有半个领导感兴趣，更没哪个外商解囊投资，报告进了垃圾桶。

母亲又设想开个餐馆，地点选好了，图纸绘制好了，施工队定好了，奠基日子也择好了，万事俱备，只欠东风，这东风就是银行贷款。因东风没到，计划便又成了泡影。

母亲的鞋磨破了，坐在街畔让补。母亲眼睛一亮，何不干这个？

母亲置办了手摇补鞋机、麻线、锥子……母亲不停地补，不停地缝，居然也颇有起色，从此，母亲的钱包便不那么干涩了。

二

父亲坐办公室，每天都有许多人来找父亲。父亲办事一向以干练著称。父亲光明磊落、两袖清风，并因此上过一回省报、两回电视。

父亲的开销可大了，他的那一点收入到月底便不免捉襟见肘。

春风来了。左邻右舍都活了，每每掷过来的不是万宝路就是红塔山、三个五。父亲口袋里的却还是大前门、小牡丹。

父亲深沉了，效率也开始下降了。一个报告送来，父亲叹了一口气，哎呀，可不好办呀，先留着吧！到了夜里，报告人像条黑影闪进了家里，一个麻袋、一个红包，留在墙角。

父亲的干练回来了。

由是，家里来人越来越多了，父亲的休息时间大大地减少了，可父亲却越来越精神了。

未及半年，父亲气粗了，他甩掉了那辆老永久，开回了猩红的铃木王……

三

儿子上了小学，因长得瘦小，与同龄孩子相比，个子矮了一截，母亲看着便心里难受。

儿子不长个，原因是偏食厌食。母亲认定是不吃油的过失，便怂恿儿子吃肉，吃那白肥白肥的肉。

儿子一看见肥肉就腻烦。

母亲又买回肥肉："阿宝，你吃吧，吃一块奖 10 元！"

"真的？"儿子眼睛一亮，似乎对那白肥肉不那么厌倦了。

儿子虽然才读小学，也懂得了钱的作用，他打电子游戏，买变形金刚，还想买电子琴，这不成了：吃一块 10 元，吃一百块不就是 1000 元？

哈，这钱太好挣了！儿子表现出了空前的勇敢。

图：点点

【微点评】微型小说最本质的特征是以小见大。这一点，《界河边》和《挣钱》是很有说服力的例证。

在《界河边》中，作家娓娓道来的实为一个关于亲情的故事。作家自然巧妙地将李六叔如此这般的心路历程融在了和平和战乱的背景之中，于是，作品的主题也就被不动声色地从属于个人的亲情，升华到了激荡着国际风云的对世界和平的呼唤上。不用说，这与在作品中直接去揭示或强调和平是多么的宝贵、战乱是那样的残酷之类相比，无疑具有更深的意涵穿透力和更强的情感震撼力。也不用说，这种含而不露的立意之妙，便在于所谓的"不著一字，尽得风流"。

再看《挣钱》。这篇作品要告诉我们的是，挣钱的途径有很多，却又有正道与邪道之分，而正道往往是曲折的（母亲最终能"钱包不那么干涩"的过程是那样的不容易），邪道则似乎要平坦得多（父亲的"越来越精神"和"气粗"，及儿子的"表现出了空前的勇敢"，好像都是轻而易举便实现了的）。这里，正道的曲折与邪道的平坦既形成了鲜明而强烈的对比，又借这种对比寄托了发人深省的意涵，从而让人进一步要去思考诸如反腐斗争的复杂艰巨和教育工作的任重道远等重大问题。这就是作家的高明所在，因为，只有寓于故事背后的意思，才是真正能因其"深"而显现其"大"的意思。

这两篇作品的作者申弓（沈祖连）是我国第一代微型小说作家中的一位标志性作家，其作品最显著的特征是：对现实的生活和生活的现实的高度关注，并总能多样化地小处入手却着眼于大去表达和呈现。所以，这两篇作品，显然也是作家总体创作风格的典型例证。

点评者：汝荣兴

16. 答案：猴子。

用玉米结稿费吧

@槟　子

不久之前，有位编辑老师给我发信息。“用玉米结稿费吧。”这就是信息内容，只有这么一句话。

我看着它飘浮在白得发青的聊天背景上，感到困惑，完全没有铺垫。往上翻聊天记录，是交稿和修改的来往对话。想想看，现在似乎确实到了该收稿费的时候，但玉米是个什么意思？

“玉米？”我回复。

“你什么时候有时间？”她问，“咱们见面聊。”

“什么时候都有时间。每周七天，每天二十四小时都有时间。午夜也可以。”我回复过去。

在人力资源和社会保障局，我登记的是灵活就业；对刚认识的陌生人，自我介绍是从事自由职业。但实际上，只是失业、无业、家里蹲罢了。

扯远了，回到正题。因为无业，我的时间安排非常灵活，只要配合编辑即可。她定下来，我们周三中午在出版社附近的咖啡馆见。

没错，我有时间。“你拥有所有人都拥有的——一生的时间。”某本漫画里似乎有这样一句，要么就是在歌词里，但是，我理解错了。周三中午，我和编辑老师在咖啡馆见了面。

她非常漂亮，长发微卷，总是会穿让人眼前一亮的裙装。一番寒暄，陷入沙发，开始摄取咖啡因后，她解释了玉米的事。

“社里运来好多玉米。”她讲，“一箱一箱的，用卡车拉来。”

莫名其妙。“是和农场订了什么协议吗？”

“不知道。”她回答，“不知道是怎么回事。反正玉米是运来了。我们当时在办公室，从窗口往外望，就看到装满玉米的卡车一辆一辆开过来。出版社院子里排满了一箱箱金黄的玉米，颜色非常漂亮，整个院子都满了，好像填色书。”

“填色书？”我跟不上她的思路。

“嗯，就像《秘密花园》，那种填色书不是还火过一阵吗？假设其中有一页是出版社平面图，在院子的空白里，满满地、不留缝隙地涂上金黄色，就是我当时看到的景象。满满的，一院子，金黄的玉米。”

“好多啊。”

“不止这些。”她端起咖啡，“还有更多呢。装满玉米的卡车还在继续开过来，因为楼道和院子都已经装满，没有地方卸玉米，卡车只好暂时停在社门外的路上，阻塞了交通。一眼看过去，那条路上排满了装玉米的卡车，整个堵得水泄不通。”

“怎么办呢？”

“据说，后来没有办法，在夜里让卡车开到仓库卸玉米。把玉米存储在本该用来放书的仓库里。”她说，“搞得现在下印时都不敢多印，因为仓库里没有地方放。但是，书的印数少，单本的成本就会变高。真没办法。”

“你们社里，为什么要这么多玉米？”我问。

“不知道。”她耸耸肩，把咖啡杯放下，“据说，本来是打算分给编辑当作新年福利的。没想到玉米这么多，反倒是编辑太少了。”

“所以打算用玉米作为稿费发给作者？”

“也要看作者同不同意。总不能人家明明不想要玉米，还强塞给

人家。”她很通情达理，“你愿意吗？”

我想了想，用玉米当稿费似乎也没什么不好。

“对了，”她凑近说，“玉米不算货币，得到玉米也许可以不用交税吧。”

“哦。”我想起道格·斯坦霍普讲过类似的段子。不过他说的不是用故事换玉米，而是……算了，我还是不要细讲了，“嗯，玉米挺好的。”我说，“就用玉米结稿费吧。”

她点点头。“现在社里定的稿费标准是千字千玉米，就是一个字一粒玉米。你觉得可以吗？”

“可以。”

一周之后，玉米送到了。是干干净净的晒干玉米粒，装在塑料袋里。

我把玉米放进高压锅，炖烂吃了，味道清甜，非常可口。

吃过作为稿费的玉米，第二天早晨，我在被窝里醒来，发现自己变成了一只鸽子。

因为不熟悉飞行，我连撞了两次书架，才扑腾着飞到窗台上，钻过窗帘，望向外面的世界。也许令人惊异，也许令人安心，也许该是失望，但一切仍然照常运转。太阳才刚刚升起，地平线之上有朝霞，小区楼下的阴影却还是青灰的颜色。又是普通的一天，大概很适合鸽子飞行。我想象自己作为一只鸽子，与其他鸽子一起，在楼房上方的天空中不断地绕着莫名其妙的圈。

我一边想象着，一边还是钻过窗帘，飞到书桌上。这次飞起来自如很多，应该是开始适应以鸽子的形体生存了。我用嘴啄下台灯和插线板的开关，又打开电脑。趁它启动的时间，我飞去厨房，从水龙头里喝了水，又从床上扒拉出手机。虽然不能再用指纹识别，我还是可以依靠记忆和密码的。

我打开通信软件，告诉编辑老师：“玉米让我变成了鸽子。”只是通知一声，不是抱怨。然后，我在电脑上打开在线笔记，踩着键盘输入。

你读的这篇东西，是鸽子写的。

没错。

月亮狗摘自豆瓣网

图：宋书成

【请您续写】“我”吃过作为稿费的玉米，变成了一只鸽子，脑洞实在太大，你能想象接下来，会发生什么样的故事吗？作者还会变回人类吗？续写请发至：2849918798@qq.com，请注明“续写”字样。

牛大姐家乐事多

主要人物：牛大姐（妈妈） 牛大哥（爸爸） 牛小美（女儿） 牛小宝（儿子）
钱多多（牛小美的男朋友） 刘姥姥（牛小美的外婆）

※ 中午吃饭，牛大姐对牛大哥说："老公，今天包了你最爱吃的芹菜馅饺子，你快吃。"

牛大哥："媳妇儿，今天怎么对我这么好，一块儿吃呗。"

牛大姐："不不不，我和儿子等会儿再吃，你一定要好好嚼，儿子把图钉扔馅里一个，你吃出来我们再吃……"

※ 晚上，钱多多喝醉酒了，给牛小美打电话。牛小美跑去照顾他，他基本已经神志不清，胡乱说话，然后趴下睡觉。突然，他坐起来，拿起手机，匆忙地打了几个字，又呼呼大睡！

牛小美心想这神经病，喝醉酒了还不忘玩手机！

结果微信就收到他发来的两个字：晚安！

※ 牛大哥感冒了，躺在床上觉得一张被子太单薄，连打了几个喷嚏，牛大姐立马就起来，冒着冷空气去柜子取出一床被子。

说真的，牛大哥当时心里啊满满的都是感动……

牛大姐把被子放床上，气呼呼地说："一人一床被子，这样你打喷嚏就不会老往我被子里灌冷风……"

※ 牛大姐喜欢搓麻将，一天，牛小宝问牛大哥："老爸，是谁发明的麻将啊？"

牛大哥想了半天，逗他说："是渔民吧。"

牛小宝问："为啥？"

牛大哥说："你看啊，渔民捕鱼，论的是什么？一条两条三条九条吧。捕上来的鱼放在哪里呢？是

17. 答案：西藏珍稀野生动物有 125 种，隶属于 16 目 29 科 86 属。

桶吧，所以有一筒两筒九筒。那卖出去的赚多少钱呢？不就是一万两万九万嘛！”

牛小宝又问："那剩下的呢？”

牛大哥接着说："还有，你看渔民关注的是什么？风啊。所以麻将里就有了东南西北风。还有三张牌，白板是什么？就是帆船；红中是什么？就是桅杆；渔民追求的是啥？就是发财。所以麻将是渔民发明的。”

牛大姐在一旁听见后，默默无声。

※这一天，牛大哥牛大姐吵架，牛大姐说："我不过了，离婚吧，这日子没法过了！”

牛大哥也气不打一处来，说道："不过就不过，谁不离谁是孙子！房给你！车给你！我也给你！你去哪里我也去哪里！”

牛大姐刚喝进去的水喷了一地。

※牛大姐在家一直素颜，没有刻意打扮自己。过几天乡下表侄结婚，她琢磨着就去烫了头发，然后又去做了美容养颜！

傍晚，牛大哥去接牛小宝放学回家，给儿子做饭的时候，牛大姐回来了，牛小宝看到后大喊："老爸，有个漂亮的阿姨找你，你们有事快说，老妈快回来了，我去买点零食！”

徒留一脸凌乱的牛大哥。

※早上给牛小宝收拾收拾上学，出门前牛大姐感觉外面风特别大，就把自己身上的棉袄包在牛小宝身上，以防他路上冷。

牛小宝感动地看着穿着单薄的牛大姐说："老妈，那你冷不冷啊？”

牛大姐连忙说了几句母爱伟大无私的话。

然后转身钻进被窝，对牛大哥大喊："别磨叽了，快去送孩子吧！”

※星期天，牛大哥、牛大姐带牛小宝去乡下看望外婆刘姥姥。

晚上包饺子，牛大姐递给牛大哥十五块钱说："去买两瓶啤酒一瓶醋。”

刘姥姥笑着对牛大哥说："钱交给我闺女还是比较省心，你看，比存银行好吧，要花多少钱都替你想好了。”

牛大哥有点不服气地说："但昨天我跟她说要去同学聚会，她就不给我钱。”

牛大姐接过话来："你跟银行说要去同学聚会，你看银行会不会给你钱啊？”

牛大哥：……

回家

HUI JIA

@ 赖海石

“笃笃笃！”开门的是老太太。

老太太还没来得及开口问话，就被他横刀格起了脖子。他对惊愕地赶来的老头说：“我不会伤害她，我只要三百块钱回家的路费。我会还你。”接过老头颤颤巍巍递过来的三百块钱，他夺门而出。

几秒钟后，他又返身，扔进一张字条。“你别不信我，这是我老板给我的工资欠条，先押你这儿，我还钱后你再给我。”

他像离弦的箭一样飞奔长途车站。终于弄到钱坐车回家过年了，他长长舒了一口气。

他在这里打了半年工，临过年了，工头却说，没结到款，发不了工资，回家路费自己想办法。人生地不熟的他，能有什么办法，只好硬着头皮向路人乞讨。可除了个别人给个一元两元外，多数人对他避而远之。万般无奈的他，只好铤而走险。他打探好了，路边这户人家，住着一对老夫妻，是最佳选择。他果然成功了，弄到了回家的路费。

一路颠簸回到家，母亲果然早已站在村口远远企望。

快快乐乐地过完年后，告别母亲，重返工地。他找到老头老太太，归还了三百块钱，同时送给了他们一些家乡土特产。老头老太太没有责备他，还留他吃了饭……

——所有这些，都只是他的设想。现在，他站在门外。敲门前，这些设想又像放电影似的在他脑子里快速播放了一遍。

他的设想里，还有另一个版本，那就是：老太太偷偷报了警。他刚出门就被警察抓走了。

如果是后一种结果，那就惨了。

但是，此刻，脑海中母亲站在村外企盼的身影使他顾不了那么多了，先弄到回家的路费再说。

他举起了手。

事情的发展，完全没有按照他的剧本演下去。

第一幕，就出现了意外，偏离了设计好的轨道。

门没有上锁，是虚掩的，轻轻一推，就开了。

老头老太太以不符合他们年龄的速度倏地从椅子上站起来，浮现在脸上的，是惊喜、欢迎、期望，好像看到了外出久归的亲人。

他呆愣了几秒钟后，返身想逃离，被老头一把拽住胳膊，按到了饭桌前。

“你一定很饿了吧？坐下吃些东西。老太婆，弄些酒菜上来。”

像早就准备好了似的，老太太变魔术般摆了一桌子东西。

他想拔腿离开，可满桌子的诱惑和空气中氤氲的香味使他的胃背叛了他。

“吃！吃！”

老头一边不停地给他倒酒、夹菜，一边打开了话匣子唠叨开了。

“我年轻时也去外面做过工。有一年，工头说，没结到款，发不了工资，回家路费自己想办法。唉，人生地不熟的，能有什么办法？我就打起了住在路边一对老人家的主意。我想敲开他家门后，拿刀吓唬他们借我个几十百把块钱。谁知他家的门根本没上锁，轻轻一推就开了。那对老人让我坐下吃饭，又给了我回家的路费，就像现在你进来我们家一样。吃吧，吃饱了我给你路费回家。母亲在家等着你呢。”

从老人家中出来，他懵懵懂懂向车站走去。

难道老人年轻时真有和他一模一样的经历？还是老人已知晓他的遭遇和打算，故意编个故事来暗示他？如果今天遇到的不是这对老人而是别人，是不是此时自己就可能被关进监牢了？……

不知是因为老人讲的故事，还是酒的作用，他如同做梦一般，一忽儿觉得自己就是老人的儿子，一忽儿觉得自己是几十年前的老人，一忽儿觉得自己变成了几十年后的老头……

刘名远摘自《羊城晚报》

图：豆薇

你有超能力所需的基因吗

@简　爱

通常，99.9%的基因在遗传上是一致的，但也存在极少数基因突变的情况。下面这些“超能力”就是因为基因突变而真实存在的。

诡异柔韧

西班牙恐怖电影《死亡录像》中的演员杰维尔·伯特，骨瘦如柴，四肢修长，身体可以扭曲成各种形状，走路形如鬼魅。这是因为他患有“马凡综合征”，这是一种因基因突变产生的症状，患者体内令四肢、器官及其他身体部分牢牢待在固定位置的结缔组织比正常人少很多，突变表现明显的患者可能会因为心脏或其他器官出现并发症而有生命危险。好在杰维尔·伯特情况比较温和，同时他也很幸运地利用先天疾病在演艺事业中闯出了一片天地。

超硬骨头

美国康涅狄格州有一个家族，其所有成员都是硬骨头。他们的骨骼非常坚固，即使举重

18. 答案：眼镜王蛇具有眼镜蛇的大多数特点，是世界上最危险的蛇类。

运动员用粗棒使劲儿砸，他们也不会轻易骨折。我们知道LRP5（低密度脂蛋白受体相关蛋白–5）基因是导致包括幼年骨质疏松症在内的许多骨科疾病的原因，这个基因如果突变了，而且如果没变对方向，可能就会导致骨骼密度极高，从而使人拥有坚不可摧的骨头。

剧毒免疫

在阿根廷圣安东尼奥·德罗斯科布雷斯的一个小村庄里，纯朴的村民每天都在干一件常人不敢干的事——喝砒霜。砒霜的主要成分是三氧化二砷，通常0.1–0.2克就能毒死一个人。而这个村的村民喝的水中砷含量比世界卫生组织建议的限量还要高出20倍。也就是说，饮用等量的这种水差不多可以毒死一头水牛。然而，村子里的人世代饮用这种水已有几千年，以至于他们的AS3MT（砷剂3–氧化位甲基转移酶）基因发生突变，变异的基因编码甲基转移酶将砷处理成毒性较低的形式，从而使他们可以排出体内的潜在毒物。

极速运动

在各种运动会上，经常有人刷新纪录，尤其是在奥运会上，时不时会杀出几匹黑马。虽然，获得好成绩离不开运动员的刻苦训练，但他们拥有与众不同的天赋也是不容置疑的。跑得快的人，身上通常会有ACTN3（α辅肌动蛋白3）运动基因。ACTN3基因是科学家研究最早也最为透彻的运动基因，它的R型变异可以让人生成一种存在于快肌纤维中的蛋白质，为人体提供爆发力。在短跑、举重运动员中，此基因携带比例高达92%。而ACTN3基因突变的另一个方向是X型变异，其效果与R型变异截然相反，如果带有这种基因，那真是名副其实的手无缚鸡之力了。

除此之外，还有因基因突变导致过目不忘的超强记忆、睡眠比鸡还少的短睡者、对味道极为敏感的超级味觉……比如，报纸还没送来前就已经知道它的全部内容，电话未接通时就知道接下来的谈话是什么，通过毛发就能感知空气中的甲醛、粉尘、PM2.5的指标等。不过，毕竟基因突变是个例，而且得失总是相依相伴，即使你拥有了某种超能力，也极有可能会带来各种烦恼，所以不如快快乐乐、坦坦荡荡地做一个普通人。

摘自《知识窗》

图：恒兰

桥

@ 贾淑玲

村里有条河，河里排列着圆形的石柱连接两岸。一到雨季，河水就会没过石柱，再想过河就难了。

“年年说修桥，年年也修不成！”一到雨季，总有人这样埋怨，可说归说，谁也改变不了现状。一次大雨过后，村里热闹起来了，李广播看到谁都说：“张木匠带着他的三个儿子在修桥呢！”村民好奇，都去河边看。果然看到张木匠抡着锤子钉木板，他的儿子扯钢绳、扛木板，正在忙乎呢。

“老张，你这是唱的哪出啊？”“你修桥，以后从你这桥上过，是不是要收费啊？”有人问张木匠。

张木匠看看涨高的河水，从牙缝里挤出三个字：“收个鸟！”

村民就笑了，有人开玩笑说：“给你申报个好人好事儿奖啊！”张木匠没再言语，指挥着儿子们继续干活。人们不知张木匠为啥修桥，看够也就都散了。

几天后，木桥终于完工了。

村里人知道张木匠修桥不是为了收费，从桥上走，感觉方便多了，都念叨张木匠的好。

渐渐地，人们习惯了

木桥的存在。

“不好了，出事儿了！”李广播又开始在村里广播上了。村人问：“啥事儿？”李广播说：“外村一个来走亲戚的，带着孩子过桥，桥上一块松动的木板被孩子踩翻，孩子的腿被钉子划了条大口子！”

张木匠没精打采地抽闷烟，他听李广播说，人家找村里，听村里说那桥是他修的，出了事儿，只能他赔偿。他去找村干部说这事儿，村干部说，桥不是村里修的，村里也没钱啊。“我又没收费，赔偿个啥哩！”张木匠念叨着。想不通的张木匠第二天还是揣了一千块钱去医院看了那孩子。他念着一个理儿，乡里乡亲的，撕破脸不好。

张木匠把钱留在医院后，闷闷不乐地回来了。刚走到河边，看到河边围了些人，像在吵架。走近一看，是儿子和村里人在吵什么。

“咋回事儿，嚷嚷个鸟？”气不顺的张木匠声音高了很多。

“你回来得正好，说说你儿子，他要拆桥。”一个村人拉着张木匠指着他儿子说。

“爹，这桥咱真得拆了！好心办坏事儿！以后谁再有个啥事儿，咱担不起。”儿子又开始拆。

村人说：“以前没这桥也就罢了，现在大家都习惯了！”

张木匠看了看这座木桥，深深地叹了口气。张木匠的儿子见老爹没吱声，便说：“不拆也行，但是丑话说在前面，以后谁再过桥出点什么事儿，都与我们家没有关系。”

村人你看看我，我看看你，都摇摇头说：“这个我们真做不了主啊，桥是你们修的，你们得找村干部说说。”

张木匠的儿子一听，生气地说：“好，桥是我们修的，我们爱拆就拆，你们管不着。”说完，就又开始拆起来。

“别拆了！”张木匠终于说话了。

“爹！”儿子不情愿地扔下工具坐在一边生闷气。张木匠拿起工具，重新把木板一块一块钉起来。周围很安静，村民都没说话。

后来，村里人发现张木匠经常拿着锤子在桥上走来走去，东敲敲西敲敲，桥的两侧还竖了“小心过桥”的警示牌。

珠珠摘自《天池小小说》

图：宋书成

【讨论区】面对麻烦，有人做了好事却给自己招来麻烦，那么，如何保护我们的善良并规避风险呢？快加入故事会读者圈，谈谈你的看法吧！

睡了吗？我给你数个羊吧

@小火星人

一

在一列穿行于崇山峻岭的火车中，最引人注目的乘客莫过于面对面的两排座位上的六位——五只胖绵羊以及一只穿着西装靠窗坐着的牧羊犬。

这只牧羊犬叫波普，这次只带了五只羊出门，是为了牧场的另一项业务：数羊催眠。

火车到站了，波普一边催着羊儿，一边费劲地拖着一大堆行李下了车。

离开车站后，最初他们穿过的还是一片看起来普普通通的乡村田园风光，但走着走着，他们仿佛走入了一片沼泽，四周光景也变得越来越诡异起来。

“嘿，你们看那边，有幢看起来很恐怖仿佛有变态杀人狂或吸血鬼的破旧旅店，我们今晚去那过夜吧！”

五只羊不由分说地跑了过去，波普眼前一黑。但是作为牧羊犬，也不能放任羊群的安危不管，只能跟过去了。

走近这幢三层楼的房子一看，摇摇欲坠的窗户，油漆斑驳的外墙，忽闪忽灭的路灯映出入口处一块歪斜的牌子“宇宙星际 Xs 大酒店”。

19. 答案：老虎最厉害，东北虎的力量、速度、耐力和爆发力都要超过狮子等。

波普脑袋里“嗡”的一声：这个破鬼屋原来就是委托里的任务地址星际大酒店啊？！

波普硬着头皮推开门，屋内和外表一样破败萧条，装修风格三十年前就该淘汰了。但居然还有个前台，里面坐着一只眼睛碧绿、浑身漆黑的黑猫，和这阴森的屋子倒是配一脸。它一见波普，就开始抱怨：“什么鬼，你们怎么才来了五只羊，这效果能行吗？”

“哦，你好，你就是在‘睡了么’App上订了催眠服务的……米勒先生吧？五只羊虽然是不多，可是你订的就是五羊开泰套餐啊，我以为你清楚羊的数量呢。”

“哈？我以为五羊开泰就是个图吉利的说法呢？”

“吉利说法是三羊开泰……”波普有点头大。身后的羊群们都在假装事不关已地望天。

“得得得，不和你们计较这个了，反正本来也没对你们抱有多少期望。”猫边说边开始磨爪子。

波普虽然心里不满猫的态度，但还是脸带笑意地说：“请问需要催眠的对象是……”

“明天白天再说吧，反正也不急这一会儿。我先给你们开间房住下吧。”

二

黑猫不再谈催眠的事，波普有点摸不着头脑。羊儿们赶了一天路也确实累了，先休息吧。

“哦，对了，提醒你们一句，”猫在打开房间门时补充了一句，“不要乱碰不该碰的东西，no zuo no die。”说完扭头就走了。

什么鬼？波普一头雾水。但波普立刻又意识到，以那几只羊爱作死的性格……

“哎哟你们看，这个雕像旁有个按钮写着‘不要按’，是干什么用的呀？”一只羊一边说着一边就已经按下去了。波普还没来得及吐血，墙上一幅装饰油画应声移开，露出后面几行文字。

“请不要念出下面这段咒语，否则会被诅咒附身：‘波里卡萨哇哇休里斯特耐塔西瓦得’。”波普脑子还没转过来，另一只羊已经扯着大嗓门把整段文字念完了。

咒语？等等？！已经念出来了，会发生什么？！

周围静静的，什么都没发生。

“哎呀，没事啦，骗人的啦！洗洗睡吧！”羊儿们全都一点不放心上，波普也晕乎乎地没再细究。

帮五只羊洗了毛、做完护理、用负离子吹风机吹干，喷上防静电香氛，再铺上减少摩擦的真丝床单，累个半死才把羊儿们安顿好了。还好羊儿们只是出差时才比较娇情，要是牧场的羊平常也这样，波普估计早就放弃奋斗当宠物犬去了。

关了灯，窗外如同鬼影晃动的树叶、关不紧的门窗发出的“吱呀”声，翻个身就“咯吱”响的床板，都加深了这家破败旅店的恐怖感。刚才的诅咒是什么？这家旅店是不是藏着什么可怕的秘密？算了算了，天亮再说吧，这几只羊要是再敢搞事我一定阻止他们。波普想着想着就睡着了。

三

当清晨的阳光把波普叫醒时，他睁开眼睛发现了比飘了一屋子鬼更恐怖的事：五只羊的毛都掉光了！羊身上都光秃秃的！

在五只羊醒来大哭大闹之前，波普已经一个箭步冲下楼，对着黑猫大喊：“我的羊为什么毛都掉光了！！！”

黑猫表情毫无波动，反而有些厌倦地说：“哎，又来了，每个房客都要冲我喊，怎么大家都管不住自己的手呢，你们都是剁手党吗？”

“什么？为什么说又？”波普抓着黑猫肩膀狂摇。

黑猫第一次用碧绿的眼睛正视着波普，一字一顿严肃地说：“你们是不是启动了诅咒？这个诅咒是：走进这个旅店的人，都会失去一样最珍视的东西。”

“诅咒？……真的假的？世上真有这事？”

“已经有无数手欠的旅客验证过了。对你们来说，你的羊应该很珍惜他们的毛吧，所以他们失去了毛。你自己也应该失去了什么东西，你自己想想就知道我有没有骗你。”

我失去的……大概是羊儿们对我这只牧羊犬的信任吧。波普心里不禁一阵隐痛。

“那你呢？你也失去过什么吗？”波普忍不住问黑猫。

“对于一只本来每天要睡 18 个小时以上的猫，还有什么比失去睡眠更残酷？”黑猫眯了眯眼睛，流露出难掩的失落神情，“我已经失眠两年了，白天黑夜都一直醒着。就算躺在床上闭着眼睛，也只能数着时间一秒秒流过，就是睡不着。”

波普深深震惊了：“所以你其实是让我们来给你催眠的吗？”

黑猫似乎不明显地摇了下头：“也只是试试罢了，其实我曾经找过几十家数羊公司，吃了上百种安眠药，没用，就是睡不着，大家都战胜不了这诅咒。”

“这诅咒从何而来，要如何破解？”

“这家旅店是我从父亲手里继承来的，这个诅咒是两年前自己神秘地出现在旅店的墙上的，当时我也是傻，给念出来了。为了不让其他人也被诅咒，我把诅咒遮了起来，结果还是挡不住你们这些剁手党。但是破解，我真的不知道，知道的话我早就自己解了。”

波普回到房间，几只羊正裹着床单哭成一团。羊儿们裹着床单拒绝出房门，也拒绝吃波普特地准备的马卡龙色鲜草。看来给黑猫催眠也无法进行了。

如何破解这个诅咒呢？波普开始独自在旅店里溜达，试图找出线索。出于主角光环（以及作者放水），他在阁楼一个书架积灰的角落里发现了一本笔记。读完之后，脑中仿佛忽然一道闪电，波普什么都明白了！

四

三天后，波普冲到黑猫面前，兴奋地说 ：“我给你安排了一次超大型的史诗级催眠！我给牧场老板打了个电话，央求他把全牧场经过催眠训练的羊都送过来了！这么多羊

能够演绎出一场行业里称之为'睡神之惊叹'的催眠了，绝对管用！"

黑猫走到门外，看着旅馆外面一大片绵羊，惊呆了。更震撼的是，在几只牧羊犬的共同指挥下，羊儿们开始排着队以双层漩涡的形状走动，一边走，一边随着牧羊犬的指挥跳动，场面非常惊人。如此场景简直可谓激动人心，壮观得如观千军万马出征，心情澎湃，哪里有半点想睡的感觉，黑猫心里这样想着。

不，好像有哪里不对，黑猫忽然觉得有点异样，这些羊跳动的幅度好像越来越大，频率越来越高，他一回头更是差点惊呆，身后的旅店竟然在随着振动大幅摇动。等等，是共振吗？！

黑猫猛地扑向波普："旅店会塌的！"话音未落，旅店已经"轰"的一声坍塌成瓦砾了，扬起满天灰尘。

在黑猫的爪子挥向波普时，惊人的一幕发生了，旅店的瓦砾竟然变成了星光闪闪的灰尘，消失在了空气中。周围的枯树老藤竟迅速吐露新芽，绽放鲜花，沼泽变成了波光粼粼的清澈湖面，之前的旅店周围阴森恐怖的气氛仿佛如同梦境一样消失了，一切仿佛从未存在过。

"这是……怎么了？"黑猫目瞪口呆。

"我找到了你曾祖父的日记，"波普拿出一个本子，"一百年前，你曾曾曾祖父向村里女巫借了这块地皮建旅店，约定一百年后归还。为了保证地皮能及时回到子孙手里，女巫当时对这个旅店下了个诅咒，在一百年即将到来之时会在旅店里出现提示标识。旅店里四处出现的咒语，如果我们按照这个古书里的代码进行图形解码（别忘了波普可是个数学高手），可以解读成这样。"波普拿出一张手绘的纸。

黑猫差点一口老血："所以，是一百年产权到了？"

"是的，"波普说，"所以我利用羊群跳动与房子的共振，帮你把房子拆了，诅咒也就解除了。我想，你今天应该能睡个好觉了。"

"哦，是的，我现在就觉得好想睡了，简直生无可恋，我需要静静……"黑猫说完就趴下睡着了。

波普拿出羊毛毯子盖在黑猫身上，毕竟这孩子也怪可怜的。然后拿出手机，赶紧把刚才这段神奇场景的视频发布到网络上去了，毕竟，现在只有争取在行业板块里上个头条刷出热度，才是唯一向老板交代500只羊的差旅费的方法了。

摘自微信公众号脑洞故事板

图：豆薇

20. 答案：因为狮子是群体作战，而老虎是单独行动。

@ 戈玄白今天要做题

什么是过度解读

前阵子我家冰箱出毛病了，上边冷藏室里的温度始终维持在24℃。

晚上，我把冰箱的说明书找出来，想试试看能不能自己解决。

看了半天，把冰箱调温按钮调来调去，始终会跳回到原来的温度。无可奈何之下，只好打电话请维修人员来处理，便约好了明天来我家看看。

第二天是周末，差不多到下午两点钟时，一位修理工小哥上门了。

他先把冰箱断了电，再把东西都取出来，往里面瞅了瞅，说，这是因为冰块积得太多了，堵住了气口，还卡死了下边冷冻室的一个电风扇。

然后小哥要我们取一个吹风机给他，他拿着吹风机对着冰箱里面吹热风。

吹了好一阵，他再要我们取一个大桶过来。

他把半个身子探进冷冻室，一块一块地把里面结的冰块掰下来递给我们，再丢进桶里。冷冻室里的冰块也融化了一些，不停地流出水来，落到地上，很快就没有可以落脚的地方了。于是我又取了一把拖把来，每过一会儿就把冰箱旁边的水拖出来一次。

好家伙！只见小哥先取出来好大一块平平整整的冰块，好似一张大大的方镜子，我爸接过来，"哐啷"一下丢进桶里，声音听起来特别爽快。

等到小哥又取了几块嵌在冰箱内壁上的中等大小的冰块后，就要一小块一小块地把零碎的冰块给掰下来了。

如果这次不是亲眼见到，我是绝对不会相信这冰箱里面竟然能藏有这么多的冰块的。小哥一块接一块地递出来，就好像没有止境一样，只听得"哐哐哐"的声音连绵不绝，像打铁，又像敲锣，过了许久，竟装了一大桶冰块出来。

清理得差不多了之后，便是关键性的一步了，小哥用螺丝刀把里边的一个小塑料箱子拆卸了下来递给我爸，那个被卡住的风扇就安在这里面。我们把它好好冲洗了一下，又从箱子中倒出来了一些碎冰碴，再拿给小哥，把它原封不动地塞了回去。不过这回，里面的风扇总算能转了。

我们把现场处理了一下，弄得干干净净、清清爽爽，再给冰箱通上电，终于大功告成了。

小哥临走前对我俩是千叮咛万嘱咐，说，以后这冰箱隔上几个月就要把里面的东西都取出来一次，断掉电，先清一下结的冰块，再用干抹布好好擦一遍冰箱的里面，把储存物散发出来的水汽去除，这样才不会总出故障。

这么一通折腾下来，也到了五六点钟，我妈也从美容店做完面膜回来了。

我爸到单位还有事，就先走了。

我和我妈在房间里坐，我就跟她讲今天下午我们修冰箱的过程，冰块落入桶里时"哐啷哐啷"的那个痛快的声音，今天天超级热我们出了一身汗，冰箱里竟然有那么多冰块真是想不到，还有修理工小哥讲的冰箱平时的维护方法。

讲着讲着，我妈忽然生气地一拍桌子："你够了没有！？"

我懵了："这是怎么了？"

我妈咬牙切齿："你不就是在怪我去美容店了，没帮你们一起清理冰箱嘛！"

我：……

摘自知乎网　图：小黑孩

民防小知识 1. 厨房是春节期间家庭防火的重点，应正确放置燃料，小心使用燃气灶。

一栋别墅的离奇失踪

@ 陈亦权

安迪·帕斯卡里是罗马尼亚的一个旅行作家，他是一个单身主义者，独居在奥尔特县郊外的一处路边别墅里。

安迪经常扛着相机游走于世界各地，所以留在家里的时间少之又少。半年前，安迪在家小住了一阵之后，再次出发。但没想到半年之后，他回来才发现自己的别墅居然离奇失踪了，取而代之的是一片生机盎然的玉米地，玉米都已经成熟待收了。

安迪震惊又愤怒，马上走进警局报案。警察调取了附近的交通摄像头，把时间调回到半年前，也就是安迪出行的那天，他们想要了解一下这栋房子是什么时候消失的，又是怎么会消失的。

画面先是这样显示的：有个人从屋里走出来，在走下台阶的时候，他摇了摇台阶的右手扶栏，又蹲下来看了看，最后还是起身走了。安迪看到这个画面，突然想起了什么似的说："这是我自己，右边的这块扶栏不牢固了，我准备旅行回来再修的。"

警察接着快速查看录像，他们发现事情在安迪离开之后的第 2 天发生了变化：一只猫跃上右手扶栏，结果这块栏杆翻倒在了地上；第 6 天，一辆绿色小卡车经过这里，司机下来看了看，然后把这块倒在地上的扶栏拖上车子走了；第 8 天，一辆红色卡车从这里经过，司机下车来看了看后，朝左边的扶栏杆踹了几脚，把扶栏踹翻在地，然后也拖上车子走了；第 10 天，有几个人把安迪家门口的花盆给搬走了，其中还有两盆打碎在了地上；第 12

天，有一辆货车开到这里，下来几个人，他们把别墅的外墙玻璃给卸了下来，然后割成几小块搬上车子运走了，临走前还有两个人进去抬走了一台洗衣机；当天傍晚，又有人开着车子过来，拆走了另外几面玻璃外墙，并搬走了两个沙发和一台电视机；第15天，有人从里面搬走了一架健身器材和一张床、一台电脑；第16天，有人开着一辆大货车，从屋里搬走了其他一些家具，这时候，整栋别墅内外都已经混乱不堪，形同废墟；第23天，有三辆大货车开来，拆走了别墅的支架钢材和一些木料……

至此，安迪的别墅完全消失了！录像切换到第47天，这里已经满地都是野草；第68天，一辆翻土机开来，把这里开拓成了一块农田。

“如果我及时维修好右边的那块扶栏，事情应该不会沦为今天这样子！”安迪看完录像以后，懊悔不迭地叹息说。

潘烨摘自《恋爱婚姻家庭·青春》

图：小栗子

民防小知识2. 炉具的四周不能堆放杂物，应当经常清洗，确保不积存油脂。

【《寻访私奔的祖母》续写】上一期故事中，“我”费尽周折，终于找到了当年“私奔”的奶奶，重逢后又将发生怎样的故事呢？请看两位作者的精彩续写——《淡然相对，足矣》和《只要你过得好》。

扫描二维码，看《寻访私奔的祖母》原文

淡然相对，足矣

@ 王举芳

回家路上，奶奶的样子不停在我眼前晃动。我的心莫名地有些疼。

父亲见我回来，盯着我的脸看了好一会儿：“见到你奶奶了？”我点点头。

父亲点上一支烟，“吧嗒”着吸了几口：“她，还好吧？”我说：“奶奶身体还好，就是那个小山村不如我们这里富裕，奶奶还不能享享清福。”父亲没说话。

“要不，我们把奶奶接回来吧。”我说。父亲弹落烟灰，把余下的半截烟头掐灭：“再说吧。”

此后，奶奶时常出现在我梦里。

转眼中秋节快到了，假期回到家，放下行李，我说要去看奶奶，父亲拿出几盒月饼，让我带给奶奶。

一路辗转，我又到了那个闭塞的小山村。依旧是那个素朴的院子，屋里走出来一个人，不是奶奶，是前一次我来时，在路旁碰到的那个老阿婆。“明德嫂子刚睡着。”老阿婆轻声说。

我把月饼放到那张斑驳的矮桌上，拿了板凳和阿婆去院子里坐。

阿婆问：“你是明德嫂子的……亲孙子？”我点点头，说是。

阿婆欲言又止，有点为难的样子。阿婆说：“嗯，你是她亲孙子，应该知道实情。她得的是重病，医生说她的胃里长了个瘤子，让她住院治疗，她执意不肯。她说自己年纪大了，不想治了。”阿婆轻轻叹了一口气，又说，“明德嫂子自从来到俺们村，没过几天好日子。”

我一惊，脱口而出：“明德爷爷待她不好吗？”

阿婆说：“明德大哥对嫂子好着呢，儿子儿媳也很孝顺，我是说我们这里太穷了……”

“是谁来了？”奶奶醒了。

我急忙跑进屋里。奶奶看了我一眼，没有我预想中的惊喜，淡淡地说：“你又来干什么？”

“我……”我不知道怎么回答。

“你走吧，”停了停，奶奶又说，“我，我不配做你的奶奶，以后不要再来了。”

我怀着五味杂陈的心情回到了家。或许，她有难言的苦衷吧。

姑姑听说奶奶得了重病，“呜呜”哭了起来。父亲坐也坐不住、站也站不住，像一头困兽一样在那里来来回回走了一阵后坐了下来，望着天上清澈明亮的月亮，父亲使劲吸着烟，沉默不语。我看到他眼中似有晶莹的东西在闪动。

中秋节一大早，姑姑打电话说她在车站，让我过去带她去看奶奶。

村子里的人似乎已认识我了，不时有人跟我打招呼。

我跟姑姑说前面就是奶奶家了，姑姑四下打量着。走到院子门前，我刚想抬脚迈进院子，姑姑一把拉住我，做出一个“嘘”的暗示，我的脚轻轻退了回来。姑姑把她买的一些营养品、衣服和一些药物轻轻放在院门口，拉着我转身就走，差点撞到一个人。

“哎呀，大侄子，到家了怎么不进去坐啊？”是个中年女人，脸上堆着笑，穿着朴素，双手端着一个塑料盆，里面装着一些红红的苹果。

“娘，我大侄子来了！”女人走进院子喊。我和姑姑你看看我，我看看你，还是提起礼物走了进去。

女人把塑料盆放在院子里的一个石桌上，过去扶起奶奶。奶奶看到我和姑姑，愣怔怔地定在了那里。

“大侄子，听说你来过两回了，不巧我都不在，今天我听说你又过来了，就放下手里的活儿紧跑慢跑地过来了。哎呀，忘了介绍了。”女人望望奶奶，奶奶正撩衣襟擦泪。

“大侄子，我是你婶婶，这位是？”女人扶奶奶坐下，看着姑姑问。

我说这是我姑姑。女人看看姑姑，又看看奶奶，说：“像，像，真像一家人！”说着拿了板凳让我们坐下，递给我们每人一个苹果，说，“这是自家果园种的，又脆又甜。一年到头忙园子，总得换几个钱供娃上学，你叔身体不大好，也帮不上我，

民防小知识 3. 严禁煤气或液化气同电饭煲、电磁炉、酒精炉、煤炉等混杂使用。

这穷山沟，累死累活，还是活不好，真是待够了。”

见我们都不搭话，女人也不再说了，一时间空气仿佛凝滞了般。

“这些年，你们，都好吧？”奶奶泪眼婆娑地看着姑姑。姑姑含着泪笑着说：“都好，都好着呢。您外孙明年要高考了，学习成绩也不错。”奶奶含着泪笑了。

“你们啊，不要总往这里跑了，也不要总记挂着我，我也好着呢，涛子他爸妈都很孝顺我，涛子和小美都是很乖的孩子，有什么好吃的都想着我，我有福着呢。”

姑姑说：“您这病，还是去大医院再瞧瞧吧，过几天我和我哥来接您。”奶奶头摇得像拨浪鼓一样。

“娘，您就去吧，我哥我姐又不是外人，再说，他们孝敬您是应该的。”奶奶抬头看着天，没再说话。

……

再接到父亲的电话，他对我说：“你请个假吧，回家一趟。”我问：“家里出啥事儿了？”父亲说：“九月初九是你奶奶的生日，我想着咱们一家人一起吃顿饭，你奶奶答应了。”放下电话，我兴奋地跳了起来，我们和奶奶终于要团聚了。

回到家时，父亲已接来了奶奶和涛子叔叔一家四口。

饭桌上，奶奶顾不上吃几口东西，一会儿看看这个，一会儿看看那个，一遍一遍挨个儿看围坐在桌边的人，脸上挂着温和的笑，眼里含着泪。

第二天一大早起床，我们都找不见了奶奶。

父亲“咂吧”了一口烟，说：“别找了，就让她回那个宁静的小山村吧。”

或许在她看来，知道彼此都能够很好地存在，就已足够。

而平静、不扰乱彼此的生活，是眼前最好的相处方式。

只要你过得好

@ 邓思洋

我终是没能够让奶奶和我一道回家。大巴车还未到家，隔得远远的，我就看见一个小黑点，车开近了才发现是父亲在村头等我。

我还是忍不住，心里有太多话要倒出来。“爸，奶奶住的那个村子，要翻山才能到，估计奶奶进了大山就没出来过……奶奶说她当年是因为爷爷赌钱喝酒，爷爷打人，逼得她跳了水塘……被路人救了之后，才走的。”

“嗯。”父亲听着，仍是淡淡的。不知不觉走到了家门口，院子此刻围满了人，都是村里的大姑大伯们。“嘉康哪，找着他奶奶没啊？”“秀英奶奶怎么没跟着回来呀？”我咳嗽两声，示意大家安静后，说：“找到了，但奶奶在那边有了新家。”

“怎么这样啊……”“有了新家就不念旧情了，连老家都不回。”“估计那边条件好吧，不愿意回我们这乡下来。”大家七嘴八舌。

“够了！”一旁的父亲大声吼着，“该干吗都干吗去！”说着，父亲扒开人群，挤进了屋。我也连忙跟了进去。“爸，爷爷可能是骗你的。”我说。

“我猜到了。”父亲叹了口气，目光飘忽不定，“你爷爷在我小时候就跟我说，你奶奶没羞没臊和人跑了。可他那时候老爱喝酒，喝多了又说什么对不起你奶奶，我就知道他其实也有错。我知道他骗我，其实我又何尝不是在骗自己啊……”父亲浑浊的双眼隐约有泪水，“我只是恨，恨她就没想过回来看看我。我知道她有苦衷，可我没办法停止对她的恨啊……”父亲失声痛哭。

我拿出临走时奶奶硬塞在我包里的一双青色布鞋。父亲盯着看了很久。“她过得好吗？”父亲问。

“很好。奶奶过得很好。”我说。父亲止住了泪，重复着他的话：“过得好就好，只要她过得好……”

作者系湖北省监利县第一中学学生

指导老师：陈振林

民防小知识 4. 冰箱应定期拔掉电源插头，清除电动机、压缩机及线圈部位的灰尘。

教你开公司

@ 吴晓波

“吴先生，我一点本钱也没有，你看我能开家什么公司？我敢在亮绿灯的十字路口打太极拳。”

“这就够了。你可以去开一家担保公司。甭管谁上门，甭管多大的金额，尽管闭着眼睛一笔担下。就靠从中抽取担保费，保证你一年下来坐上奥迪车。”

那位聆听者风也似的不见了。

“但听说全国人大已经通过了一部‘担保法’，恐怕……”有人小声嘀咕说。

吴先生当然没听见这个声音。他问：“有没有皮厚心黑的人在场？”有人高高举起了一只手。

“你可以去办一家商标抢注公司。公司的主要业务是：读报纸、看广告，一旦发现有新的食品、服装、饮料等上市，你就去工商局商标管理处打听一下，这个商标有没有注册，如果没有，你马上花585元把它抢先注册了。”

又一个奔他的前途去了。旁边有人急了：“吴先生，我15岁得过演讲比赛的冠军，20岁骗得车间主任拎着苹果来看望，我能干啥？”

“你很适合开一家风水公司。以你的天资，只要学习三个月，再去香港花5000元买一张‘风水博士证书’，保证你生意兴隆。”

“吴先生，有没有名利双收的公司可以开？”

“当然有。如果你的社会关系很好，你可以开一家新闻包装公司。比如你要捧红一个企业家，也很容易，他只需要花十万美元就能同美国总统共进午餐。有了那张与总统握手交谈的照片，你还怕没有新闻可以炒？不用一年，你肯定能戴上钻石手表，并成为一个促销大师。”

“但是，如果违反了《广告法》或者《反不正当竞争法》呢？”

“那就只好自认倒霉了。哪个行业没有风险？况且，不是说你的社会关系很好吗？”

“吴先生，我是个股民……”

“那更好办了，开一家股市预测公司……”

吴先生的点子现场会就这么热热闹闹地开了下去。

李金锋摘自《你为什么不骚扰我》
文汇出版社

人猿泰山之守卫丛林

@奇奇漫

《人猿泰山》——这是一部奇幻的英雄小说，英勇的泰山形象征服了一代又一代人。如果泰山生活在当代，将会有什么不同凡响的故事呢？在本期《人猿泰山之难兄难弟》的续写中，面对人类的新式炮火，看泰山如何守卫丛林吧。

果子风波

多克和迪克在英国开了一家“丛林健身果子店”，卖的是他们在丛林避难时发现的那种带有亚麻籽膏药味的奇怪果子。

这种深棕色满是麻点的浆果能让进食的人感觉神清气爽，不但有减肥功效，还有强身健体的作用。

两兄弟在店里挂满了自己跟泰山的合照，看起来十分吸引眼球。他们还接受了多家媒体的采访。在人猿泰山的光环下，“丛林健身果子店”的生意简直风靡全国。

无论你什么时候去店里，都能看到长长的队伍一直蜿蜒到街角的咖啡厅。不过，一年之后，情况却

民防小知识 5. 为避免电路负荷过大，切勿将过多的电器连接在同一电路上。

意想不到地急转直下了。

那些吃了丛林果子的人开始变得越来越具有暴力倾向；不但如此，食用者的肌肉不断膨大，最后很多人竟因肌肉爆裂而死去。

那一年，全英的暴力犯罪率直线上升了百分之三十。而抓捕归案的罪犯，大多供认曾食用过至少一个月的丛林果子。

多克和迪克的丛林果子店再也开不下去了，不光是因为这些负面的舆论，更重要的是他们自己也产生了难以克制的暴力倾向。

“丛林健身果子店”彻底倒闭了，但是这些诡异果子留给人类社会的恐慌却在持续蔓延。

依然不断有人死于暴力流血事件；人们已经停止进食果子，却依旧无法阻止肌肉的飞速膨大。

除了眼睁睁地看着自己和亲人死去，人们束手无策。

猎杀类人猿

遗憾的是，这种悲伤的氛围并没有促进人类社会的团结，反而引发了一些不轨之徒的贪欲。

环球生物制药是英国一家新兴的制药公司。这家公司号称致力于研究防御癌症的特效生物制剂，而他们研制的生物制剂一直都以类人猿为活体试验对象。这次的危机事件，让环球制药的总裁们嗅到了金钱的味道。

他们通过媒体散布消息说：“浆果一直是类人猿的主食，这就足以证明抵御浆果副作用的药物就存在于类人猿的基因中。因此，只要人们能提供活体类人猿，环球生物制药将免费为大家研制解药。”

没有什么比一场未知病因的绝症更让人发狂，在环球生物发起的媒体鼓动下，病人和病人的家属们拿上猎枪，开上越野车，开启了一场疯狂的丛林猎杀。

丛林的宁静被炮火轰开，成片的树林坍陷在熊熊烈火中；受惊的麋鹿在丛林中慌不择路，大象寻找幼子的凄惨叫声揪人心魄；铺天盖地的铜丝猎网从天而降……顷刻间，丛林化身成了百兽的地狱之门。

麻醉枪瞄准了铜丝网下的类人猿，还没有来得及挣扎，巨猿们就眼含泪水翻倒在网底。

铜网的四角用钢钉狠狠钉在地上，一只母猿拼死咬住钢钉，钢钉扎穿了它的口舌，一股鲜血喷涌而出。在中弹的瞬间，它用头支撑起一个狭窄的缝隙，两只小猿仔从缝隙间逃匿。

两只猿仔侥幸逃过了一劫，却

永远失去了母亲。它们凄厉的哭喊混杂着人类的枪炮声，久久回荡在丛林的上空……

突然，一个高大的身影从天而降。是泰山！他怒吼着，接连掀翻了两辆装甲车，那些来不及上膛的弹药都撒落在地。

人类不敢再恋战，于是，开始三五成群地抬上捕获的类人猿，往越野车的方向逃窜。

可是，泰山绝不允许他们带走丛林的任何一员。他打了一个口哨，不知从哪里射出来几枚火箭直冲越野车的轮胎，越野车胎爆炸了，车体侧翻在地。

人类被彻底吓呆了。

泰山的声音从丛林高处传来："放下捕获的动物，我保证你们能安然退出丛林，否则，你们都将为烧毁的丛林陪葬！"

有几位老人当即跪倒在地，对着泰山恳求："泰山，求你救救我们吧！我们不想伤害丛林，可我们的孩子吃了丛林的浆果后，就得了奇怪的病……"

关于这场丛林果子引发的灾难，泰山也略有所闻。

泰山承诺帮大家想出对策，但条件是：不经过他的允许，他们不能再踏入丛林半步。

寻得解药

战斗结束后，泰山领着众人归山。考虑到这场激战消耗了大量的体力，泰山允许众人先吃些果子，并饮用湖水止渴。

众人来到汨罗河边，这是贯穿丛林的一条最长的河流。在汨罗河水的滋养下，河流两岸长满了各种奇异的植物，那种深棕色的丛林浆果也在其中。这种果子确实是丛林成员们所喜欢的，它能赋予他们神奇的力量。

泰山突然有了灵感："浆果一直长在汨罗河边，而丛林的成员们早就习惯了一边吃果子一边饮用河水。也许，那种能化解浆果副作用的神奇物质就藏在汨罗河水中？"

当晚，泰山悄悄赶到了多克和迪克家，并为他们带来了两大罐汨罗河水。再次见到泰山，两兄弟都高兴坏了。

对于自己当初不顾泰山劝阻，执意贩卖果子而引起的这场灾难，两兄弟都觉得十分愧疚。

泰山并没有过多责备他们，他能理解年轻人急于求成的那种功利心。

"孩子们，喝吧！也许，化解灾难的解药，就藏在这古老的河水中。"泰山面带微笑地鼓励他们。

他们当然相信泰山的话。两兄弟各自抱起一罐河水，一饮而尽。

很快，他们就觉得镇定了许多，某种神奇的力量似乎正在体内游走……原来，汨罗河水就是解药。

果然，由人类贪欲引发的这场灾难，还需要丛林来化解。

两兄弟的身体得到恢复后，他们第一时间联系媒体，向大众公布了这个好消息。

为了平复民心，两兄弟转达了泰山的承诺：泰山将为人类社会持续地免费提供汨罗河水，而河水的领取地点就在原来的"丛林健身果子店"。

于是，丛林果子店前又排起了长长的队伍。

不过，店铺已经改名了。为了提醒人们不再犯同样愚蠢的错误，遵循泰山的安排，现在店铺的名字就叫"守卫丛林"。

丛林终于恢复了往日的平静。

而环球生物的几位总裁却因为散布不实消息而被捕了，等待他们的自然还有更加严酷深入的审讯。

作者奇奇漫，原名韩建奇，系滨州学院教师

图：黄煜博

泰山续写接力赛，
下一棒是你吗？

线上增刊“码”上就看

2月号百宝箱

1元

出租车的故事

出租车的故事里，司机和乘客各有各的苦衷。春节前后是一年中出行的高峰，关于出行，你都遇到了哪些深刻的故事呢？小编也为你准备了一些“我与出租车不得不说的故事”呢，赶紧看过来吧！

免费

1. 本期音频故事免费送！

2. 国内首次全译泰山（全25种24本）已出16本，最后8本近期出全。免费抢先看！

免费

本期故事会读者圈，
特邀你来参加
“晒晒你的春节回家路”
活动，参与即有机会中大奖哦！

免费

偏方莫轻信

怎么吃，事关重大。吃多少，才最养生。小心，这里面有很多的学问哦。父母长辈们口耳相传的一些小偏方、小秘方，哪些是真正有效的呢？我给大家准备了一份精心制作的指南，收下它吧。

5元

一期一名著

虽然贫穷、卑微、不美、矮小，但请你什么都不必给我，除了你的尊重。本期请看《简·爱》的故事，它会让你更懂得如何去爱。